林清玄散文精选

林清玄 著

LINQINGXUAN
SANWEN
JINGXUAN

长江出版传媒
长江文艺出版社

新出图证（鄂）字 03 号

图书在版编目（CIP）数据

林清玄散文精选 / 林清玄 著

武汉：长江文艺出版社，2013.4（2020.4 重印）

ISBN 978—7—5354—6140—7

Ⅰ.林… Ⅱ.林… Ⅲ.散文集—中国—当代 Ⅳ.I267

中国版本图书馆 CIP 数据核字（2012）第 239179 号

著作权登记号 图字：17-2012-103 号

责任编辑：阮 珍 责任校对：毛 娟

封面设计：壹诺设计 责任印制：邱 莉 胡丽平

出版： 长江出版传媒 长江文艺出版社

地址：武汉市雄楚大街 268 号 邮编：430070

发行：长江文艺出版社

电话：027—87679360

http://www.cjlap.com

印刷：荆州市翔羚印刷有限公司

开本：640 毫米×970 毫米 1/16 印张：18.25 插页：1 页

版次：2013 年 4 月第 1 版 2020 年 4 月第 31 次印刷

字数：202 千字

定价：28.00 元

自　序

菩萨清凉月，

常游毕竟空；

为偿多劫愿，

浩荡赴前程。

这是《华严经》的偈，我非常喜欢，常用以自况。

菩萨的心就像天上清凉的月亮，在究竟的空性里自在遨游。

但是为了多生累世许下的愿望，菩萨却一再的返回人间，浩浩荡荡地奔向解救众生的前程。

不只是自在的菩萨呀！如果真有前世或有来生，每个人在心里一定也许下过愿望，希望未来可以实现。

因为有愿望，生命的进程既不是偶然，也非必然。

每一步都牵引着下一步，每一个转弯都面向了不同的方向。

人生的许多事都是可以预期，却也是不可思议。

"花开满树红，花落万枝空；唯余一朵在，明日定随风。"知玄禅师说，这是可以预期的，枝头那最后一朵红花，明天一定会随风飘落。

"空手把锄头，步行骑水牛；人在桥上过，桥流水不流。"傅大士如是说，那是不可思议的，其实是桥在流动而不是水在流动，生命的实相谁分得清呢?

作家的终极追寻

如果真有前世的愿,当我在童年时代宣称:"我要成为一个作家!"应该是遥远生世中带来的种子。

有种子,自会成树。

所以我迈向写作之路,是可以预期的。

可是,预期的写作之路,却不能预知究竟会写出什么作品,因而每一篇文章和每一本书,都有不可思议的地方。那是在某一个时空中,思想、感情、观点与灵感撞击的结果,若是换了一个时间、转了一个空间,文章也就不同了。

这是为什么写作不能断的原因,二十岁有二十岁的样子,四十岁有四十岁的情貌,作品的展现因此不只是"结果论",每一个过程都是非常重要的。

每一年每一年,作品慢慢的不同,却不是那么明晰,若是每个十年来看,一个十年几乎就是一个"豹变",会有完全不同的风格与内容。

我写作已经超过四十年了,最少经历了四个豹变,从浪漫主义者(绝对的抒情)变成理想主义者(追求佛教的圆满国度),再从理想主义者变成了存在主义者(确立人的终极存在),最后,变成自由主义者(打破了写作的框框)。

每次的转变都在不思议处,仔细寻索,却可以找到其中的关键。

我们也可以维持人生不变、作品不变,但是就背反了作家的终极追寻。

什么是作家的终极追寻呢?

向外,不断追求生命更高的境界。

向内,不断触及心灵更深的感动。

并且,把更高的境界与更深的感动,不断的与读者分享,一起携手走向人生的圆满与美好。

遁时光的河流前进

由此观之,作为作家,我并没有什么可以遗憾的。

我每天都写作,对于作品我已全心付出,不辜负五十年前立下的初心。

我的读者,如果从小学语文课本开始读起,现在已经是即将步入中年了,我们的因缘殊深,有许多人读我的文章长大,而我自己却在字海中泅游,逐渐的老去了。

还好,文章总是会维持它最初的样子,年轻的依然年轻,感动的还是感动,只是写作的人,皱纹更深了,鬓发更白了!

每当重读自己的小作,仿佛循着时光的河流向上游前进,两岸花树宛然,群山微风依稀,好像重活了一次。

作家还是比一般人幸福呀!因为留下了作品,因而保留了时光,镌刻了情感,使一切逸去的,留下了余音遗响,活色生香。

看见幽微看见美

我的作品选集在大陆已出版多部,每一部的编者侧重的不同,因此各有可观。

最近,长江文艺出版社把我在九歌出版社的老作品,从头到尾寻索了一遍,重编了一本选集,或者可以从另一个角度,看见我少壮时代的行旅与心情。

自在悠游于夜空的明月呀!照亮过人间时,历历在目,有缘的人自然会看见明灭、看见幽微、看见美!

林清玄

二〇一二年秋日

台北清淳斋

目　录

温一壶月光下酒

黄玫瑰的心

吾心似秋月

白雪少年

星落尼罗河

温一壶月光下酒

林清玄散文精选

月光下的喇叭手

冬夜寒凉的街心，我遇见一位喇叭手。

那时月亮很明，冷冷的月芒斜落在他的身躯上，他的影子诡异地往街边拉长出去。街很空旷，我自街口走去，他从望不见底的街头走来，我们原也会像路人一般擦身而过，可是不知道为什么，那条大街竟被他孤单落寞的影子紧紧塞满，容不得我们擦身。

霎时间，我觉得非常神秘，为什么一个平常人的影子在凌晨时仿佛一张网，塞得街都满了，我惊奇地不由自主地站定。定定看着他缓缓步来，他的脚步零乱颠簸，像是有点醉了，他手中提的好像是一瓶酒，他一步一步逼近，在清冷的月光中我看清，他手中提的原来是一把伸缩喇叭。

我触电般一惊，他手中的伸缩喇叭造型像极了一条被刺伤而惊怒的眼镜蛇，它的身躯盘卷扭曲，它充满了悲愤的两颊扁平地亢张，好像随时要吐出"咝咝"的声音。

喇叭精亮的色泽也颓落成蛇身花纹一般，斑驳锈黄色的音管因为有许多伤痕凹凹扭扭，缘着喇叭上去握着喇叭的手血管纠结，缘着手上去我便明白地看见了塞满整条街的老人的脸。他两鬓的白在路灯下反射成点点星光，穿着一袭宝蓝色滚白边的制服，大盘帽也缩皱地没贴在他的头上,帽徽是一只振翅欲飞的老鹰——他真像一个打完仗的兵士,曳着一把流过许多血的军刀。

突然一阵汽车喇叭的声音,汽车从我的背后来,强猛的光使老人不得不举起喇叭护着眼睛。他放下喇叭时才看见站在路边的我,从干扁的唇边迸出一丝善意的笑。

在凌晨的夜的小街,我们便那样相逢。

老人吐着冲天的酒气告诉我,他今天下午送完葬分到两百元,忍不住跑到小摊去灌了几瓶老酒,他说:"几天没喝酒,骨头都软了。"他翻来翻去在裤口袋中找到一张百元大钞,"再去喝两杯,老弟!"他的语句中有一种神奇的口令似的魔力,我为了争取请那一场酒费了很大的力气,最后,老人粗声地欣然地答应:"就这么说定,俺陪你喝两杯,我吹首歌送你。"

我们走了很长的黑夜的道路,才找到隐没在街角的小摊,他把喇叭倒盖起来,喇叭贴粘在油污的桌子上,肥胖浑圆的店主人操一口广东口音,与老人的清瘦形成很强烈的对比。老人豪气地说:"广东、山东,俺们是半个老乡哩!"店主惊奇笑问,老人说:"都有个东字哩!"我在六十烛光的灯泡下笔直地注视老人,不知道为什么,竟在他平整的双眉跳脱出来几根特别灰白的长眉毛上,看出一点忧郁了。

十余年来,老人干上送葬的行列,用骊歌为永眠的人铺一条通往未知的道路,他用的是同一把伸缩喇叭,喇叭凹了、锈了,而在喇叭的凹锈中,不知道有多少生命被吹送了出去。老人诉说着不同的种种送葬仪式:他说到在披麻衣的人群里每个人竟会有完全不同的情绪时,不觉仰天笑了:"人到底免不了一死,喇叭一响,英雄豪杰都一样。"

我告诉老人,在我们乡下,送葬的喇叭手人称"罗汉脚",他们时常蹲聚在榕树下嗑牙,等待人死的讯息。老人点点头:"能抓住罗汉的脚也不错。"然后老人感喟地认为在中国,送葬是一式一样的,大部分人一辈子没有听过音乐演奏,一直到死时才赢得一生努力的荣光,听一场音乐会。"有一天我也会死,我可是听多了。"

借着几分酒意,我和老人谈起他飘零的过去。

老人出生在山东的一个小县城里,家里有一片望不到边的大豆田,他年幼的时代便在大豆田中放风筝、抓田鼠,看春风吹来时,田边奔放出嫩油油的黄色小野花,天永远蓝得透明,风雪来时,他们围在温暖的小火炉边取暖,听着戴毡帽的老祖父一遍又一遍说着永无休止的故事。他的童年里有故事、有风声、有雪色、有贴在门楣上等待新年的红纸,有数不完的在三合屋围成的庭院中追逐的不尽的笑语……

"廿四岁那年,俺在田里工作回家,一部军用卡车停在路边,两个中年汉子把我抓到车上,连锄头都来不及放下,俺害怕地哭着,车子往不知名的路上开走……他奶奶的!"老人在军车的小窗中看他的故乡远去,远远地去了,那部车丢下他的童年、他的大豆田,还有他老祖父终于休止的故事。他的眼泪落在车板上,四周的人漠然地看着他,一直到他的眼泪流干;下了车,竟是一片大漠黄沙不复记忆。

他辗转地到了海岛,天仍是蓝的,稻子从绿油油的茎中吐出他故乡嫩黄野花的金黄,他穿上戎装,荷枪东奔西走,找不到落脚的地方,"俺是想着故乡的啦!"渐渐的,连故乡都不敢想了,有时梦里活蹦乱跳地跳出故乡,他正在房间里要掀开新娘的盖头,锣声响鼓声闹,"俺以为这一回一定是真的,睁开眼睛还是假的,常常流一身冷汗。"

老人的故乡在酒杯里转来转去,他端起杯来一口仰尽一杯高粱。三十几年过去了,"俺的儿子说不定娶媳妇了。"老人走的时候,他的妻正怀着六个月的身孕,烧好晚餐倚在门上等待他回家,他连一声再见都来不及对她说。老人酗酒的习惯便是在想念他的妻到不能自拔的时候弄成的。三十年的戎马真是倥偬，故乡在枪眼中成为一个名词，那个名词简单，简单到没有任何一本书能说完，老人的书才掀开一页，一转身，书不见了，到处都是烽烟，泪眼苍茫。

当我告诉老人，我们是同乡时，他几乎泼翻凑在口上的酒汁，几乎是发疯一般地抓紧我的手，问到故乡的种种情状，"我连大豆田都没有看过。"老人松开手，长叹一声，因为醉酒，眼都红了。

"故乡真不是好东西，看过也发愁，没看过也发愁。"

"故乡是好东西，发愁不是好东西。"我说。

退伍的时候，老人想要找一个工作，他识不得字，只好到处打零工，有一个朋友告诉他："去吹喇叭吧，很轻松，每天都有人死。"他于是每天拿只喇叭在乐队里装个样子，装着、装着，竟也会吹起一些离别伤愁的曲子。在连续不断的骊歌里，老人颤音的乡愁反而被消磨得尽了。每天陪不同的人走进墓地，究竟是什么样一种滋味？老人说是酒的滋味，醉酒吐了一地的滋味，我不敢想。

我们都有些醉了，老人一路上吹着他的喇叭回家，那是凌晨三点至静的台北，偶尔有一辆急驶的汽车呼呼驰过，老人吹奏的骊歌变得特别悠长凄楚，喇叭哇哇的长音在空中流荡，流向一些不知道的虚空，声音在这时是多么无力，很快地被四面八方的夜风吹散，总有一丝要流到故乡去的吧！我想着。

向老人借过伸缩喇叭，我也学他高高把头仰起，喇叭说出一首年轻人正在流行的曲子：

我们隔着迢遥的山河

去看望祖国的土地

你用你的足迹

我用我游子的乡愁

你对我说

古老的中国

没有乡愁

乡愁是给没有家的人

少年的中国也没有乡愁

乡愁是给不回家的人

老人非常喜欢那首曲子,然后他便在我们步行回他万华住处的路上用心地学着曲子,他的音对了,可是不是吹得太急,就是吹得太缓。我一句一句对他解释了那首歌,那歌,竟好像是为我和老人写的,他听得出神,使我分不清他的足迹和我的乡愁。老人专注地不断地吹这首曲子,一次比一次温柔,充满感情;他的腮鼓动着,像一只老鸟在巢中无助地鼓动翅翼,声调却正像一首骊歌,等他停的时候,眼里赫然都是泪水,他说:"用力太猛了,太猛了。"然后靠在我的肩上呜呜地哭起来。我耳边却在老人的哭声中听到大豆田上呼呼的风声。

我也忘记我们后来怎么走到老人的家门口,他站直立正,万分慎重地对我说:"我再吹一次这首歌,你唱,唱完了,我们就回家。"

唱到"古老的中国没有乡愁,乡愁是给没有家的人"的时候,我的声音喑哑了,再也唱不下去,我们站在老人的家门口,竟是没有家一样地唱着骊歌,愈唱愈遥远。

我们是真的喝醉了,醉到连想故乡都要掉泪。

老人的心中永远记得他掀开盖头的新娘面容,而那新娘已是个鬓发飞霜的老太婆了,时光在一次一次的骊歌中走去,冷然无情地走去。

告别老人,我无助软弱地步行回家,我的酒这时全醒了,脑中充塞着中国近代史一页沧桑的伤口,老人是那个伤口凝结成的疤;像吃剩的葡萄藤,五颜六色无助地掉落在万华的一条巷子里,他永远也说不清大豆和历史的关系,他永远也不知道老祖父的骊歌是哪一个乐团吹奏的。故乡真的远了,故乡真的远了吗?

我一直在夜里走到天亮,看到一轮金光乱射的太阳从两幢大楼的夹缝中向天空蹦跃出来,有另一群老人穿着雪白的运动衫在路的一边做早操,到处是人从黎明起开始蠕动的姿势,到处是人们开门拉窗的声音,阳光从每一个窗子射进。

不知道为什么,我老是惦记着老人和他的喇叭,分手以后我再也没有见过他。每次在街上遇到送葬的行列,我总是寻找着老人的面影;每次在凌晨的夜里步行,老人的脸与泪便毫不留情地占据我。最坏的是,我醉酒的时候,总要唱起:"我们隔着迢遥的山河,去看望祖国的土地,你用你的足迹,我用我游子的乡愁;你对我说,古老的中国没有乡愁,乡愁是给没有家的人,少年的中国也没有乡愁,乡愁是给不回家的人。"然后我知道,可能这一生再也看不到老人了。但是他被卡车载走以后的一段历史却成为我生命的刺青,一针一针地刺出我的血珠来。他的生命是伸缩喇叭凹凹扭扭的最后一个长音。

在冬夜寒冷的街心,我遇见一位喇叭手;春天来了,他还是站在那个寒冷的街心,孤冷冷地站着,没有形状,却充塞了整条街。

负琴盲翁

他翻睁着两个空白的眼球,无视于来来往往过路的人群,只是用心地弹琴唱着,咿咿唔唔地也听不清他在唱些什么,就在他盘坐的腿前放着一只破旧的缺了碗口几处的粗陶碗。

碗里零零落落地摆了一些硬币,偶尔有一两张十元的旧钞,歪歪扭扭躺在碗底,钞票的角在风里微微晃动。

许多过客的脚印杂沓地走过。

岁月,便也那样无声息地流过了。

我凑近去,他那不成调的抒情歌声便有一些分明了。

　　思想起——
　　歹命人啊,弹琴泪纷纷,
　　想起三十年前事喔,
　　一言难尽是讲未清,
　　生活过着是真艰苦。

　　思想起——

一日过了又一日,

不知如何啊,过三顿,

善心人啊,万望相疼痛,

同情阮是歹命人啊——

几个硬币又丢到盆里来,他却毫不知情地那样弹唱着,月琴的两根简单的弦,这时不知为何竟流出了一种苦难而无处倾泄的绞痛。那个负琴盲翁的血,竟像在两根琴弦上流淌,让我无法自安。

他只是一个小小的乞者,淹没在人潮中,也许我们发现了,丢给他三五元,如果我们没有发现,他也就像路边的一颗石头,那样的平常。

很多年来,我每年都要看见负琴盲翁几次,在大甲妈祖将要回娘家的妈祖庙口,他唱着思想起;在北港朝天宫的妈祖生日,他坐在大路上唱思想起;在西港王爷的烧王船典礼上,他也在无情的脚步中唱他那悲苦的思想起。每回我去做田野的报道,他总是在那里,弹唱着他眼泪纷纷的生活。

他没有形迹的,在我已知或未知的角落里生活着。他永远负着那一把油污的月琴,永远是一个破碗,永远是那一套残破的粗布灰衣。

他的月琴弹得真不错;我常站在他身后听了半天,不忍离去。

我想到老民谣歌手陈达,月琴是一个什么样的背负呢? 负琴的盲翁背着它四处游唱来讨微薄的生活,又有什么样的寓意呢?

有一回我听得呆了,在他破旧的碗中,颤抖地放下一张百元钞票,一位好心的路人走来向我说,你不用那么大方,现在的乞丐比我们有钱,真说不定他晚上回家住洋房,还有两个姨太太呢! 然后他善意地笑着走了。

那一刻我的感觉,至今想起来仍有一点荒谬,我真愿正如路人所说,他有个洋房也有两个姨太太,在他风尘奔波后的夜晚,服侍着他风烛般的躯体。

我的愿望常不免落空。

后来我逐渐知道了盲翁的身世,他姓林,是台中县树仔脚的人,不但没有洋房,没有姨太太,每天三餐的温饱都成为一种奢望。盲翁一生下便已经失明了,但是并没有丧失他面对生活的勇气,他在黝黑的夜中吹着凄凉的笛声,以按摩来维持简单的生活。

有一阵子,他在旅馆中巡回按摩的事业颇有起色,于是,认识了另一个按摩女,也便那样无知地结了婚,并且生子,夫妻俩一到暗夜便吹着喑哑的笛声,分头去帮人按摩,日子倒也平安,就把希望寄托在看起来正常的儿子身上。

没想到,旅馆的按摩业平地惊雷,被年轻的马杀鸡女郎侵占,盲翁和他的妻为了活下去,只好走到了街头,以琴弦代替笛声来讨生活。

如今呢?

如今盲翁的妻病倒在床上。

如今盲翁的孩子廿几岁了,眼睛是明的,却终日只是流着口水。

如今他在千扭万磨中依旧唱着:

> 思想起——
>
> 歹命的锁啊,
>
> 找不到锁匙的关着啦!

盲翁的歌声常在我读书时从窗外的夜空流进,那样喑哑的苦涩的琴声魔影似的伴随着。

我狠下心来买了一把月琴挂在客厅。

月琴的造型是美的,声音也清脆,但却蘸了血一样,在我望见时便流起无声的泪来,"思想起,歹命人啊——"

家家有明月清风

到台北近郊登山，在陡峭的石阶中途，看见一个不锈钢桶放在石头上，外面用红漆写了两个字"奉水"，桶耳上挂了两个塑料茶杯，一红一绿。在炎热的天气里喝了清凉的水，让人在清凉里感觉到人的温情，这桶水是由某一个居住在这城市里陌生的人所提供的，他是每天清晨太阳未升起时就提这么重的一桶水来，那细致的用心是颇能体会到的。

在烟尘滚滚的尘世，人人把时间看得非常重要，因为时间就是金钱，几乎到了没有人愿意为别人牺牲一点点时间的地步，即便是要好的朋友，如果没有重要的事情，也很难约集。但是当我在喝"奉水"的时候，想到有人在这上面花了时间与心思，牺牲自己的力气，就觉得在忙碌转动的世界，仍然有从容活着的人，他为自己的想法去实践某些奉献的真理，这就是"滔滔人世里，不受人惑的人"。

这使我想起童年住在乡村，在行人路过的路口，或者偏僻的荒村，都时常看到一只大茶壶，上面写着"奉茶"，有时还特别钉一个木架子把茶壶供奉起来。我每次路过"奉茶"，不管是不是口渴，总会灌一大杯凉茶，再继续前行，到现在我都记得喝茶的竹筒子，里面似乎还有竹林的清香。

我稍稍懂事的时候，看到了"奉茶"，总会情不自禁地想起乡下土地公庙的样子,感觉应该把放置"奉茶"者的心供奉起来,让人瞻仰,他们就是自己土地上的土地公,对土地与人民有一种无言无私之爱,这是"凡劳苦担重担的人,都到我这里来,我必使他得清凉"的胸怀。我想,有时候人活在这个人世,没有留下任何名姓也不是什么要紧的事,只要对生命与土地有过真正的关怀与付出,就算尽了人的责任。

很久没有看见"奉茶"了,因此在台北郊区看到"奉水"时竟低徊良久,到底,不管是茶是水,在乡在城,其中都有人情的温热。山道边一杯微不足道的凉水,使我在爬山的道途中有了很好的心情,并且感觉到不是那么寂寞了。

到了山顶,没想到平台上也有一桶完全相同的钢桶,这时写的不是"奉水",而是"奉茶",两个塑料茶杯,一黄一蓝,我倒了一杯来喝,发现茶是滚热的。于是我站在山顶俯视烟尘飞扬的大地,感觉那准备这两桶茶水的人简直是一位禅师了。在完全相同的桶里,一冷一热,一茶一水,连杯子都配得恰恰刚好,这里面到底是隐藏着怎么样的一颗心呢?

我一直认为不管时代如何改变,在时代里总会有一些卓然的人,就好像山林无论如何变化,在山林中总会有一些清越的鸟声一样。同样的,人人都会在时间里变化,最常见的变化是从充满诗情画意逍遥的心灵,变成平凡庸俗而无可奈何,从对人情时序的敏感,成为对一切事物无感。我们在股票号子(这号子取名真好,有点像古代的厕所)里看见许多瞪着广告牌的眼睛,那曾经是看云、看山、看水的眼睛;我们看签六合彩的双手,那曾经是写过情书与诗歌的手;我们看为钱财烦恼奔波的那双脚,那曾经是在海边与原野散过步的脚。我们的眼耳鼻舌身意看起来仍然是二十年前无异,可是在本质上,有时中夜照镜,已经完全看不出它们的连结,那理想主义的、追求完美的、每一个毛孔都充满光彩的我,究竟何在呢?

清朝诗人张灿有一首短诗："书画琴棋诗酒花,当年件件不离他;而今七事都更变,柴米油盐酱醋茶。"很能表达一般人在时空中流转的变化。从"书画琴棋诗酒花"到"柴米油盐酱醋茶",人的心灵必然是经过了一番极大的动荡与革命,只是凡人常不自觉自省,任庸俗转动罢了。其实,有伟大怀抱的人物也未能免俗,梁启超有一首《水调歌头》我特别喜欢,其后半阕是:"千金剑,万言策,两蹉跎。醉中呵壁自语,醒后一滂沱。不恨年华去也,只恐少年心事,强半为销磨。愿替众生病,稽首礼维摩。"我自己的心境很接近梁任公的这首词,人生的际遇不怕年华老去,怕的是少年心事的"销磨"。到最后只有"醒后一滂沱"了。

在人生道路上,大部分有为的青年,都想为社会、为世界、为人类"奉茶",只可惜到后来大半的人都回到自己家里喝老人茶了。还有一些人,连喝老人茶自遣都没有兴致了,到中年还能有"奉茶"的心,是非常难得的。

有人问我,这个社会最缺的是什么东西?

我认为最缺的是两种,一是"从容",一是"有情"。这两种质量是大国民的质量,但由于我们缺少"从容",因此很难见到步履雍容、识见高远的人;因为缺少"有情"则很难看见乾坤朗朗、情趣盎然的人。

社会学家把社会分为青年社会、中年社会、老年社会。青年社会有的是"热情",老年社会有的是"从容"。我们正好是中年社会,有的是"务实",务实不是不好,但若没有从容的生活态度与有情的怀抱,务实到最后正好是柴米油盐酱醋茶,牺牲了书画琴棋诗酒花。一个彻底务实的人其实是麻木的俗人,一个只知道名利实务的社会,则是僵化的庸俗社会。

在《大珠禅师语录》里记载了禅师与一位讲华严经座主的对话,可以让我们看见有情与从容的心是多么重要。

座主问大珠慧海禅师:"禅师信无情是佛否?"

大珠回答说："不信。若无情是佛者,活人应不如死人;死驴死狗,亦应胜于活人。经云:佛身者,即法身也,从戒定慧生,从三明六通生,从一切善法生。若说无情是佛者,大德如今便死,应作佛去。"

这说明禅的心是有情,而不是无知无感的,用到我们实际的人生也是如此。一个有情的人虽不能如无情者用那么多的时间来经营实利(因为情感是要付出时间的),可是一个人如果随着冷漠的环境而使自己的心也沉滞,则绝对不是人生之福。

人生的幸福在很多时候是得自于看起来无甚意义的事,例如某些对情爱与知友的缅怀,例如有人突然给了我们一杯清茶,例如在小路上突然听见了冰果店里传来一段喜欢的乐曲,例如在书上读到了一首动人的诗歌,例如听见桑间濮上的老妇说了一段充满启示的话语,例如偶然看见一朵酢浆花的开放……总的说来,人生的幸福来自于自我心扉的突然洞开,有如在阴云中突然阳光显露、彩虹当空,这些看来平淡无奇的东西,是在一株草中看见了琼楼玉宇,是由于心中有一座有情的宝殿。

"心扉的突然洞开",是来自于从容,来自于有情。

生命的整个过程是连续而没有断灭的,因而年纪的增长等于是生活数据的累积,到了中年的人,往往生活就纠结成一团乱麻了,许多人畏惧这样的乱麻,就拿黄金酒色来压制,企图用物质的追求来麻醉精神的僵滞,以至于心灵的安宁和融都展现成为物质的累积。

其实,可以不必如此,如果能有较从容的心情,较有情的胸襟,则能把乱麻的线路抽出、理清,看清我们是如何地失落了青年时代对理想的追求,看清我们是在什么动机里开始物质权位的奔逐,然后想一想:什么是我要的幸福呢? 我最初所想望的幸福是什么? 我波动的心为何不再震荡了呢? 我是怎么样落入现在这个古井呢?

我时常想起台湾光复初期的童年时代,那时社会普遍的贫穷,可是大部分人都有丰富的人情,人与人之间充满了关怀,人情义理也不曾被贫苦生活所昧却,乡间小路的"奉茶"正是人情义理最好的象征。记得我的父亲常挂在嘴上的一句话是:"人活着,要像个人。"当时我不懂这句话的涵义,现在才算比较了解其中的玄机。人即使生活条件只能像动物那样,人也不应该活得如动物失去人的有情、从容、温柔与尊严。在中国历代的忧患悲苦之中,中国人之所以没有失去特质,实在是来自这个简单的意念:"人活着,要像个人!"

人的贫穷不是来自生活的困顿,而是来自在贫穷生活中失去人的尊严;人的富有也不是来自财富的累积,而是来自在富裕生活里不失去人的有情。人的富有实则是人心灵中某些高贵特质的展现。

家家都有清风明月,失去了清风明月才是最可悲的!

喝过了热乎乎的"奉茶",我信步走入林间,看到在落叶层缝中有许多美丽的褐色叶片,拾起来一看,原来是褐蝶的双翼因死亡而落失在叶中,看到蝴蝶的翼片与落叶交杂,感觉到蝴蝶结束了一季的生命其实与树叶无异,尘归尘、土归土,有一天都要在世界里随风逝去。

人的身体与蝴蝶的双翼又有什么两样呢?如果在活着的时候不能自由飞翔,展现这片赤诚的身心,让我们成为宇宙众生迈向幸福的阶梯,反而成为庸俗人类物质化的踏板,则人生就失去其意义,空到人间一回了!

下山的时候,我想,让我恒久保有对人间有情的胸怀,以及一直保持对生活从容的步履;让我永远做一个为众生奉茶供水,在热恼中得到清凉的人。

无关风月

有一年冬天天气最冷的时候,我住在高雄县的佛光山上,我是去度假,不是去朝圣,每天过着与平常一样的生活,睡得很迟。

一天,我睡觉的时候忘了关窗,半夜突然下起雨刮起风,风雨打进窗来把我从沉睡中惊醒。在温热的南部,冬夜里下雨是很稀少的事,我披衣坐起,将窗户关上,竟再也不能入眠。点了灯,屋上清光一脉,桌上白纸一张,在风雨之中,暗夜中的灯光像花瓣里的清露,晶莹而温暖,我面对着那一张本来应该记录我生活的白纸,竟一个字都无法下笔。

我坐在榻榻米上,静听从远方吹来的风声,直到清晨微明的晨光照映入窗,室内的小灯逐渐灰黯下来。这时候,寺庙的晨钟"当"的一声破空而来,当——当——当,沉厚幽长的钟声遂一声接一声地震响了长空,我才深刻地知觉到这平时扰我清梦的钟声是如此纯明,好像人已站在极高的峰顶,那钟声却又用力拉拔,要把人超度到无限的青空之中,那是空中之音,清澈玲珑,不可凑泊;那是相中之色,羚羊挂角,无迹可循。

我推窗而立,寻觅钟声的来处,不觅犹可,一觅又使我大声地吃了一惊,只见几不可数的和尚和尼姑,都穿着整齐的铁灰色袈裟,分成两排长列,鱼贯地朝钟声走去,天上还下着小雨,他们好像无视于这尘世的风雨,——走进了钟声的包围之中。

和尚尼姑们都挺直腰杆,微俯着头,我站在高处,看不见任何一个表情,却看到他们剃得精光的头颅在风雨迷茫中闪闪生亮;一刹那,微微的晨光好像便普照了大地。那一长串钟声这时美得惊心,仿佛是自我的心底深处发出来,然后和尚尼姑诵晨经的声音从诵经堂沉厚地扬散出来,那声音不高不低不卑不亢,使大地在苏醒中一下子祥和起来,微风吹遍,我听不清经文,却也不免闭目享受那安宁的动人的诵经声。

那真是一次伟大的经验,听晨钟,想晨经,在风雨如晦的一间小小的客房中。

对于和尚尼姑,我一向怀有崇仰的心情,这起源于我深切地知道他们原都是人世间最有情的人,而他们物外的心情是由于在人世的涛浪中醒悟到情的苦难、情的酸楚、情的无知、情的怨憎,以及情所带给人无边的恼恨与不可解,于是他们避居到远远离开人情的深山海湄,成为心体两忘的隐遁者。

可是,情到底是无涯无际的广辽,他们也不免有午夜梦回的时刻、有寂寞难耐的时刻,这时便需要转化、需要升华、需要提醒,暮鼓晨钟在午夜梦回之后的清晨,在彩霞满天、引人遐思的黄昏提醒他们,要从情的轮回中跃动出来,从无边的苦中惊觉到清净的心灵。诵经则使他们对情的牵系转化到心灵的单一之中,从一遍又一遍单调平和的声音里不断告诫、洗炼自己从人世里超脱出来。而他们的升华,乃是自人世里的小情小爱转化成为世人的大同情和大博爱。

到最后,他们只有给予,没有收受,掏肝掏肺地去爱一些从未谋面的、在人世里浮沉的人,如果真有天意、真有佛心,也许我们都曾在他们的礼赞中得到一些平和的慰安吧!

然而,日复一日的转化、升华和提醒是如此的漫长无尽,那是永远不可能有解答,永远不可能有结局的。虽然只是钟声、经声,以及人间的同情,但都不是很容易的事。

我想到人,人要从无情变成有情固然不易,要由有情修得无情或者不动情的境界,原也是这般的难呀!

苦难终会过去的,和尚与尼姑们诵完经,鱼贯地走回他们的屋子,有一位知客僧来敲我的门,要我去用早膳。这时我发现,风雨停了,阳光正在山头一边孤独的角落露出脸来。

布 袋 莲

七年前我租住在木栅一间仓库改成的小木屋,木屋虽矮虽破,我却因风景无比优美而觉得饶有情趣。

每日清晨我开窗向远望去,首先看到的是种植在窗边的累累木瓜树,再往前是一棵高大的榕树,榕树下有一片栽植了蔬菜的田园和花圃,菜园与花圃围绕起来的是一个大约有半亩地的小湖,湖中不论春夏秋冬,总有房东喂养的鸭鹅在其中游嬉。

我每日在好风好景的窗口写作,疲倦了只要抬头望一望窗外,总觉得胸中顿时一片清朗。

我最喜欢的是小湖一角长满了青翠的布袋莲。布袋莲据说是一种生殖力强的低贱水生植物,有水的地方随便一丢,它就长出来了,而且长得繁茂强健。布袋莲的造型真是美,它的根部是一个圆形的球茎,绿的颜色中有许多层次,它的叶子也奇特,圆弧形地卷起,好像小孩仰着头望天空吹着小喇叭。

有时候,我会捞上几朵布袋莲放在我的书桌上,它没有土地,失去了水,往往还能绿很长一段时间,而且它的枯萎也不像一般植物,它是由绿转黄,然后慢慢干去,格外惹人怜爱。

后来,我住处附近搬来一位邻居,他养了几只羊,他的羊不知为什么喜欢吃榕树的叶子,每天他都要折下一大把榕树叶去养羊。到最后,他干脆把羊绑在榕树下,爬在树上摘叶子,才短短的几个星期,榕树叶全部被摘光了,剩下光秃秃的树枝,在野风中摇摆褪色的秃枝。

我憎恨那个放羊的中年汉子。

榕树叶吃完了,他说他的羊也爱吃布袋莲。

他特别做了一支长竹竿来捞取小湖中的布袋莲,一捞就是一大把,一大片的布袋莲没有多久就全被一群羊吃得一叶不剩。我虽几次制止他而发生争执,但是由于榕树和布袋莲都是野生,没有人种它们,它们长久以来就生长在那里,汉子一句话便把我问得哑口无言:"是你种的吗?"

汉子的养羊技术并不好,他的羊不久就患病了,不久,他也搬离了那里,可是我却过了一个光秃秃的秋天,每次开窗就是一次心酸。

冬天到了,我常独自一个人在小湖边散步,看不见一朵布袋莲,也常抚摸那些被无情折断的榕树枝,连在湖中的鸭鹅也没有往日玩得那么起劲。我常在夜里寒风的窗声中,远望在清冷月色下已经死去的布袋莲,辛酸得想落眼泪,我想,布袋莲和榕树都在这个小湖永远地消失了。

熬过冬天,我开始在春天忙碌起来,很怕开窗,自己躲在小屋里整理未完成的稿件。

有一日,旧友来访,提议到湖边散散步。我惊讶地发现榕树不知道什么时候萌发了细小的新芽,那新芽不是一叶两叶,而是千叶万叶,凡是曾经被折断的伤口边都冒出四五叶小小的芽,使那棵几乎枯去的榕树好像披上一件缀满绿色珍珠的外套。布袋莲更奇妙了,那原有的一角都已经扑满,还向两边延伸出去,虽然每一朵都只有一寸长,更因为低矮,使它们看起来更加缠绵，深绿还没有长成，是一片翠得透明的绿色。

我对朋友说起那群羊的故事，我们竟为了布袋莲和榕树的更生，快乐得在湖边拥抱起来，为了庆祝生的胜利，当夜我们就着窗外的春光，痛饮得醉了。

那时节，我只知道为榕树和布袋莲的新生而高兴，因为那一段日子活得太幸福了，完全不知道它有什么意义。

经过几年的沧桑创痛，我觉得情感和岁月都是磨人的，常把自己想成是一棵榕树，或是一片布袋莲，情感和岁月正牧着一群恶羊，一口一口地啃吃着我们原本翠绿活泼的心灵，有的人在这些啃吃中枯死了，有的人失败了，枯死和失败原是必有的事，问题是，东风是不是再来，是不是能自破裂的伤口边长出更多的新芽。

当然，伤口的旧痕是不可能完全复合的，被吃掉的布袋莲也不可能更生，不能复合不表示不能痊愈，不能更生不表示不能新生，任何情感和岁月的挫败，总有可以排解的办法吧！

我翻开七年前的日记，那一天酒醉后，我歪歪斜斜地写了两句话：

要为重活的高兴，
不要为死去的忧伤。

片片催零落

从小，我就是个沉默但好奇的孩子，有什么好玩的事总是瞒着父母奔跑去看，譬如听说哪里捕到一条五脚的乌龟，我是冒着被人踩扁的危险,也要钻到人丛中见识见识;有时候听到什么地方卖膏药的人会"杀人种瓜"的法术,我马上就背起书包,课也不上了,跑去一探究竟。爸爸妈妈常常找不到我,因为他们找我去买酱油的时候,说不定我正躲在公园的树上看情侣们的亲密行为。

我的这种个性,使我仿佛比同年纪的同学来得早熟一些。我小时候朋友不多,有的只是一起捣鸟巢、抓泥鳅、放风筝的那一伙,还有一起去赶布袋戏、歌仔戏、捡戏尾仔的那一票,谈不上有几个知心的朋友。我总觉得自己思想比他们高深一些,见识比他们广博一些。

小学四年级的时候,我们家附近一位大户人家要捡骨换坟,几天前我就在大人们的口中暗记下日期和地点。时间到的那一天,我背起书包装出若无其事地去上学,走到一半我就把书包埋在香蕉园中,折往坟场的方向去看热闹。

在我们乡下,捡骨是一件不小的事,要先请风水师来看风水,选定黄道吉日,做一场浩浩荡荡的法事,然后挖坟、开棺、捡骨,最后才重新觅地安葬。我到坟场的时候,已经聚集了很多严肃着面孔的大人,为了怕被发现,我就躲在山上的高处静静观看。

那时候棺材已经被挖出来了,正正摆在坟坑旁边画线的位子里,我看着那一个红漆已经剥落得差不多的棺木,原来在喃喃私语的大人们一下子安静下来,等待道士做完法事的开棺典礼,终于,道士在地上喷出了最后一口水,开棺的时刻到了。

咿呀一声,棺木的盖子被两个大汉用力掀开了,哗,山下传来一声喊叫到一半突然刹住的惊呼声,我张眼一看,大吃一惊,原来那被掘出来的老婆婆的容颜竟还像活着一般,她灰白的头发梳理得整整齐齐,灰白的脸容有一层缩皱的皮,身上穿的是暗蓝色的袍子,滚着细细的红边,颜色还鲜艳得如同新缝一般。所有的人停下了一切声息,我则是真的被吓呆了。那时清晨的瑞光大道，正满铺在坟地里，现出一个诡异精灵的世界。

正在我出神的当儿，听到有人呼喝我的名字，猛一回头，突然看到我四年级的级任老师站在背后的山下喊我，他一定是在同学的告密下来逮捕我了。我几乎是反射地跳了起来，往前奔逃而去。边跑我还边回头看那一位棺中的老妇，眼前的景象更是骇异，老妇的头发和面皮都褪落了，只剩下一颗光秃秃的头颅；她的衣裳也碎成一片一片围绕在棺里的四周，仅剩摆得端端正正的一副白骨；我揉揉眼睛再看，还是那个景象。从我回头看到老师，再转头看老妇之间不到一分钟的时间，竟是天旋地转，人天各异。

回家后，我病了两个星期，不省人事，脑中一片空白，只是老妇瞬间的变化不断地浮出来。最后还是我的级任老师来探望我，解释了半天的氧化作用，我的心情才平静，病情也开始有了起色。可是，这件事却使我对"不朽"的看法留下一个深刻的疑点，长得越大，那疑点竟如泼墨一般，一天比一天涨大。

后来我读到了佛家有所谓"白骨观"的说法，人的皮囊真是脆弱无比，阳光一射，野风一吹，马上就化去了，只留下一堆白骨。有时翠竹尽是真如，有时黄花绝非般若，到终了，什么都不是了。寒山有诗说："万境俱泯迹，方见本来人。"恐怕，白骨才是本来的人吧。

人既是这样脆弱，一片片地凋落着，从人而来的情爱，苦痛，怨憎，喜乐，嗔怒，是多么的无告呢？当我们觅寻的时候，是茫茫大千，尽十万世界觅一人为伴不得；当我们不觅的时候，则又是草漫漫的、花香香的、阳光软软的，到处都有好风漫上来。

这实在是个千古的谜题，风月不可解，古柏不可解，连三更初夜历历孤明的寒星也不可解。

我最喜爱的一则佛经的故事说不定可解：

梵志拿了两株花要供佛。

佛曰："放下。"

梵志放下两手中的花。

佛更曰："放下。"

梵志说："两手皆空,更放下什么?"

佛曰："你应当放下外六尘,内六根,中六识,一时拾却。到了没有可以拾的境界,也就是你免去生死之别的境界。"

温一壶月光下酒

逃　情

幼年时在老家西厢房,姊姊为我讲东坡词,有一回讲到定风波中"一蓑烟雨任平生"这个句子时让我吃了一惊,仿佛见到一个竹杖芒鞋的老人在江湖道上踽踽独行,身前身后都是烟雨弥漫,一条长路连到远天去。

"他为什么?"我问。

"他什么都不要了。"姊姊说,"所以到后来有'回首向来萧瑟处,归去,也无风雨也无晴'之句。"

"这样未免太寂寞了,他应该带一壶酒、一份爱、一腔热血。"

"在烟中腾云过了,在雨里行走过了,什么都过了,还能如何?所谓'来往烟波非定居,生涯蓑笠外无余',生命的事一经过了,再热烈也是平常。"

年纪稍长,才知道"竹杖芒鞋轻胜马,谁怕?一蓑烟雨任平生"的境界并不容易达到,因为生命中真是有不少不可逃不可抛的东西,名利倒还在其次;至少像:一壶酒、一份爱、一腔热血都是不易逃的,尤其是情爱。

记得日本小说家武者小路实笃曾写过一个故事,传说有一个久米仙人,在尘世里颇为情苦,为了逃情,入山苦修成道,一天腾云游经某地,看见一个浣纱女足胫甚白,久米仙人为之目眩神驰,凡念顿生,飘忽之间,已经自云头跌下。可见逃情并不是苦修就可以得到。

我觉得"逃情"必须是一时兴到,妙手偶得,如写诗一样,也和酒趣一样,狂吟浪醉之际,诗涌如浆,此时大可以用烈酒热冷梦,一时彻悟。倘若苦苦修炼,可能达到"好梦才成又断,春寒似有还无"的境界,离逃情尚远,因此一见到"乱头粗服,不掩国色"的浣纱女就坠落云头了。

前年冬天,我遭到情感的大创巨痛,曾避居花莲逃情,繁星冷月之际与和尚们谈起尘世的情爱之苦,谈到凄凉处连和尚都泪不能禁。如果有人问我:"世间情是何物?"我会答曰:"不可逃之物。"连冰冷的石头相碰都会撞出火来,每个石头中事实上都有火种,可见再冰冷的事物也有感性的质地,情何以逃呢?

情仿佛是一个大盆,再善游的鱼也不能游出盆中,人纵使能相忘于江湖,情是比江湖更大的。

我想,逃情最有效的方法可能是更勇敢地去爱,因为情可以病,也可以治病;假如看遍了天下足胫,浣纱女再国色天香也无可如何了。情者是堂堂巍巍,壁立千仞,从低处看是仰不见顶,自高处观是俯不见底,令人不寒而栗,但是如果在千仞上多走几遭,就没有那么可怖了。

理学家程明道曾与弟弟程伊川共同赴友人宴席,席间友人召妓共饮,伊川正襟危坐,目不斜视,明道则毫不在乎,照吃照饮。宴后,伊川责明道不恭谨,明道先生答曰:"目中有妓,心中无妓!"这是何等洒脱的胸襟,正是"云月相同,溪山各异",是凡人所不能至的境界。

说到逃情,不只是逃人世的情爱,有时候心中有挂也是情牵。有一回,暖香吹月时节与友在碧潭共醉,醉后扶上木兰舟,欲纵舟大饮,朋友说:"也要楚天阔,也要大江流,也要望不见前后,才能对月再下酒。"死拒不饮,这就是心中有挂,即使挂的是楚天大江,终不能无虑,不能万情皆忘。

以前读《词苑丛谈》,其中有一段故事:

后周末,汴京有一石氏开茶坊,有一个乞丐来索饮,石氏的幼女敬而与之,如是者达一个月,有一天被父亲发现了打她一顿,她非但不退缩,反而供奉益谨。乞丐对女孩说:"你愿喝我的残茶吗?"女嫌之,乞丐把茶倒一部分在地上,满室生异香,女孩于是喝掉剩下的残茶,一喝便觉神清体健。

乞丐对女孩说:"我就是吕仙,你虽然没有缘分喝尽我的残茶,但我还是让你求一个愿望。"神女只求长寿,吕仙留下几句话:"子午当餐日月精,元关门户启还局,长似此,过平生,且把阴阳仔细烹。"遂飘然而去。

这个故事让我体察到万情皆忘,"且把阴阳仔细烹"实在是神仙的境界,石姓少女已是人间罕有,还是忘不了长寿,忘不了嫌恶,最后仍然落空,可见情不但不可逃,也不可求。

越往前活,越觉得苏东坡"一蓑烟雨任平生""也无风雨也无晴"词意之不可得,想东坡也有"春色三分,二分尘土,一分流水。细看不是杨花,点点是离人泪"的情思;有"但愿人长久,千里共婵娟"的情愿;有"念故人老大,风流未减,空回首,烟波里"的情怨;也有"若待得君来向此,花前对酒不忍触。共粉泪,两簌簌"的情冷,可见"一蓑烟雨任平生"只是他的向往。

情何以可逃呢?

煮 雪

传说在北极的人因为天寒地冻,一开口说话就结成冰雪,对方听不见,只好回家慢慢地烤来听……

这是个极度浪漫的传说,想是多情的南方人编出来的。

可是,我们假设说话结冰是真有其事,也是颇有困难,试想:回家烤雪煮雪的时候要用什么火呢? 因为人的言谈是有情绪的,煮得太慢或太快都不足以表达说话时的情绪。

如果我生在北极,可能要为煮的问题烦恼半天,与性急的人交谈,回家要用大火煮烤;与性温的人交谈,回家要用文火。倘若与人吵架呢? 回家一定要生个烈火,才能声闻当时哔哔啵啵的火爆声。

遇到谈情说爱的时候,回家就要仔细酿造当时的气氛,先用情诗情词裁冰,把它切成细细的碎片,加上一点酒来煮,那么,煮出来的话便能使人微醉。倘若情浓,则不可以用炉火,要用烛火再加一杯咖啡,才不会醉得太厉害,还能维持一丝清醒。

遇到不喜欢的人不喜欢的话就好办了,把结成的冰随意弃置就可以了。爱听的话则可以煮一半,留一半他日细细品尝,住在北极的人真是太幸福了。

但是幸福也不常驻,有时候天气太冷,火生不起来,是让人着急的,只好拿着冰雪用手慢慢让它溶化,边溶边听。遇到性急的人恐怕要用雪往墙上摔,摔得力小时听不见,摔得用力则声震屋瓦,造成噪音。

我向往北极说话的浪漫世界,那是个宁静祥和又能自己制造生活的世界,在我们这个到处都是噪音的世代里,有时候我会希望大家说出来的话都结成冰雪，回家如何处理是自家的事，谁也管不着。尤其是人多要开些无聊的会议时，可以把那块噪杂的大雪球扔在家前的阴沟里，让它永远见不到天日。

斯时斯地，煮雪恐怕要变成一种学问，生命经验丰富的人可以依据雪的大小、成色，专门帮人煮雪为生；因为要煮得恰到好处和说话时恰如其分一样，确实不易。年轻的恋人则可以去借别人的"情雪"，借别人的雪来浇自己心中的块垒。

如果失恋，等不到冰雪尽溶的时候，就放一把大火把雪屋都烧了，烧成另一个春天。

温一壶月光下酒

煮雪如果真有其事，别的东西也可以留下，我们可以用一个空瓶把今夜的桂花香装起来，等桂花谢了，秋天过去，再打开瓶盖，细细品尝。

把初恋的温馨用一个精致的琉璃盒子盛装，等到青春过尽垂垂老矣的时候，掀开盒盖，扑面一股热流，足以使我们老怀堪慰。

这其中还有许多意想不到的情趣，譬如将月光装在酒壶里，用文火一起温来喝……此中有真意，乃是酒仙的境界。

有一次与朋友住在狮头山，每天黄昏时候在刻着"印心是佛"的大石头下开怀痛饮，常喝到月色满布才回到和尚庙睡觉，过着神仙一样的生活。最后一天我们都喝得有点醉了，揣着酒壶下山，走到山下时顿觉胸中都是山香云气，酒气不知道跑到何方，才知道喝酒原有这样的境界。

有时候抽象的事物也可以让我们感知，有时候实体的事物也能转眼化为无形，岁月当是明证，我们活的时候真正感觉到自己是存在的，岁月的脚步一走过,转眼便如云烟无形。但是,这些消逝于无形的往事,却可以拿来下酒,酒后便会浮现出来。

喝酒是有哲学的,准备许多下酒菜,喝得杯盘狼藉是下乘的喝法;几粒花生米一盘豆腐干,和三五好友天南地北是中乘的喝法;一个人独斟自酌,举杯邀明月,对影成三人,是上乘的喝法。

关于上乘的喝法,春天的时候可以面对满园怒放的杜鹃细饮五加皮;夏天的时候,在满树狂花中痛饮啤酒;秋日薄暮,用菊花煮竹叶青,人共海棠俱醉;冬寒时节则面对篱笆间的忍冬花,用蜡梅温一壶大曲。这种种,就到了无物不可下酒的境界。

当然,诗词也可以下酒。

俞文豹在《历代诗余引吹剑录》谈到一个故事,提到苏东坡有一次在玉堂日,有一幕士善歌,东坡因问曰:"我词何如柳七(即柳永)?"幕士对曰:"柳郎中词,只合十七八女郎,执红牙板,歌'杨柳岸,晓风残月'。学士词,须关西大汉、铜琵琶、铁棹板,唱'大江东去'。"东坡为之绝倒。

这个故事也能引用到饮酒上来,喝淡酒的时候,宜读李清照;喝甜酒时,宜读柳永;喝烈酒则大歌东坡词。其他如辛弃疾,应饮高粱小口;读放翁,应大口喝大曲;读李后主,要用马祖老酒煮姜汁到出怨苦味时最好;至于陶渊明、李太白则浓淡皆宜,狂饮细品皆可。

喝纯酒自然有真味,但酒中别掺物事也自有情趣。范成大在《骏鸾录》里提到:"番禺人作心字香,用素茉莉未开者,着净器,薄劈沉香,层层相间封,日一易,不待花蔫,花过香成。"我想,应做茉莉心香的法门也是掺酒的法门,有时不必直掺,斯能有纯酒的真味,也有纯酒所无的余香。我有一位朋友善做葡萄酒,酿酒时以秋天桂花围塞,酒成之际,桂香袅袅,直似天品。

我们读唐宋诗词,乃知饮酒不是容易的事,遥想李白当年斗酒诗百篇,气势如奔雷,作诗则如长鲸吸百川,可以知道这年头饮酒的人实在没有气魄。现代人饮酒讲格调,不讲诗酒,袁枚在《随园诗话》里提过杨诚斋的话:"从来天分低拙之人,好谈格调,而不解风趣,何也? 格调是空架子,有腔口易描,风趣专写性灵,非天才不辨。"在秦楼酒馆饮酒作乐,这是格调,能把去年的月光温到今年才下酒,这是风趣,也是性灵,其中是有几分天分的。

《维摩经》里有一段天女散花的记载,正在菩萨为弟子讲经的时候,天女出现了,在菩萨与弟子之间遍撒鲜花,散布在菩萨身上的花全落在地上,散布在弟子身上的花却像粘糊那样粘在他们身上,弟子们不好意思,用神力想使它掉落也不掉落。仙女说:

"观诸菩萨花不著者,已断一切分别想故。譬如,人畏时,非人得其便。如是弟子畏生死故,色、声、香、味,触得其便也。已离畏者,一切五欲皆无能为也。结习未尽,花著身耳。结习尽者,花不著也。"

这也是非关格调,而是性灵。佛家虽然讲究酒、色、财、气四大皆空,我却觉得,喝酒到极处几可达佛家境界,试问,若能忍把浮名,换作浅酌低唱,即使天女来散花也不能著身,荣辱皆忘,前尘往事化成一缕轻烟,尽成因果,不正是佛家所谓苦修深修的境界吗?

我似昔人，不是昔人

1

憨山大师有一年冬天读《肇论》，对里面僧肇大师谈到的"旋岚偃岳而常静，江河竞注而不流"感到十分疑惑，心思惘然。

又读到书里的一段：有一位梵志从幼年出家，一直到白发苍苍才回到家乡，邻居问梵志说："昔人犹在耶？"梵志说："吾似昔人，非昔人也。"憨山豁然了悟，说："信乎！诸法本无去来也！"

然后，他走下禅床礼佛，悟到无起动之相，揭开竹帘，站立在台阶上，忽然看到大风吹动庭院里的树，飞叶满空，却了无动相，他感慨地说："这就是旋岚偃岳而常静呀！"又看到河中流水，了无流相，说："此江河竞注而不流呀！"于是，去来生死的疑惑，从这时候起完全像冰雪融化一样，随手作了一首偈：

死生昼夜，水流花谢。

今日乃知,鼻孔向下。

2

我每一次想到憨山大师传记里的这一段,都会油然地感动不已,它似乎在冥冥中解释了时空岁月的答案。

表面上看,山上的旋岚、飘叶、云飞,是非常热闹的,但是山的本身却是那么安静——河中的水奔流不停,但是河的本质并没有什么改变。人的生死,宇宙的昼夜,水的奔流,花果的飘零,都像是这样,是自然的进程罢了。

这就是为什么梵志白发回乡,对邻居说:"我像是从前的梵志,却已经不是以前的梵志了。"

岁月在我们的身上,毫不留情地写下刻痕,在每一次揽镜自照的时候,都会慨然发现,我们的脸容苍老了,我们的白发增生了,我们的身材改变了,于是,不免要自问:"这是我吗?"

这就是从前那一位才华洋溢、青春飞扬、对人世与未来充满热切追求的我吗?

这是我,因为每一步改变的历程,我都如实地经验,还记得自己的十岁、二十岁、三十岁,一步一步的变迁。

这也不是我,因为不论在外貌、思想、语言都已经完全改变了。如果遇到三十年前的旧友,他可能完全不认得我,或许,我如果在街上遇见十岁时的自己,也会茫然地错身而过。

时空与我,在生命的历程上起着无限的变化,使我感到惘然。

那关于我的,到底是我吗? 不是我吗?

3

有一次返乡,在我就读过的旗山小学大礼堂演讲,我的两个母校,旗山小学、旗山初中都派了学生来献花,说我是杰出的校友。

演讲完后,遇到了我的一些小学中学的老师,简直不敢与他们相认,因为他们都老得不是原来的样子,当时我就想,他们一定也有同样的感慨吧!没想到从前那个从来不穿鞋上学的毛孩子,现在已经步入中年了。

一位二十年没见的小学同学来看我,紧紧握着我的手说:"二十年没见,想不到你变得这么老了!"——他讲的是实话,我们是两面镜子,他看见我的老去,我也看到了他的白发,其中最荒谬的是,我们都确信眼前这完全改变的同学,是"昔日人",也自信自己还是从前的我。

一位小学老师说:"没想到你变得这么会演讲呢!"

我想到,小时候我就很会演讲,只是中文不标准,因此永远没有机会站上讲台,不断挫折与压抑的结果,使我变得忧郁,每次上台说话就自卑得不得了,甚至脸红心跳说不出话来。

连我自己都不能想象,二十几年之后,我每年要做一百多次的大型演讲,当然,我的老师更不能想象的。

我不只是外貌彻底地改变了,性格、思想也不再是从前的自己。

但是,属于童年的我,却是旋岚偃岳、江河竞注,那样清晰、充满了动感。

4

今年过年的时候,在家里一张被弃置多年的书桌里,找到了我在童年、少年时代的一些照片,黑白的、泛着岁月的黄渍。

我坐在书桌前专注地寻索着那些早已在岁月之流中逝去的自己,瘦小、苍白,常常仰天看着远方。

那时在乡下的我们,一面在学校读书,一面帮忙家里的农事,对未来都有着茫然之感,只知道长大一定要到远方去奋斗,渴望有衣锦还乡的一天。

有一张照片后面,我写着:

男儿立志出乡关,

毕业无成誓不还。

那是初中三年级,后来我到台南读高中,大学考了好几次,有一段时间甚至灰心丧志,觉得天下之大,竟没有自己容身的地方。想到自己十五岁就离家了,少年迷茫,不知何往。

还有一张是高中一年级的,背后竟早熟地写着:

我是谁?

我从哪里来?

要往哪里去?

在人群里,谁认识我呢?

我看着那些照片,试图回到当时的情境,但情境已渺,不复可追。如果我不写说明,拿给不认识从前的我的朋友看,他们一定不能在人群里认出我来。

坐在地板上看那些照片,竟看到黄昏了,直到母亲跑上来说:"你在干什么呢?叫好几次吃晚饭,都没听见。"我说在看从前的照片。

"看从前的照片就会饱了吗?"母亲说,"快!下来吃晚饭。"

我醒过来,顺随母亲下楼吃晚饭,母亲说得对,这一顿晚饭比从前的照片重要得多。

5

这二十年来,我写了五十几本书,由于工作忙碌,很少回乡,哥哥姊姊竟都是在书里与我相见。

有一次,姊姊和我讨论书中的情节,说:"你真的经历这些事吗?"

"是的。"我说。

"真想不到,我的同事都问我,你写的那些是不是真的,我说我也不知道呀!因为我的弟弟十五岁就离家了。"

有时候,我出国也没有通知家里的人。那时在中国时报当主编,时常到国外去出差,几乎走遍了半个地球。亲戚朋友偶尔会问:

"这写埃及的,是真的吗?""这写意大利的,是真的吗?"

我的脸上并没有写过我到过的国家,我的眼里也无法映现生命那些私密经验的历程,因此,到后来连我自己也会问自己:"这些都是真的吗?"如果是假的,为什么如此真实?如果是真的,现在又在何处呢?生命的经验没有一段是真的,也没有一段是假的,回想起来,真的是如梦如幻,假的又是刻骨铭心,在走过了以后,真假只是一种认定呀!

6

有时候,不肯承认自己四十岁了,但现在的辈分又使我尴尬。

早就有人叫我"叔公"、"舅公"、"姨丈公"、"姑丈公"了,一到做了公字辈,不认老也不行。

我是怎么突然就到了四十岁呢?

不是突然!生命的成长虽然有阶段性,每天却都是相连的,去日、今日与来日,是在喝茶、吃饭、睡觉之间流逝的,在流逝的时候并不特别警觉,但是每一个五年、十年就仿佛是河流特别湍急,不免有所醒觉。

看着两岸的人、风景,如同无声的黑白默片,一格一格地显影、定影,终至灰白、消失。

无常之感在这时就格外惊心,缘起缘灭在沉默中,有如响雷。

生命会不会再有一个四十年呢?如果有,我能为下半段的生命奉献什么?

由于流逝的岁月,似我非我;未来的日子,也似我非我,只有善待每一个今朝,尽其在我的珍惜每一个因缘,并且深化、转化、净化自己的生命。

7

憨山大师觉悟到"旋岚偃岳而常静,江河竞注而不流"的时候,是二十九岁。想来惭愧，二十九岁的时候我在报馆里当主笔，旋岚乱动，江河散流，竟完全没有过觉悟的念头。

现在懂了一点点佛法、体验一些些无常、观照一丝丝缘起，才知道要做一个不受人惑的人是多么艰难。幸好，选到了一双叫"菩萨道"的鞋子，对路上的荆棘、坑洞，也能坦然微笑地迈步了。

记得胡适先生在四十岁时，曾在照片上自题"做了过河卒子，只好拼命向前"，我把它改动一下"看见彼岸消息，继续拼命向前"，来作为自己四十岁的自勉。

但愿所有的朋友，也能一起前行，在生命的流逝、在因缘的变换中，都能无畏，做不受惑的人。

以水为师

我很喜欢老子的一个故事。

传说老子的老师常枞要过世的时候,老子去请教老师最后的教化。常枞唤老子近身,叫老子看自己的嘴巴,问说:"你看我的牙齿还在吗?"

"没有,牙齿都掉光了。"老子回答。

"那么,你看我的舌头还在吗?"

"还在,还鲜红一如从前。"老子说。

常枞说:"这就是我要教你的最后一课呀。在这世界上,柔软是最有力量的。我死了之后,你要以水为师,水是这世上最柔软的东西,但是天下最刚强的东西也不能抵挡水。"

说完后,常枞就过世了。

这虽然是无法考证的传说,却点出了老子思想的精要所在,老子的《道德经》虽然讲的是"道"和"德",但以水来作象征的篇章很多,例如:

道冲,而用之或不盈。渊兮似万物之宗。挫其锐,解其纷,和其光,同其尘,湛兮似或存。

——道要像深渊一样深不可测,是万物的本源,要清澈得似有若无。

上善若水。水善利万物而不争,处众人之所恶,故几于道。

——最上善的人,像水一样。水能滋养万物;而且本性温柔,顺自然而不争;能蓄居在众人不愿居注的低下之处。有水这三种特质的人,就与道相近了。

持而盈之,不如其已。

——人的内心要像水一样,盛在任何器皿都不能太满,满了就会溢出,所以在满之前,就要知止。

知其雄,守其雌,为天下谿。

——知道雄壮刚强的好处,宁可处于雌伏柔顺的状态,这样的人才可以作为天下的谿谷,使众水流注。

譬道之在天下,犹川谷之于江海。

——道在天下万物,就像江海对于川谷,江海是百川的归宿,道也是万物的母亲。

天下之至柔,驰骋天下之至坚,无有入无间。

——天下最柔软的东西，才能驾御天下最坚强的东西，唯有以"无有"才能进入没有间隙的实体。

大国者下流，天下之牝，天下之交。

——伟大的国家应该像江海一样自居于下游，表现得像母性一样温柔，就会成为天下归结的所在。

江海所以能为百谷王者，以其善下之，故能为百谷王。

——江海所以能成为百川之王，是因为它善处于低下的位置，吸引百川汇注，所以成为百川之王。

天下莫柔弱于水，而攻坚强者莫之能胜。

——天下没有比水更柔弱的东西了，可是要攻破坚强的事物，没有一样胜过水。

……

因此，老子的哲学，我们可以说是水的哲学，也是守柔的哲学，也是他反复说明"守柔曰强"、"柔弱者，生之徒"、"弱者，道之用"、"柔弱胜刚强"等等的理由。但这种柔弱、柔顺、柔软、柔忍并非怯懦，而是"虚其心，实其腹。弱其志，强其骨"的。

天下人皆知水的珍贵，却往往轻忽那丰沛的水；善能以水为师的，实在是太少了。所以老子才会感慨地说："弱之胜强，柔之胜刚，天下莫不知，莫能行。"（弱能胜强，柔能克刚，天下人都知道，但天下人都难以实践。）

感慨还是好的，有时候令人悲哀，如果我们对人说应该以水为师、珍惜每一滴水、保护环境和水土，不要滥垦滥葬，不要设高尔夫球场，不要破坏森林，这时候，"下士闻道，大笑之，不笑不足以为道。"（识见浅薄的人听到珍贵的道理，便大笑起来，如果他不笑，也不能算道了）。

在天下大旱之际，想到老子"以水为师"、"守柔曰强"的思想，感受更是深刻，我们今天"居大旱而望云霓"，不正是从前"为者败之，执者失之"的结果吗？

为民牧者一边在破坏水土的球场上打高尔夫球，一边渴雨祈雨，有没有反省从前的作为呢？

光之四书

光 之 色

当塞尚把苹果画成蓝色以后，大家对颜色突然开始有了奇异的视野,更不要说马蒂斯蓝色的向日葵,毕加索鲜红色的人体,夏卡尔绿色的脸了。

艺术家们都在追求绝对的真实,其实这种绝对往往不是一种常态。

我是真正见过蓝色苹果的人。有一次去参加朋友的舞会,舞会不免有些水果点心,我发现就在我坐的位子旁边,一个摆设得精美的果盘中间有几只梨山的青苹果,苹果之上一个彩纸包扎的蓝灯,一束光正好打在苹果上,那苹果的蓝色正是塞尚画布上的色泽。那种感动竟使我微微地颤抖起来,想到诗人里尔克称赞塞尚的画:"是法国式的雅致与德国式的热情之平衡。"

设若有一个人,他从来没有见过苹果,那一刻,我指着苹果说:苹果是蓝色的。他必然要相信不疑。

然后,灯光变了,是一支快速度的舞。七彩的光在屋内旋转,打在果盘上,所有的水果顿时成为七彩的斑点流动。我抬头看到舞会男女,每个人脸上的肤色隐去,都是霓虹灯一样,只是一些活动的碎点,像极了秀拉用细点的描绘。此刻,我不仅理解了马蒂斯、毕加索、夏卡尔种种,甚至看见了除去阳光以外的真实。

在阳光下,所有的事物自有它的颜色;当阳光隐去,在黑暗里,事物全失去了颜色。设若我们换了灯,同样是灯,灯泡与日光灯会使色泽不同;即使同是灯泡,"白炽"与"荧光"相去甚巨,不要说是一支蜡烛了。我们时常说在黑夜的月光与烛光下就有了气氛,那是我们多出一种想象的空间,少去了逼人的现实,即使在阳光艳照的天气,我们突然走进树林,树叶掩映,点点丝丝,气氛仿佛滤过,围绕了周边。什么才是气氛呢? 因为不真实,才有气氛,令人迷惑。或者说除去直接无情的真实,留下迂回间接的真实,那就是一般人口里的气氛了。

有一回在乡下,听到一位农夫说到现今社会风气的败德,他说:"都是电灯害的,电灯使人有了夜里的活动,而所有的坏事全是在黑暗里进行的。"想想,人在阳光的照耀下,到底还是保持着本色,黑暗里失去本色,一只苹果可以蓝,可以七彩,人还有什么不可为呢?

这样一想,阳光确实无情,它让我们无所隐藏,它的无情在于它的无色,也在于它的永恒,又在于它的自然。不管人世有多少沧桑,阳光总不改变它的颜色,所以仿佛也不值得歌颂了。

熟知中国文学的人应该发现,中国诗人词家少有写阳光下的心情,他们写到的阳光尽是日暮(天寒翠袖薄,日暮倚修竹),尽是黄昏(月上柳梢头,人约黄昏后),尽是落日(大漠孤烟直,长河落日圆),尽是夕阳(去年天气旧亭台,夕阳西下几时回),尽是斜阳(斜阳外,寒鸦数点,流水绕孤村),尽是落照(家住苍烟落照间,丝毫尘事不相关)……阳光的无所不在,无地不照,反而只有离去时最后的照影,才能勾起艺术家诗人的灵感,想起来真是奇怪的事。

一朝唐诗、一代宋词,大部分是在月下、灯烛下进行,你说奇怪不奇怪? 说起来就是气氛作怪,如果是日正当中,仿佛都与情思、离愁、国仇、家恨无缘,思念故人自然是在月夜空山才有气氛,忧怀边地也只有在清风明月里才能服人,即使饮酒作乐,不在有月的晚上,难道是在白天吗? 其实天底下最大的痛苦不是在夜里,而是在大太阳下也令人战栗,只是没有气氛,无法描摹罢了。

有阳光的天色,是给人工作的,不是给人艺术的,不是给人联想和忧思的。有阳光的艺术不是诗人词家的,是画家的专利,中国一部艺术史大部分写着阳光,西方的艺术史也是亮灿照耀,到印象派的时候更是光影辉煌,只是现代艺术家似乎不满意这样,他们有意无意地改变光的颜色。抽象自不必说了,写实,也不要俗人都看得见颜色,而要透过画家的眼睛,他们说这是"超脱",这是"真实",这是"爱怎么画就怎么画才是创作"。

我常说艺术家是上帝错误的设计,因为他们要在阳光的永恒下,另外做自己的永恒,以为这样就成为永恒的主宰。艺术背叛了阳光的原色,生活也是如此。我们的黑夜越来越长,我们的屋子越来越密,谁还会在乎有没有阳光呢? 现在,我如果批评塞尚的蓝苹果,一定引来一阵乱棒,就像齐白石若画了蓝色的柿子也会挨骂一样;其实前后还不过是百年的时间,一百年,就让现代人相信,没有阳光,日子一样自在;亦让现代人相信,艺术家的真实胜过阳光的真实。

阳光本色的失落是现代人最可悲的一种,许多人不知道在阳光下,稻子可以绿成如何,天可以蓝到什么程度,玫瑰花可以红到透明,那是因为过去在阳光下工作的占人类的大部分,现在变成小部分了;即使是在有光的日子,推窗究竟看的是什么颜色呢?

　　我常在都市热闹的街上散步,有时走过长长的一条路,找不到一根小草,有时一年看不到一只蝴蝶,这时我终于知道:我们心里的小草有时候是黑色的,而在繁屋的每一面窗中,埋藏了无数苍白没有血色的蝴蝶。

光 之 香

　　我遇见一位年轻的农夫,在南方一个充满阳光的小镇。

　　那时是春末了,一期稻作刚刚收成,春日阳光的金线如雨倾盆地泼在温暖的土地上,牵牛花在篱笆上缠绵盛开,苦苓树上鸟雀追逐,竹林里的笋子正纷纷胀破土地。细心地想着植物突破土地,在阳光下成长的声音,真是人世里非常幸福的感觉。

　　农夫和我坐在稻埕旁边,稻子已经铺平张开在场上。由于阳光的照射,稻埕闪耀着金色的光泽,农夫的皮肤染了一种强悍的铜色。我在农夫家做客,刚刚是我们一起把谷包的稻谷倒出来,用犁耙推平的,也不是推平,是推成小小山脉一般,一条棱线接着一条棱线,这样可以让山脉两边的稻谷同时接受阳光的照射;似乎几千年来就是这样晒谷子,因为等到阳光晒过,八爪耙把棱线推进原来的谷底,则稻谷翻身,原来埋在里面的谷子全翻到向阳的一面来——这样晒谷比平面有效而均衡,简直是一种阴阳的哲学了。

　　农夫用斗笠扇着脸上的汗珠,转过脸来对我说:"你深呼吸看看。"

　　我深深地吸了一口气,缓缓吐出。

　　他说:"你吸到什么没有?"

　　"我吸到的是稻子的气味,有一点香。"我说。

　　他开颜地笑了,说:"这不是稻子的气味,是阳光的香味。"

"阳光的香味?"我不解地望着他。

那年轻的农夫领着我走到稻埕中间,伸手抓起一把向阳一面的谷子,叫我用力地嗅,那时稻子成熟的香气整个扑进我的胸腔;然后,他抓起一把向阴的埋在内部的谷子让我嗅,却是没有香味了。这个实验让我深深地吃惊,感觉到阳光的神奇,究竟为什么只有晒到阳光的谷子才有香味呢? 年轻的农夫说他也不知道,是偶然在翻稻谷晒太阳时发现的,那时他还是大学学生,暑假偶尔帮忙农作,想象着都市里多姿多彩的生活,自从晒谷时发现了阳光的味道,竟使他下决心要留在家乡。我们坐在稻埕边,漫无边际地谈起阳光的香味来,然后我几乎闻到了幼时刚晒干的衣服上的味道,新晒的棉被、新晒的书画,光的香气就那样淡淡地从童年中流泻出来。自从有了烘干机,那种衣香就消失在记忆里,从未想过竟是阳光的关系。

农夫自有他的哲学,他说:"你们都市人可不要小看阳光,有阳光的时候,空气的味道都是不同的。就说花香好了,你有没有分辨过阳光下的花与屋里的花,香气不同呢? "

我说:"那夜来香、昙花香又作何解释呢? "

他笑得更得意了:"那是一种阴香,没有壮怀的。"

我便那样坐在稻埕边,一再地深呼吸,希望能细细品味阳光的香气,看我那样正经庄重,农夫说:"其实不必深呼吸也可以闻到,只是你的嗅觉在都市里退化了。"

光 之 味

在澎湖访问的时候,我常在路边看渔民晒鱿鱼,发现晒鱿鱼有两种方式:一种是把鱿鱼放在水泥地上,隔上一段时间就翻过身来;在没有水泥地的土地,因为怕蒸起的水汽,渔民把鱿鱼像旗子一样,一面面挂在架起的竹竿上——这种景观是在澎湖、兰屿随处可见的,有的台湾沿海也看得见。

有一次一位渔民请我吃饭,桌子上就有两盘鱿鱼,一盘是新鲜的刚从海里捕到的鱿鱼,一盘则是阳光晒干以后,用水泡发,再拿来煮的。渔民告诉我,鱿鱼不同于其他的鱼,其他的鱼当然是新鲜的最好,鱿鱼则非经过阳光烤炙,不会显出它的味道来。我仔细地吃起鱿鱼,发现新鲜的虽脆,却不像晒干的那样有味、有劲,为什么这样,真是没有道理。难道阳光真有那样大的力量吗?

渔民见我不信,捞起一碗鱼翅汤给我,说:"你看这鱼翅好了,新鲜的鱼翅,卖不到什么价钱的,因为一点也不好吃,只有晒干的鱼翅才珍贵,因为香味百倍。"

为什么鱿鱼、鱼翅经过阳光曝晒以后会特别好吃呢? 确是不可思议。其实不必说那么远,就是一只乌鱼子,干的乌鱼子的价钱何止是新鲜乌鱼卵的十倍?

后来我在各地旅行的时候,特别留意这个问题,有一次在南投竹山吃东坡肉油焖笋尖,差一点没有吞下盘子。主人说那是今年的阳光特别好,晒出了最好吃的笋干;阳光差的时候,笋干也显不出它的美味;嫩笋虽自有它的鲜味,经过阳光,却完全不同了。

对鱿鱼、鱼翅、乌鱼子、笋干等等,阳光的功能不仅让它干燥、耐于久藏,也仿若穿透它,把气味凝聚起来,使它发散不同的味道。我们走入南货行里所闻到的干货聚集的味道,我们走进中药铺子扑鼻而来的草香药香,在从前,无一不是经由阳光的凝结。现在有无需阳光的干燥方法,据说味道也不如从前了。一位老中医师向我描述从前"当归"的味道,说如今怎样熬炼也不如昔日,我没有吃过旧日当归,不知其味,但这样说,让我感觉现今的阳光也不像古时有味了。

不久前,我到一个产制茶叶的地方,茶农对我说,好天气采摘的茶叶与阴天采摘的,烘焙出来的茶就是不同;同是一株茶,冬茶与春茶也全然两样。则似乎一天与一天的阳光味道不同,一季与一季的阳光更天差地别了,而它的先决条件,就是要具备一只敏感的舌头。不管在什么时代,总有一些人具备好的舌头能辨别阳光的壮烈与阴柔——阳光那时刻像是一碟精心调制的小菜,差一些些,在食家的口中已自有高下了。

这样想,使我悲哀,因为盘中的阳光之味在时代的进程中似乎日渐清淡起来。

光 之 触

八月的时候,我在埃及,沿着尼罗河自北向南,从开罗逆流而溯,一直往卢克索、帝王谷、亚斯文诸地经过。那是埃及最热的天气,晒两天,就能让人换过一层皮肤。

由于埃及阳光可怕的热度,我特别留心到当地人的穿着,北非各地,夏天的衣着也是一袭长袍长袖的服装,甚至头脸全包扎起来。我问一位埃及人:"为什么太阳这么大,你们不穿短袖的衣服,反而把全身包扎起来呢?"他的回答很妙:"因为太阳实在太大,短袖长袖同样热,长袖反而可以保护皮肤。"

在埃及八天的旅行,我在亚斯文旅店洗浴时,发现皮肤一层一层地凋落,如同干去的黄叶。埃及经验使我真实感受到阳光的威力,它不只是烧炙着人,甚至是刺痛、鞭打、揉搓着人的肌肤,阳光热烘烘地把我推进一个不可回避的地方,每一秒的照射都能真实地感应。

后来到了希腊,在爱琴海滨,阳光也从埃及那种磅礴波澜里进入一个细致的形式,虽然同样强烈地包围着我。海风一吹,阳光在四周汹涌,有浪大与浪小的时候,我感觉希腊的阳光像水一样推涌着,好像手指的按摩。

再来是意大利,阳光像极文艺复兴时代米开朗琪罗的雕像,开朗、强壮,但给人一种美学的感应,那时阳光是轻拍着人的一双手,让我们面对艺术时真切地清醒着。

到了中欧诸国,阳光简直成为慈和温柔的怀抱,拥抱着我们。我感到相当的惊异,因为同是八月盛暑,阳光竟有着种种变化的触觉:或狂野,或壮朗,或温和,或柔腻,变化万千,加以欧洲空气的干燥,更触觉到阳光直接的照射。那种触觉简直不只是肌肤的,也是心灵的,我想起一个寓言:

有一个瞎子,从来没有见过太阳,有一天他问一个好眼睛的人:"太阳是什么样子呢?"

那人告诉他:"太阳的样子像个铜盘。"

瞎子敲了敲铜盘,记住了铜盘的声音,过了几天,他听见敲钟的声音,以为那就是太阳了。

后来又有一个好眼睛的人告诉他:"太阳是会发光的,就像蜡烛一样。"

瞎子摸摸蜡烛,认出了蜡烛的形式,又过了几天,他摸到了一支箭,以为这就是太阳。

他一直无法搞清太阳是什么样子。

瞎子永远不能看见太阳的样子,自然是可悲的,但幸而瞎子同样有阳光的触觉。寓言里只有手的触觉,而没有心灵的触觉;失去这种触觉,就是好眼睛的人,也不能真正知道太阳的。

冬天的时候,我坐在阳台上晒太阳,同一个下午的太阳,我们能感觉到每一刻的触觉都不一样,有时温暖得让人想脱去棉衫,有时一片云飘过,又冷得令人战栗。晒太阳的时候,我觉得阳光虽大,它却是活的,是宇宙大心灵的证明,我想只要真正地面对过阳光,人就不会觉得自己是神,是万物之主宰。

只要晒过太阳,也会知道,冬天里的阳光是向着我们,但走远了,夏天则又逼近,不管什么时刻,我们都触及了它的存在。

记得梭罗在瓦尔登湖畔,清晨吸到新鲜空气,希望将那空气用瓶子装起,卖给那些迟起的人。我在晒太阳时则想,是不是有一种瓶子可以装满阳光,卖给那些没有晒过太阳的人呢?

每一天出门的时候,我们对阳光有没有触觉呢?如果没有,我们的感官能力正在消失,因为当一个人对阳光竟能无感,如果说他能对花鸟虫鱼、草木山河有观,都是自欺欺人的了。

两只松鼠

自从搬到山上来住，我最高兴的莫过于山后有两只野松鼠。

每天清晨，阳光刚从庭前射来，鸟儿的歌声吱吱啾啾地鸣动，这时我就搬了一张摇椅到庭前的花园，等待那两只野松鼠。我的园子里种了一棵高大的木瓜树，终年长满了木瓜，松鼠们总爱在阳光刚刚扑来的时候，到我园子里吃木瓜。

才一忽儿时间，两只野松鼠就头尾相衔，一高一低从远处奔跑过来，松大的尾巴高高地晃动着，它们每天都显得那么快乐，好像一对蹦蹦跳跳的孩子，顽皮地互相追逐着，伸头进栏杆时先摇摇嘴上的长须，一跃而入，往木瓜树蹿去。

争先恐后地上树后，便津津有味地吃起我种的木瓜了，它们先用爪子扒开木瓜的尾部，把尖嘴伸到木瓜里面，大吃大嚼起来，木瓜子和木瓜屑霎时间就落了一地，有时它们也改换一下姿势，回头偷偷瞧我，吱吱连声。

吃饱了早餐，用前爪抹抹嘴，顺着木瓜树干滑下来，滑到一半，借力往栏杆外一跳，姿势俊美到极点。两只松鼠一蹦一跳并肩地跑远，转眼间就没入长草不见了，仿若是一对天真的小孩儿吃饱了饭，急着去庙前看杂耍似的。

我在园子里看松鼠已经有一年的时间了,它们老是在我通宵工作的黎明时跑来,成为我最好的精神伙伴。有时候,木瓜不熟,它们也跑来园子里搞来搞去,奔跃嬉耍,尽兴了才离去。有时候,我会在栏杆上绑两根香蕉,看它们欢天喜地地吃香蕉,吃完了望望我,一溜烟跑了。

那两只松鼠一只黑色,一只深棕色,毛色都是光鲜柔软,在清早的阳光下常反射出缎子一般的光泽。小眼珠子滴溜溜地转,尾巴翘得半天高,真是惹人怜爱。

我们相处的时日久了,它们的胆子也大了,偶尔绕到我摇椅边来玩,穿来穿去,我作势一吓,它们便飞也似的跑开,但并不逃走,站在远远的地方观察我的动静,然后慢慢地再挨蹭过来。

除非我去远地,否则我和松鼠总像信守着诺言,每日在庭前相会,这一对小夫妻看起来相当恩爱,一日不可或离。

最近一个多月的时间,松鼠不来了,我每天黎明时刻减少了不少趣味,有时候愣愣地想起它们快乐的情状,它们到哪里去了呢?会不会换了山头?会不会松鼠妻子生了儿女?过一阵子说不定带一群小松鼠来看我哩!有时候仰望浩渺云天,想起我并不知道松鼠的家乡,我们只是在我客居的家前偶然相遇,却不知不觉生出一种奇妙的情缘,竟像日日相见的老友突然失踪,好生叫人挂念——原来,相处的时候很难深知自己的情感,一别离便可以测量,即使对一只小松鼠也是这样。

前几天我在山下散步时吃了一惊,社区的守卫室前挂着一个笼子,里面赫然是那只棕色的小松鼠,它正在笼子里的铁线圈拼命地跑动,跑累了,就伏在一边休息。

我问守卫老张,松鼠是怎么来的?他用浓重的山东口音说:"一个多月前捉到的。"

"为什么要捉它呢？"

"俺常看到松鼠在社区跑来跑去，用了一个陷阱，捉来玩玩。"

"只捉到一只吗？""捉到两只，另一只黑的，很漂亮，捉来一个下午就死了。""怎么死的？"我吓了一大跳。"捉到之后，它在笼子里乱撞乱跳，撞得全身都流血，我看它快撞死，宰来吃了。"

我一时间说不出话来，在我庭前玩耍了一年的松鼠被老张吃进肚里，早已化为粪土，尸骨无存了，它的爱侣大概脾气比较驯顺，因此可以在笼中存活下来，每天在铁线圈上拼命奔跑来娱乐别人，松鼠有知，当作何感叹？

最后，我买下那只棕松鼠，拿到庭前把它放了，它像一支箭一样毫不回头地向前奔去，棕影一闪，跑回它原来居住的山里去了。这只痛失爱侣的松鼠，日后不知要过什么样的生活，要再遇到什么样的伴侣，我想也不敢想了。

我最关心的是，它是不是会再来玩？

等了几天，松鼠都没有来。

我孤单地在黑暗中等待黎明的阳光，再也没有松鼠来与我分享鸟声初唱的喜悦。

我深深知道，我再也看不到那一对可爱的松鼠了，因为生命的步伐已走过，冷然无情地走过，就像远天的云，它每一刻都在改变，可是永远没有一刻相同，没有一刻是恒久的，有时候我觉得很高兴能和松鼠玩在一起，但是想念它们的时候，我更觉得岁月的白云正在急速地变换，正在随风飘过。

屋顶上的田园

连续来了几个台风,全台湾又为了菜价的昂贵而沸腾了,我们家是少数不为菜价烦恼的家庭。

今年春天,我坐在屋顶阳台乘凉的时候,看着空荡荡的阳台,心里想:"为什么不在阳台上种点东西呢?"我想到居住在乡间的亲戚朋友,每一小片空地也都是尽量地利用,空着三十几坪的阳台岂不是太可惜吗?

于是,我询问太太和孩子的意见,"到底是种花好呢?还是种菜好?"都认为是种菜好,因为花只是用来看的,菜却要吃进肚子里,而台湾的农药问题是如此的可怕。

孩子问我:"爸爸,你真的会种菜吗?"

我听了大笑起来,那是当然的啊!想想老爸是农人子弟,从小什么作物没有种过,区区一点菜算得了什么!"

自己吹嘘半天,却也有一些心虚起来,我的祖父、父亲都是农夫,我小时候虽也有农事的经验,但我少小离家,那已经是很遥远的事了。

种菜,首先要整地,立刻就面临要在阳台上砌砖围土的事情,这样工程就太浩大了。我和孩子一起讨论:"如果我们找来三十个大花盆,每一

055

个盆子栽一种菜,一个月之后,我们每天采收一盆,就会天天有蔬菜吃了。"

我把从前种花的时候弃置的花盆找出来,一共有十八盆,再去花市买了十二个塑胶盆子。泥土是在附近的工地向工地主任要来的废土,种子是托弟媳在乡下的市场买的。没有种过菜的人,一定想不到菜的种子非常便宜,一包才十元,大概可以种一亩地没问题,如果种一盆,种子不到一毛钱。小贩在袋子上都写了菜名,在乡下的菜名和城里的不同,因此搞了半天,才知道"格林菜"是"芥蓝菜","汤匙菜"是"青康菜","蕹菜"是"空心菜","美仔菜"是"莴苣",那些都是菜长出来后才知道的,其实,所有的青菜都很好吃,种什么菜都是一样的。

我先把工地的废土翻松,在都市里的土地从未种作,地力未曾使用,应该是很肥沃的,所以,种菜的初期,我们可以不使用任何肥料。我已经想好我要用的肥料了,例如洗米的水、煮面的汤、菜叶果皮,以及剩菜残羹等等。

叶菜类的生长速度非常的快,从发芽到采收只要三个星期的时间,几乎每天都可以因看到茂盛的生长而感到喜悦。特别是像空心菜、红凤叶、番薯叶,一天就可以长出一寸长。

我也决定了采收和浇水的方法。

一般的菜农采收叶菜,为了方便起见,都是整棵从地里拔起,我们在阳台种菜格外艰辛,应该用剪刀来采收,例如摘空心菜,每次只采最嫩的部分,其根茎就会继续生长,隔几天又可以收成了。

浇水呢?曾经自己种菜的弟弟告诉我,如果用自来水来浇灌,不只菜长不好,而且自来水费比菜价还高。我找来一些大桶子放在阳台,以便下雨时可以集水,平常则请太太帮忙收集洗米洗菜的水,甚至洗手洗澡的水,既是用花盆种菜,这样的水量也就够了。

我种的第一批菜快要可以收成的时候,发现菜园来了一些虫、蜗牛、蚱蜢等等小动物,它们对采收我的菜好像更有兴趣、更急切。这使我感到心焦,因为我是不杀生、不使用农药的,把小虫一只一只抓来又耗去了太多的时间。

有一天,一位在阳明山种兰花的朋友来访,我请他参观阳台的菜园。他说他发明了一种农药,就是把辣椒和大蒜一起泡水,一桶水里大约辣椒十条、大蒜十粒,然后装在喷水器里,喷在花盆四周和菜叶上,又卫生无毒又有奇效。

从此,我大约每星期喷一次自制的"农药",果然再也没有虫害了。

自从我种的菜可以采收之后,每次有朋友来,我都摘菜请客,他们很难相信在阳台可以种出如此甜美的菜。有一位朋友吃了我种的菜,大为感慨:"在台北市,大概只有两个大人物自己在屋顶上种菜,一个是王永庆,一个是林清玄。"

我听了大笑,大人物是谈不上,不过吃自己种的青菜确是非常踏实,有成就感。

还有一次,主持"玫瑰之夜"的曾庆瑜小姐来访,看到我种的菜,大为兴奋,摘了一枝红凤菜,也没有清洗,就当场大嚼起来,我想阻止她已经来不及了,如果告诉她农药和肥料的来源,她吃得一定更有"味道"了。

从开始种菜以来,就不再担心菜价的问题了,每有台风来的时候,我把菜端到避风的墙边,每次也都安然度过,真感觉到微小的事物中也有幸福欢喜。

每天的早晨黄昏,我抽出半个小时来除草、浇水、松土,一方面劳动了久坐的筋骨,一方面也想起从前在乡间耕作的时光,在劳苦之中感觉到生活的踏实。

我常想,地球上的土地是造物者为了生养人类而创造的,如今却有很多人把土地作为占有与幸进的工具,真是辜负土地原有的价值。

想到在东京银座有块土地的日本人,却拿来种稻子,许多人为他不把土地盖成昂贵的楼房,而种粗贱的稻米感到不可思议,那是因为人已经日渐忘记土地的意义了,东京银座那充满铜臭的土地还可以生长稻子,不是值得欢喜雀跃的事吗?

我在阳台上种菜是不得已的,但愿有一天能把菜种在真正的土地上。

卷　帘

　　有一次我买回一卷印刷的长江万里图长卷，它小得不能再小，比一枝狼毫小楷还短，比一碇漱金好墨还细，可以用一只手盈握，甚至把它放在牛仔裤的口袋里，走着也感觉不到它的重量。

　　中夜时分，我把那小小的图卷打开，一条万里的长江倾泻而出，往东浩浩流去，仿佛没有尽头。里面有江水、有人家、有花树、有亭台楼阁，全是那样浩大，人走在其中，还比不上长江水里一粒小小的泡沫。

　　那长江，在图面里是细小精致的，但在想象中却亘大无比。那长江，流过了多少世代、多少里程，流过多少旅人的欢欣与哀愁呢？想着长江的时候，我的心情不一定要拥有长江，也不要真的穿过三峡与赤壁，只要那样小而精致的一卷图册来包容心情，也就够了。

　　读倦的时候，把长江万里图双手卷起，放在书桌上的笔筒里，长江的美就好像全收在竹做的笔筒里；即使我的心情还在前一刻的长江奔流，也不免想到长江只是一握，乡愁，有时也是那样一握，情爱与生命的过往也是如此。它摊开来长到无边无际，卷起时盈盈一握，再复杂的心情刹那间凝结成一粒透明的金刚钻，四面放光。

　　那种感觉真是美，好像是钓鱼的人意不在鱼，而在万顷波涛，唐朝的船子和尚《颂钓者》诗写过这种心情：

千尺丝纶直下垂，一波才动万波随；夜静水寒鱼不食，满船空载月明归。

钓鱼的人意不在鱼，看图的人神不限于图，独坐的人趣不拘于独坐，正足以一波动万波，达到更高的境界。

同样的读屈原离骚，清朝诗人吴藻却读出"二卷离骚一卷经，十年心事十年灯"；同样看芦苇，王国维却看出"人生只似风前絮，欢也零星，悲也零星，都作连江点点萍"；同样诵梅花，黄庭坚却诵出"坐对真成被花恼，出门一笑大江横"；同样是夜眠有梦，欧阳修却梦到"夜凉吹笛千山月，路暗迷人百种花；棋罢不知人换世，酒阑无奈客思家"……同样是面对小小的景物，人却往往能超想于物外，不为景物所限。

这种卷帘望窗的心情几乎是无以形容的，像是"平芜尽处是春山，行人更在春山外"、是"佳句褧囊盛不住，满山风雨送人看"。秦观的几句词说得最好："无端天与娉婷，夜月一帘幽梦，春风十里柔情。"

帘与窗是不同的，正如卷起来的图画与装了画框的画不同。因为帘不管是卷起或放下，它总与外界的想象世界互通着呼吸，有时在黑夜不能视物，还能感受到微风轻轻的肤触，夜之凉意也透过帘的空隙在周边围绕。因为卷起来的画不像画框一览无遗，它里面有惊喜与感叹，打开的时候想象可以驰骋，卷收的时候仿佛拥有了无限的空间在自己掌中。

我从小就特别知觉那种卷藏的魅力，每看到长辈有收藏中国书画，总是希望能探知究竟。每天最喜欢的时刻，就是清晨母亲来把我们窗口的帘子卷起，阳光就像约定好的，在刹那间扑满整个房间，即使我们的屋子非常简陋，那一刻都能感觉到充分的光明与温暖。

父亲有一幅达摩一苇渡江的图画,画上没有署名,只是普通民间艺匠的作品,却也能感觉到江面在无限延伸。那达摩须发飞扬地站在一株细瘦几不可辨的苇草上,江水滔滔,达摩不动如山,两只巨眼凝视着东方湛然的海天,他的衣袂飘然若一片水叶,他的身姿又稳然如一尊大山。

父亲极宝爱那幅画,平时挂在佛堂的右侧,像神一样地看待他。佛堂是庄严神圣之地,我们只能远远看着达摩,不敢乱动。我十六岁时我们搬家,父亲把达摩卷成一卷,交我带到新家。

把达摩画像夹在腋下,在田埂上走的时候,我好像可以在肌肤上,感觉达摩的须发与巨眼,以及滚动的江水,顿时心中涌上一片温热,仿佛那田埂是一苇,两边随风舞动的稻子是江浪渺渺,整个人都飘飘然起来。

当时的达摩不是佛堂里神圣不可冒犯的神了,而和凡人一样有脉搏的跳动,令我感动不已。听说达摩祖师的东来之意,是要寻找一个"不受人惑"的人,"不受人惑"的理想标杆,原像一苇那么细弱,但把达摩收卷在腋下时,我觉得再细弱的苇草,也可以度人走过汩汩流波,"不受人惑"也就变得坚强,是凡人可以触及的。

我把达摩挂在新家的佛堂时,画幅由上往下开展,江水倾泻,达摩的巨眼在摊开的墙壁上,有如电光激射,是我以前都不能感受到的。如今一收一放,感觉之不同竟有至于斯,达到不可想象的境界。

在我们故乡附近,有一座客家村,村里千百年来,流传着一项风俗,就是新婚夫妻的新房门前,一定要挂一幅细竹编成的竹门帘;站在远处看三合院,如果其中有竹门帘,真像是挂在客厅里的中堂;它不像一般门帘是两边对分,而是上下卷起,富有古趣,想是客家的古制之一。

送给新婚夫妻的门帘上,有时绘着两株花朵,鲜艳欲滴地斗缠在一起;有时绘着一双龙凤,腾空飞翔互相温柔地对看;最普遍的是绘两只鸳鸯,悠然地、不知前方风雨地,从荷塘上相依飘过。

客家竹门帘的风俗,不知因何而起,不知传世多久,但它总给我一种遗世之美。每当我们送进一对新人放下门帘的时候,两只彩色斑斓的鸳鸯活了起来,在荷塘微风的扬动中,游过来,又追逐过去。纵令天色已暗,它们也无视外面忽明忽暗的星光。

新婚时的竹门帘,让人想到情感再折磨,也有永世的期待。

后来我常爱到客家村,有时不为什么,只为了在微风初起的黄昏去散步时,看看每家的竹门帘。偶尔看到人家门口多添了一张新门帘,就知道有一对新夫妻,正为未来的幸福做新的笺注和眉批。但是大部分人家的竹门帘,都在岁月的涤洗中褪色了,有的甚至破烂不堪,卷起时零零落落,像随时要支离。仔细地看,斗缠的花折断了,龙凤分飞了,鸳鸯有的折伴有的失侣,有的苍然浑噩不能辨视它旧日的模样。

原来,大部分夫妻婚后就一直挂着新婚的门帘,数十年不曾更换,时间一久,竟是失了形状,褪了色泽。我触摸着一只断足的鸳鸯,心中感怀无限:不知道那些老夫妇掀开门帘,走进他们不再鲜丽的门帘时,是一种什么心情。我知道的是,人世的情爱,少有能永远如新地穿过岁月的河流,往往是岁月走过,情爱也在其中流远,远到不能记忆青衫,远到静海无波。而情爱与岁月共同前行的步迹,正在竹门帘上显现出来。

有时候朋友结婚,我也会找一卷颜色最鲜、形式最缠绵的竹门帘送他们,并且告以这是客家旧俗中最美的一种传统,就看见两朵灿然的微笑,自他们的容颜升起。然而走在回家的路上,我却不敢想起客家村落常见的景象。那剥落的景象正如无星的黑夜,看不见一点光。

我知道情感可以如斯卷起,但门帘即使如新,也无以保存过去的感情,只好把它卷在心中最深沉的角落。就像卷得起长江万里图,心中挂着长江;卷得起一苇渡江,但江面辽阔,遥不可渡。

卷着的帘、卷着的画,全是谜一般的美丽。每一次展开,总有庄穆之心,不知其中是缠绵细致的情感,或是壮怀慷慨的豪情;也不知里面是江南的水势、江北的风寒,或是更远的关外的万里狂沙。唯一可确定的是,不管卷藏的内容是什么,总会或多或少触动心灵的玄机。

诗人韦庄有一阕常被遗忘的好词,正是写这种玄机被触动的心情:

> 春雨足,染就一溪新绿。柳外飞来双羽玉,弄晴相对浴。
>
> 楼外翠帘高轴,倚遍阑干几曲。云淡水平烟树簇,寸心千里目。

前半段写的是一双白羽毛的鸟在新绿的溪中相对而浴,是鸳鸯竹帘的心情;后半段写的是翠帘高卷的阑干上目见的美景,寸心飞越千里,是长江万里图的家国心情。读韦庄此词,念及他壮年经黄巢之祸的乱离,三十年家国和千百里河山全在一念之间,跌宕汹涌而出。而且我们不要忘记,他卷起的楼外,不只是一幅幅的图画,也是一层层的心情! 有时多感不一定要落泪,光看一张帘卷西风的图像,就能使人锥心。

我有一幅印刷的王维"山阴图卷",买来的时候久久不忍打开,一夜饮中微醉,缓缓展开那幅画。先看到左方从山石划出来的一苇小舟,坐着一位清须飘飘的老者泛舟垂钓,然后是远处小洲上几株迎风的小树,近景是一棵大树悠然垂落藤蔓。画的右边是三个人,两位老者促膝长谈,一位青年独对江水,两眼平视远方。最右侧是几株乱树,图卷在乱树中戛然而止。

泛舟老叟钓到鱼了没有? 我不知道。

两位老者在谈些什么? 我也不知道。

那位青年面对江水究竟在独思什么? 我更全然不知。

"山阴图卷"本来是一幅淡远幽雅的古画,是我们壮怀的盛唐里生活平静的写照。可是由于我的全然不知,读那幅画时竟有些难以排遣的幽苦,幻化在江边,我正是那独坐的青年,一坐就坐到盛唐的图画里去。等酒醒后,才发现盛唐以及其后的诸种岁月已流到乱树的背后,不可捉摸了。

我想过,如果那幅画是平裱在玻璃框里,我绝对不会有那时的心情,因为那青年的图像,在画里构图的地位非常之小,小到难以一眼望见;只有图卷慢慢张开的时候,才能集中精神,坐进一个难以测知的想象世界。

有一年,是在风雨的夜里吧,我在鼻头角的海边看海潮,被海上突来的寒雨所困,就机缘地夜宿灯塔。灯塔是最平凡的海边景致,最多只能赢得过路时一声美的赞叹。

夜宿的心情却不同。头上的强光一束,亮然射出,穿透雨网,明澈慑人。塔的顶端窗门竟有竹帘,我细心地卷了帘,看到天风海雨围绕周边,海浪激射一起一落,在夜雨的空茫里,渔火点点,有的面着强光驶进港内,有的依着光飘向渺不可知的远方。

那竹帘是质朴的原色,历经不知多少岁月还坚固如昔。竹帘不比灯塔,能指引海上漂泊的人,但它能让人的想象不可遏止还胜过灯塔。

我知道那是台湾的最北角,最北最北的一张竹帘。那么,仿佛一卷帘,就能望见北方的家乡。

家乡远在千山外,用帘、用画都可以卷,可以盈握,可以置于怀袖之中。卷起来是寸心,摊开来是千里目,寸心与千里,有一角明亮的交叠,不论走到哪里,都是浮天沧海远,万里眼中明。

在鼻头角卷帘看海那一夜,我甚至看见有四句诗从海面上浮起,并听到它随海浪冲打着岩岸,那四句诗是于右任的"壬子元日":

不信青春唤不回,不容青史尽成灰。低徊海上成功宴,万里江山酒一杯。

无灾无难到公卿

苏东坡有一首写自己孩子的诗,诗名叫"洗儿":

> 人皆养子望聪明,
> 我被聪明误一生;
> 惟愿孩儿愚且鲁,
> 无灾无难到公卿。

这首寄意反讽的诗,其实是有着深沉的悲哀,苏东坡是历代最伟大的诗人之一,他不只诗文盖世,也充满经世济民的怀抱,可惜他的人太聪明、太敏感,又常常写文章直抒胸臆,得罪了许多权贵,使他的一生迁徙流离,担任的都是一些芝麻绿豆的小官。

反过来看看朝廷的那些大官吧,一个个又愚笨又粗鲁,在一个政治不清明的时代,也只有愚鲁的人才可能做到公卿吧!这就不免令诗人生起感慨:"洗儿呀!如果你想无灾无难地做到公卿,只有愚鲁一些,免得被聪明所误!"

经过九百年了,我们回顾苏东坡所处的政治环境,才能更体贴诗人的悲哀,确实在他的时代,没有几个人比他聪明的,而他的同时代做公卿的人,我们甚至连名字都不知道,更别说是政绩了。

可见,在历史的洪流中,政治乃是一朝一夕之事,愚鲁的政治人物在得意洋洋之际,很快就会被潮流淹没了。而文章乃是寸心千古的事,文学家在灰心之余,不应跟着丧志,他的掌声不是来自政权的,而是来自民间的。

我有时会想,如果苏东坡一生都在宦海得意,可能正是中国文学的悲哀,一个人一直在权力的漩涡之中,不要说没有时间和心情创作了,在心情上也会失去"在野的沧桑",就难以有什么佳作了。因为,文学的心,基本上是在野的。

陶渊明、王维、李白、杜甫、杜牧、李商隐、陆游、苏东坡,哪一个是公卿呢? 在生命的流放与挫折的时候,才会有敏感的心来进入文学,也只有在悲哭流离之际才会写下动人的诗篇。

比较可叹的是,历史上做文学家的人都是生命中的第二选择,他们的第一志愿都是位居公卿。但是,幸而做了公卿的人,其实是断送了文学的心;幸而未做公卿的人,写出了千古的诗文。

这是历史上诡谲而难以衡量的真情实景,担任公卿的人不一定是愚且鲁的,但是政治是最限制与最现实的,不可能有什么石破天惊的作为,最后自然沦为平庸的公卿,百代之后看来,只有"愚且鲁"三个字可以形容了。写文章、作诗歌的也不一定是聪明人,只是文学是最无限与最富想象的,若有五分才气,加上持之以恒,不难成就一家之言,最后卓然成家,百年后观之,思想自在公卿之上。

我们不免就会形成天平的两端,一端是"无灾无难到公卿",二是"多灾多难多诗文",一端高起来,一端就垂下去,这是不变之理。一个人不可能拥有绝对的权力,还能写出绝对的好文章,因此政治人物的语录、文集、训示等等，用于谋权图治则可，作为文章，实在是世间的糟粕呀！

就以苏东坡来说，他自称是"寒族"、"世农"、"生于草茅尘土之中"，随父亲苏洵入京，举进士第之后，开始了坎坷的一生，他三十多岁就开始被贬谪、流放，从黄州、杭州、颖州、定州、惠州、儋州，一直到岭南，数十年都在迁徙流离中度过，两度被召回朝廷，做过翰林学士、中书舍人、侍读、兵部尚书等要职，随即又被流放，一直到他死前半年度岭北归才正式获赦。

真不敢想象苏东坡如果官场顺利会怎么样，顶多是另一个王安石或司马光吧。

苏东坡晚年最后的诗是《自题金山画像》：

心似已灰之木，
身如不系之舟。
问汝平生功业，
黄州惠州儋州。

写完这首诗，两个月后，他在常州病逝。

贬谪是不幸的，但贬逐也使苏东坡的创作更深沉，并且成为"平民英雄"。他一顶布帽、一根竹杖的形象，一直到现在都是平民百姓最喜欢的形象，温暖、可亲、而有人味。

在中国历史上，一直到现代，愚且鲁的人位居公卿的也不少，但要"无灾无难"也是难矣哉，政治人物动见观瞻，被骂被糗无日无之，要开拓自己的形象，有时不免要登全版的广告。即使心里不忮不求也不能讲出来，一说出来，纵使信誓旦旦，百姓也很难相信。做官的人动辄有数千万的财产，也有数亿、数十亿、百亿的，如果有人告诉我，他们都很清白、清高，我也不能相信呀！好吧，就算几十亿都清白、清高，这样的人能与村夫、农人、父老一起喝酒谈心吗？能真正锥心刺骨地了解百姓的贫困与艰苦吗？

"父老喜云集，箪壶无空携"，"江城浊酒三杯酽，野老苍颜一笑温"，"荷尽已无擎雨盖，菊残犹有傲霜枝。一年好景君须记，最是橙黄橘绿时"，还是做诗人文学家的苏东坡好呀！

愚且鲁的人做公卿可能是好的，像苏轼这样的人做公卿可能就不会舒适了！

黄玫瑰的心

林清玄散文精选

发芽的心情

有一年,我在武陵农场打工,为果农收成水蜜桃与水梨。那时候是冬天了,清晨起来要换上厚重的棉衣,因为山中的空气格外有一种清澈的冷,深深地呼吸时,凉沁的空气就涨满了整个胸肺。

我住在农人的仓库里,清晨挑起箩筐到果园子里去,薄雾正在果树间流动,等待太阳出来时往山边散去。在薄雾中,由于枝桠间的叶子稀疏,可以清楚地看见那些饱满圆熟的果实,从雾里浮凸出来,青鲜的还挂着夜之露水的果子,如同刚洗过一个干净的澡。

雾掠过果树,像一条广大的河流般,这时阳光正巧洒下满地的金线,果实的颜色露出来了,梨子透明一般,几乎能看见表皮内部的水分。成熟的水蜜桃有一种粉状的红,在绿色的背景中,那微微的红如鸡心石一样,流动着一棵树的血液。

我最喜欢清晨曦光初见的时刻。那时一天的劳动刚要开始,心里感觉到要开始劳动的喜悦,而且面对一片昨天采摘时还青涩的果子,经过夜的洗礼,竟已成熟了,可以深切地感觉到生命的跃动,知道每一株果树全有着使果子成长的力量。我小心地将水蜜桃采下,放在已铺满软纸的箩筐里,手里能感觉到水蜜桃的重量,以及那充满甜水的内部质地。捧在手中的水蜜桃,虽已离开了它的树枝,却像一株果树的心。

采摘水蜜桃和梨子原不是粗重的工作,可是到了中午,全身大致已经汗湿,中午冬日的暖阳使人不得不脱去外面的棉衣。这样轻微的劳作为何会让人汗流浃背呢?有时我这样想着。后来找到的原因是:水蜜桃与水梨虽不粗重,但它们那样容易受伤,非得全神贯注不可——全神贯注也算是我们对大地生养的果实一种应有的尊重吧!

才一个月的时间,我们差不多把果园中的果实完全采尽了,工人们全散工转回山下,我却爱上那里的水土,经过果园主人的准许,答应让我在仓库里一直住到春天。能够在山上过冬是我意想不到的事,那时候我早已从学校毕业,正等待着服兵役的集会,由于无事,心情差不多放松下来了。我向附近的人借到一副钓具,空闲的时候就坐着嘈嘈的客运车,到雾社的碧湖去徜徉一天,偶尔能钓到几条小鱼,通常只是看饱了风景。

有时候我坐车到庐山去洗温泉,然后在温泉岩石上晒一个下午的太阳;有时候则到比较近的梨山,在小街上散步,看那些远从山下来赏冬景的游客。夜间一个人在仓库里,生起小小的煤炉,饮一壶烧酒,然后躺在床上,细细地听着窗外山风吹过林木的声音,才深深觉得自己是完全自由的人,是在自然与大地工作过、静心等候春天的人。

采摘过的果园并不因此就放了假,果园主人还是每天到园子里去,做一些整理剪枝除草的工作,尤其是剪枝,需要长期的经验和技术,听说光是剪枝一项,就会影响了明年的收成。我四处游历告一段落,有一天到园子去帮忙整理,我目见的园中景象令我大大的吃惊。因为就在一个月前曾结满累累果实的园子此时全像枯去了一般,不但没有了果实,连过去挂在树枝尾端的叶子也都凋落净尽,只有一两株果树上,还留着一片焦黄的在风中抖颤的随时要落在地上的黄叶。

园子中的落叶几乎铺满,走在上面窸窣有声,每一步都把落叶踩裂,碎在泥地上。我并不是不知道冬天树叶会落尽的道理，但是对于生长在南部的孩子，树总是常绿的，看到一片枯树反而觉得有些反常。

我静静地立在园中，环目四顾，看那些我曾为它们的生命、为它们的果实而感动过的果树，如今充满了肃杀之气，我不禁在心中轻轻地叹息起来。同样的阳光、同样的雾，却洒在不同的景象之上。

曾经雇用我的主人，不能明白我的感伤，走过来拍我的肩，说："怎么了？站在这里发呆？""真没想到才几天的工夫，叶子全落尽了。"我说。"当然了，今年不落尽叶子，明年就长不出新叶了，没有新叶，果子不知道要长在哪里呢！"园主人说。

然后他带领我在园中穿梭，手里拿着一把利剪，告诉我如何剪除那些已经没有生长力的树枝。他说那是一种割舍，因为长得太密的枝干，明年固然能结出许多果子，但一棵果树的力量是一定的，太多的树枝可能结出太多的果，但会使所有的果都长得不好，经过剪除，就能大致把握明年的果实。我虽然感觉到那对一棵树的完整有伤害，但一棵果树不就是为了结果吗？为了结出更好的果，母株总要有所牺牲。

我看到有的拇指粗细的枝干被剪落，还流着白色的汁液，我问："如果不剪枝呢？"

园主人说："你看过山地里野生的芭乐吗？它的果子会一年比一年小，等到树枝长得太盛，根本就不能结果了。"

我们在果园里忙碌地剪枝除草，全是为了明年的春天做着准备。春天，在冬日的冷风中感觉起来是十分遥远的日子，但是当拔草的时候，看到那些在冬天也顽强抽芽的小草，似乎春天就在那深深的土地里，随时等候着涌冒出来。

果然，让我们等到了春天。

其实说是春天还嫌早，因为气温仍然冰冷一如前日。我到园子去的时候,发现果树像约定好的一样,几乎都抽出绒毛一样的绿芽,那些绒绒的绿昨夜刚从母亲的枝干挣脱出来,初面人世,每一片都绿得像透明的绿水晶,抖颤地睁开了眼睛。我看到尤其是初剪枝的地方,芽抽得特别早,也特别鲜明,仿佛是在补偿着母亲的阵痛。我在果树前深深的受到了感动,好像我也感觉了那抽芽的心情。那是一种春天的心情,只有在最深的土地中才能探知。

我无法抑制心中的兴奋与感动,每天第一件事就是跑去园子,看那些喧哗的芽一片片长成绿色的叶子,并且有的还长出嫩绿的枝桠,逐渐在野风中转成褐色。有时候,我一天去看过好几次,感觉黄昏的落日里,叶子长得比当日黎明要大得多。那是一种奇妙的观察,确实能知道春天的讯息。春天原来是无形的,可是借着树上的叶、草上的花,我们竟能真切地触摸到春天!冬天与春天不是天上的两颗星那样遥远,而是同一株树上的两片叶子,那样密结地跨着步。

我离开农场的时候,春阳和煦,人也能感觉到春天的肤触了。园子里的果树也差不多长出整树的叶子,但是有两株果树却没有发出新芽,枝桠枯干,一碰就断落,它们已经在冬天里枯干了。

果园的主人告诉我,每一年过了冬季,总有一些果树就那样死去了,有些当年还结过好果的树也不例外,他也想不出什么原因,只说:"果树和人一样也有寿命的,短寿的可能未长果就夭折,有的活了五年,有的活了十几年,真是说不准的。奇怪的是,果树的死亡真没有什么征兆,有的明明果子长得好好的,却就那样地死去了……"

"真是奇怪,这些果树是同时播种,长在同一片土地上,受到相同的照顾,种类也都一样,为什么有的到了冬天以后就活不过来呢?"我问着。

我们都不能解开这个谜题,站在树前互相对望。夜里,我为这个问题而想得失眠了。果树在冬天落尽叶子,为何有的在春天不能复活呢?

园子里的果树都还年轻,不应该这样就死去的。

"是不是有的果树不是不能复活,而是不肯活下去呢？就像有一些人失去了生的意志而自杀了？或者说在春天里发芽也要心情,那些强悍的树被剪枝,它们用发芽来补偿,而比较柔弱的树被剪枝,则伤心得失去了对春天的期待与心情。树,是不是有心情的呢？"我这样反复地询问自己,知道难以找到答案,因为我只看到树的外观,不能了解树的心情。就像我从树身上知道了春的讯息,而我并不完全了解春天。

我想到,人世间的波折其实也和果树一样。有时候我们面临了冬天的肃杀,却还要被剪去枝桠,甚至流下了心里的汁液。有那些懦弱的,他就不能等到春天,只有永远保持春天的心情等待发芽的人,才能勇敢地过冬,才能在流血之后还能繁叶满树,然后结出比剪枝前更好的果。

多年以来,我心中时常浮现出那两株枯去的水蜜桃树,尤其是受到什么无情的波折与打击时,那两株原本无关紧要的树,它们的枯枝就像两座生铁的雕塑,从我的心中撑举出来,我就对自己说:"跨过去,春天不远了,我永远不要失去发芽的心情。"而我果然就不会被冬寒与剪枝击败,虽然有时静夜想想,也会黯然流下泪来,但那些泪在一个新的春天来临时,往往成为最好的肥料。

青山白发

在北莺公路上，刚进入山佳的时候，发现道路两旁左边窜出来一丛丛苇芒，右边也窜出了一丛丛苇芒，然后车子转进了迂回的山路，芒花竟像一种秋天的情绪，感染了整片山丘，有几座乔木稀少的小丘，蒙上一片白。冬天的寒风从谷口吹来，苇上白色的芒花随着飘摇了起来。

我忍不住下车，站在那整山的白芒花前。青色山脉是山的背景，那时的苇芒像是水墨画的留白，这留白的空间虽未多作着墨，却充满了联想，仿佛它给山的天地多留了空间，我们可以顺着芒花的步迹往更远的天地走去。我站在苇芒花的中间，虽不能见到山的背面，也看不到那弯折的路之尽头，但我知道，顺着这飘动的白色寻去，山的背面是苇芒，路的尽头也是苇芒。

北莺公路是我常旅行的一条路，就在两星期前我曾路过这里，那时苇芒还只是山中的野草，芜杂地蔓生两旁，我们完全不能知觉它的美。仅仅两星期的时间，蔓生的野草吐出了心头的白，染满了山坡，顺势下望，可以看到一条大汉溪的两旁，那些没有耕种的田地，已经完全被白色占据了。好像这些白色的芒花不是慢慢开起，而是在一夜之间怒放。

在乡间，苇芒是最低贱的植物，也因此它的生命力特别强悍，一到秋天，它就成为山野中最美的景色了。有一年我在花盆里随意栽植一株苇芒，本来静静躺在花园一角，到秋末时它突然抽拔开花，使那些黄的红的花全成了烘衬它的背景。那时令我们感觉，苇芒代表了自然的时序，它一生的精华就在秋天。有一次我路过村落去探望郊区的朋友，在路旁拔了几株苇芒的长花送给朋友，他收到苇芒花时不禁感叹："竟然已是秋天了！"——苇芒给人秋天的感受，这时胜过了春天的玫瑰。

站在满山的芒花里，我想起一位特立独行的和尚云门文偃。云门是禅宗里追求心灵自由的代表，有一次一位和尚问他："什么是佛法的大意？"

"春来草自青！"他说。

又有和尚问他："什么是成佛的方法？"

"东山水上行！"他说。

在云门的眼中，佛法的大意与成佛的方法，其实就是一种自然，一种万物变化与成长的基本道理；透过这种自然的过程，我们既可以说佛法大意是"春来草自青"，当然也可以说是"秋来苇自白"，它是自然心，也是平常心。

云门和尚的祖师爷德山宣鉴，自以为天下学问唯我知焉，他从四川直向湖南走去，要向南方的禅师们挑战，好不容易到了澧阳崇信大师弘法的道场龙潭，一到龙潭不免心浮气傲地大叫："久闻龙潭大名，没想到潭也没有、龙也没有！"但看龙潭风景优美就住了下来。

有一天月黑风高，德山坐在寺前沉思佛法精义，忽然从黑暗中走出人影，正是崇信大师，对他说："夜深了，何不回到温暖的房里休息？"德山说："这回去的路太黑了！"崇信爱怜地说："我去给你点一盏灯，一盏光明之灯。"

不一会儿，崇信从寺中点来一盏灯，虽是一盏小灯，也足以照亮了通往龙潭寺的小路,他交给德山说:"拿去吧!这是光明的灯。"德山正伸手要接,崇信突然一口气吹熄了灯,一言不发,这时德山羞愧交加,猛然悟道,长跪不起。

德山所悟的道也正是心灵之灯,是自然的生发,而不是外力的点燃,这种力量原不限于灯,也就像秋天里满山的芒花,它不必言语,就让人体会了天地,全是在时间的推演下自然生变——青山犹有白发的时候,何况是人呢?

金刚经里说:"过去心不可得,现在心不可得,未来心不可得。"为什么不可得呢?因为面对自然的浩浩渺渺,人的心念实在是无比细小,而且时刻变化,让我们无法知解人生与自然的本意。这本意正是"春来草自青,秋来苇自白",是一种宇宙时空的推演。

我读过一本《醉古堂剑扫》,其中有这样几句:"今世昏昏逐逐,无一日不醉,无一人不醉。趋名者醉于朝,趋利者醉于野,豪者醉于声色车马,而天下竟为昏迷不醒之天下矣。安得一服清凉,人人解醒。"乃是人不能取富自然,所以不能得人间的清凉。虽说不少智慧之士想要突破这种自然演变的藩篱,像明朝才子于孔兼在《菜根谭题词》里说:"天劳我以形,吾逸吾心以补之;天通我以遇,吾高吾道以厄之。"想要找到一条补天通天的道路,可是,我们的心再飘逸,我们的道再高远,恐怕都无法让苇芒在春日里开花吧!

人面对自然、宇宙、时空的无奈实在是无可如何的事,豪放如李白在《把酒问月》诗中曾有淋漓的一段描写:"今人不见古时月,今月曾经照古人。古人今人若流水,共看明月皆如此。唯愿当歌对酒时,月光长照金樽里。"真真写出了淡淡的感慨。人能与月同行,而月却曾古今辉映,人在月中仅是流水一般情境。同样的,人能在苇草白头之时感慨不已,可是年年苇草白头,人事已非!

少年时代读《孔雀东南飞》,有几句至今仍不能忘:"君当作磐石,妾当作蒲苇,蒲苇韧如丝,磐石无转移",这是刘兰芝对丈夫表示永生不渝的誓词,竟把芦苇蒲草比作永远的磐石,令人记忆鲜明,最后仍不免徘徊庭树下自挂东南枝,殉情以殁;刘兰芝魂灵已远,不能知道她心中的苇草,仍在南方的山头开放。

想到苇草种种,突然浮起苏东坡的名句"青山一发是中原",那青山远望只是一发,而在秋天的青山里,那情牵动心的一发却已在无意中白了发梢,就是中原,此刻也是白发满山了吧!

我离开那座开满芒花的丘陵时,驱车往乡间走去,脑中全是在风中飘摇的芒花,竟使我微微地颤抖起来,有一种越过山头的冲动,虽然心里明明知道山头可攀,而青山白发影像烙在心头却是遥遥难越了。

娘子坑的午宴

亲戚的亲戚的亲戚请客,亲戚打电话来相约前往,我说人生地疏路遥,实在不好意思去,但也不免问起是何故请客,在哪里请客。

"他们在娘子坑请客,是在山上,种满了茶叶。"听到"娘子坑"这个地名,又有茶叶,我有几分动心了。亲戚又说:"是老人家过八十岁生日,儿孙给他做寿。这位年已八十的老人,还腿健目明,爬起山来如履平地呢!"我的心又动了几分。

当亲戚说到娘子坑请客的菜式时,我已经铁定要去了。他说:"他们请客的猪是自己养的,鸡鸭是自己宰的,蔬菜是自己种的,连烧菜的木柴都是山上砍来的。"加上他们今年的冬茶刚收,新焙完成,那一天又是冷锋逼人,想想到山上喝口新茶热酒也好,当下挂了话筒,驰车出门与亲戚会合,便往娘子坑荡荡而去。

"娘子坑"在生产豆干闻名的大溪镇郊外,从桃园往大溪过了大汉溪桥,往另一个岔路行去。我去过多次大溪,大溪给我的印象是相当繁华的,除了生产百吃不厌的豆干、豆腐乳、笋干等酱罐之外,还有非常高级的红木家具,街上的市容古意盎然,临着大汉溪的"大溪公园"花木扶疏,山水襟带,大概是全省最美的公园之一。总之,大溪是一个有密集格局的小镇。

但是，往娘子坑的路上就和大溪镇完全不同了。在娘子坑的路上，已经完全没有小市镇的影子，两侧都是农田了，屋子也不是两层的石灰洋房，而是坐落在田里的小砖屋了。路是新铺成的，听说这条娘子坑的路是近两年才辟成的，路上可没有一个行人。

为什么这样的地方偏取了一个"娘子坑"的名字呢？我问亲戚，他也说不出个所以然来。他说："有什么关系呢？只要风景好，叫什么名字都是一样的。"

不久，我们转入了一条尚未铺路的小径，车子颠簸前进，两旁都是果园，有橘树、柳丁，正红熟挂在树上，有些木瓜园子木瓜落了一地，另外还有一片香蕉树，长得格外的瘦小。以及一路的菜园，种植了各种青菜，在开垦的地当中有一两处特别曲折的，石头特别多的地还荒废着，开着不知名的野花，与芦絮一起在冷风中摇摆。

路上全是石子，车子碾过，石子跳起打在车底，叮叮咚咚，是一种好听而让人心疼的交响乐。亲戚说："走入这段石头地，就是今天宴客主人的地盘了，他在这座山里开辟了六十年，凡我们所走的路，所看到的果园菜圃，都是他一锄头一锄头打出来的。"听说这座山从前是石头满铺的山，根本不能种作的，现在除了走的路是石头外，已经大部分是良田了。这使我没有见到主人之前，就感到心向往之。

汽车到了山坳口再也不能前进，因为一条路到这里变成阶梯；我们弃车步行登山，顺阶梯而上一直到山顶，种的全是茶叶；这时山风盈袖，一阵清冷。亲戚说山上种的全是好的乌龙茶，我们俯身看着那矮小的茶树，发现有着新采过的痕迹，可以知道这一季的冬茶已经焙过。

转一个弯，红砖的小三合院在阳光下闪亮。主人看见我们，点燃一串长长的鞭炮，炮声在宁静的山谷回响，屋里屋外站满客人，原来，主人过八十大寿宴请八桌,特地从山下请来的厨师已经升火待发。八十岁的寿星从屋前迎来,声音清亮,望之如五十许人;为了宴客,特别穿了全新的蓝衫子,绷得紧紧的,几乎能看到他包裹在衣服里经过长年劳动的肌肉。

"原来是这么盛大的请客呀!"我说。

老寿星笑起来,说明为了这次请客,邀请来大溪、莺歌、三峡一带最好的厨师,因为材料都是山上的出产,厨师们已经在山上住了三天,研究着如何处理那些粗疏的菜色,使它可以上宴席。然后带我们在四周走了一圈,参观他们屋边的猪舍、鸡寮、狗屋,以及种满鸡冠花、圆仔花、金线菊的花园,就请我们在三合院的西厢入座。从西厢门望出去,正好是一片蓝色的天空和青色的山脉,主人养的鸽子早就在天空里飞翔了。几只小狗知道有请客,已在桌下就位,公鸡在院子里骄傲踱步。

上菜了,第一道冷盘是海蜇皮凉拌青木瓜丝,爽脆无比,青木瓜的脆劲犹胜过海蜇,我惊叹地说:"这才是真正的山珍海味,没想到青木瓜这么好吃。"主人听我赞赏,允请我回去时在木瓜园子里摘些木瓜回去,他说:"这木瓜要大到快熟的时候,凉拌才好吃。"

第二道是笋干封肉。听说笋干是去年山上的春笋,主人卖的时候留下那最嫩的一部分,早就预备好今年的寿诞请客的;肉也是上等好肉,是昨天才杀的,整整用笋干封炖了一天一夜;虽是寻常乡菜,由于火候够、材料好,在山风中吃起来,真让平地来的客人差一点吞了碗公。

接着是白切鸡,那鸡是刚生了蛋的小母鸡;是香菇猪肚,香菇是不远处人家烘焙的,朵小而味浓;是白菜卤干,白菜是自家种,未洒过农药的;是乞丐鸡,鸡肚里塞满了香菇和萝卜;是清炒空心菜,空心菜是种在草房的,翠得像玉……主人最遗憾的是,明虾和鳕鱼不是自己生产,听从厨师的建议在山下采买的,怕不是真正山上的口味。

最后一道菜是一个巨大的盘子里摆着十个红龟,上面印了"寿"字,是给客人带回家的;与红龟一起上来的是一道猪脚卤蛋面线,为祝主人高寿不得不吃的,吃完卤蛋,我们几乎已经站不起来了。撤下碗盘,主人要他的曾孙备茶待客,然后带我们去看"茶房",茶房里用竹篮一层层摆满茶叶,全是分级挑拣,准备送入大铁锅里烘焙。

主人说:"烘茶其实和做菜一样,靠的是材料和火候,好的材料如果没有火候,也不会有好茶。"等我们转回厢房,茶已经泡好,我已经不能形容那茶叶的好了。因为那不是茶不茶的问题,而是主人的好客和山上的清气,使我觉得世上再没有一种茶,能比茶农亲手泡的茶更能深深地浸入人的内心。何况那茶又真正是上好的。

喝茶的时候,主人说他有六个子女,孙子曾孙可以塞满一整个客厅,可是长大后,大部分离家星散,认为在山上种茶、种菜、种水果、养鸡、养猪没有前途,各自到山下找前途去了。有些发达起来,想接他们去同住,老人住不惯没有地的房子,吃不惯冰过的食物,还不如留在山上自在;因此如今偌大的庄园和一整个山头只有老夫妇和年过耳顺的大儿子在经营着,几个孙子每每抱怨光是走路去上学,就是一个多小时的路程,想必将来也要到山下去找前途的。这样,娘子坑八十岁老人的语气里不免透露出一种遗世的寂寞。

他感叹地说:"我年轻时也是从山下到山上找前途的,前途只是一种生活,生活得适意就是人的前途了。"他抬头望着门外青山,指着他的房子说:"你看,这屋子不算大,但也整整盖了六十年。这些地我种了六十年,你们进来的路也开了六十年。"六十年在他的口中只是一朵云飘过,即将飞过那渺不可知的山的另一边。

我们循原路回来的时候,我觉得这种自耕自食皇帝也不及的生活,已经在我们的四周逐渐退去消失,也许再过不久,世界再没有隐居的人,因此老人的音容笑貌竟盖满整个娘子坑——这时我才知道"娘子坑"名字的由来,它在从前,是偏陋荒凉到来此地垦荒的单身汉也讨不到娘子的地方。现在,却是别有天地非人间了。

回家以后,我把娘子坑带回来的青木瓜刨丝,凉拌海蜇皮,却如何也比不上在山上的味道。这使我迷惘起来,好像青木瓜一离开它娘子坑的土地,也失去了什么,而我如何能把青木瓜调出山上的滋味呢? 这是不可能的,因为老人种了六十年才种出来的木瓜,而我只不过在午宴的时候顺手带回来罢了,并没有把整个娘子坑带回来。

忘情花的滋味

　　院子里的昙花突然间开了，一共十八朵，夜里，打开院子里的灯，坐在幽暗的室内望向窗外，乳白色的昙花在灯下有一种难言的姿色，每一朵都是一幅春天的风景。

　　昙花是不能近看的，它适合远观，近看的昙花只是昙花，一种炫目的美丽，远观的昙花就不同了，它像是池里的睡莲在夜间醒来，一步一步走到人们的前庭后院，而且这些挺立在池中的睡莲都一起爬到昙花枝上，弯下腰，吐露出白色的芬芳。

　　第二天清晨昙花全谢了，垂着低低的头，我和妻子商量着，用什么方法吃那些凋谢的昙花，我说，昙花炒猪肉是最鲜美的一道菜，是我小时候常吃的。妻子说，昙花属于涅槃科，是吃斋的，不能与猪肉同炒，应该熬冰糖，可以生津止咳，可以叫人宠辱皆忘。

　　后来我们把昙花熬了冰糖，在春天的夜里喝昙花茶特别有一种清香的滋味，喝进喉里，它的香气仿佛是来自天的远方，比起阳明山上白云山庄的兰花茶毫不逊色——如果兰花是王者之香，昙花就是禅者之香，充满了遥远、幽渺、神秘的气味。

　　果然，妻子说，昙花的另一个名字叫"忘情花"，忘情就是"寂焉不动情,若遗忘之者",也就是晋书中说的"圣人忘情"。在缤纷灿烂的花世界里,"忘情花"不知是哪一位高人的命名,它为昙花的一生下了一个注解,昙花好像是一个隐者,举世滔滔中,昙花固守了自己的情,将一生的精华在一夜间吐放,它美得那么鲜明,那么短暂,因为鲜明,所以动人。因为短暂,才叫人难忘。当它死了之后,我们喝着用它煎熬成的昙花茶时,在昙花,它是忘情了,对我们,却把昙花遗忘的情喝进腹中,在腹中慢慢地酝酿。

由于喝昙花茶,使我想起童年时代吃昙花的几种滋味。

小时候,家后院种了一片昙花,因为妈妈是爱看昙花的,而爸爸,却是爱吃昙花的。据爸爸说,最好吃的昙花是在它盛开的时候,又香又脆,可是妈妈不许,她不准任何人在昙花盛放时吃昙花,因此春天昙花开成一片白的时候,我们也只好在旁边坐守,看它仰起的头垂下才敢吃它。

爸爸吃昙花有好几种方法,第一种方法是"昙花炒猪肉",把切成细丝的昙花和肉丝丢进锅中,烈火一炒,就是一道令人垂涎的好菜,这一道菜里昙花的滋味像是雨后笋园中冒出来的香芹,滑润、轻淡,入口即不能忘。

第二种方法是"昙花炖鸡",将整朵的昙花——洗净和鸡块同炖,放一点姜丝,这一道菜昙花的滋味有一点像香菇,汤是清的,捞起来的昙花还像活的一般。

第三种方法是"炸昙花饼",用糖、面粉和鸡蛋打匀,把昙花沾满,放到油锅中炸成金黄色即可食,这一道菜昙花的滋味香脆达于极致,任何饼都无法比拟。

我们的童年在爸爸调教下,几乎每个兄弟都是"食花的怪客",我们吃过的还不只是昙花,也吃过朱槿花、栀子花、银莲花、红睡莲、野姜花和百合花,我们还吃过寒芒花的嫩芽、鸡冠花的叶、满天星的茎,以及水笔仔的幼根,每种花都有不同的滋味。那时候年纪小不知道怜香惜玉这一套,如今想起那些花魂,心中总是有一种罪过的感觉。

食花真是有罪的吗? 食了昙花真能忘情吗? 有一次读《本草纲目》,知道古人也是食花的,古人也食草。在《本草纲目》谈到萱草时,引了李九华的延寿书说:"嫩苗为蔬,食之动风,令人昏然如醉,因名忘忧。"

如果萱草"忘忧草"的名是因之而起,我倒愿为昙花是"忘情花"下一注解:"美花为蔬,食之忘情,令人淡然超脱,因名忘情。"

"忘情花"的滋味是宜于联想的,在我们的情感世界里,"忘情"几乎是不可能的境界,因为有爱就有纠结,有情就有牵缠,如何在纠结牵缠中能拔出身来,走向空旷不凡的天地,就要像"忘情花"一样在短暂的时间里开得美丽,等凋萎了以后,把那些纠结牵缠的情经过煎、炒、煮、炸的锻炼,然后一口一口吞入腹里,并将它埋到心底最深处,等到另一个开放的时刻。

每个人的情感都是有盛衰的,就像昙花即使忘情,也有兴谢。我们不是圣人,不能忘情,再好的歌者也有恍惚失曲的时候,再好的舞者也有乱节而忘形的时刻,我们是小小的凡人,不能有"爱到忘情近佛心"的境界,但是我们可以"藏情",把完成过、失败过的情爱像一幅卷轴一样卷起来放在心灵的角落,让它沉潜,让它褪色,在岁月的足迹走过后打开来,看自己在卷轴空白处的落款,以及还鲜明如昔的刻印。

我们落过款、烙过印;我们惜过香、怜过玉;这就够了,忘情又如何? 无情又如何?

一杯蜜是炼过几只蜂的

　　住处附近,有一家卖野蜂蜜的小店,夏日里我常到那里饮蜜茶,常觉在炎炎夏日喝一杯冰镇蜜茶,甘凉沁脾,是人生一乐。

　　今年我路过小店,冬蜜已经上市,喝了一杯蜜茶,付钱的时候才知道涨了一倍有余,我说:"怎么这样贵,比去年涨了一倍。"照顾店面眉目清秀的初中小女生,讲得一口流利的好中文,马上应答道:"不贵,不贵,一杯蜜是炼过几只蜂的。"

　　这句话令我大惑不解,惊问其故。小女生说:"蜜蜂酿一滴蜜,要飞很远的地方,要采过很多花,有时候摘蜜,要飞遍一整座山头哩!还有,飞得那么远,说不定会迷路,说不定给小孩子捉了,说不定飞得疲倦,累死了。"听了这一番话,我欣然付钱,离开小店。

　　走回家的路上,我一直想着那位可爱的小女孩说的话,一任想象力奔飞,也许真是这样的,一杯在我们手中看起来不怎么样的蜜茶,是许多蜜蜂历经千辛万苦才采集得来,我们一口饮尽。一杯蜜茶,正如饮下了几只蜜蜂的精魂。蜜蜂是一种奇怪的动物,它飞来飞去,历遍整座山头、整个草原,搜集了花的精华,一丝一丝酝酿,很可能一只蜜蜂的一生只能酿成一杯我们喝一口的蜜茶吧!

几年前,我居住在高雄县大岗山的佛寺里读书,山下就有许多养蜂人家,经常的寻访,使我对蜜蜂这种微小精致的动物有一点认识。养蜂的人经常上山采集蜂巢,他们在蜂巢中找到体型较大的蜂王,把它装在竹筒中,一霎时,一巢嗡嗡营营的蜜蜂巢都变得温驯听话了,跟在手执蜂王的养蜂人后面飞,一直飞到蜂箱里安居。

蜜蜂的这种行为是让人吃惊的,对于蜂王,它们是如此专情,在一旁护卫,假若蜂王死了,它们就一哄而散,连养蜂人都不得不佩服,但是养蜂人却利用了蜜蜂专情的弱点,驱使它们一生奔走去采花蜜——专情的人恐怕也有这样的弱点,任人驱使而不自知。

但是蜜蜂也不是绝对温驯的,外敌来犯,它们会群起而攻,毫不留情,问题是,每一只蜜蜂的腹里只有一根螯刺,那是它们生命的根本,一旦动用那根螯刺攻击了敌人,它们的生命很快也就完结了。用不用螯刺在蜜蜂是没有选择的,它明知会死,也要攻击。——有时,人也要面临这样的局面,选择生命而畏缩的人往往失败,宁螯而死的往往成功,因为人是有许多螯刺的。

养蜂的人告诉我,蜜蜂有时也有侵略性的,当所有的花蜜都采光的时候,急需蜂蜜来哺育的蜜蜂就会倾巢而出,到别的蜂巢去抢蜜,这时就会发生一场激烈的战斗,直到尸横遍野才分出胜负——人何尝不是如此,仓廪实才知荣辱,衣食足才知礼仪。

为了应付无蜜的状况,养蜂人只好欺骗蜜蜂,用糖水来养蜜蜂,让它们吃了糖水来酿蜜,用来供应爱吃蜜的人们——再精明的蜜蜂都会上当,就像再聪明的人也会上当一样。蜜蜂是有社会性的群居动物,在某些德性上和人是很接近的,但是不管如何,蜜蜂是可爱的,它们为了寻找花中甘液,万苦不辞,里面确实有一些艺术的境界。在汲汲营营的世界里,究竟有多少人能为了追求甘美的人生理想而永不放弃呢?

旧时读过一则传说,其中有些精神与蜜蜂相似,那是记载在《辍耕录》里的传说:"有年七八十老人,自愿舍身济众,绝不饮食,惟澡身啖蜜经月,便溺皆蜜,既死,国人殓以石棺,乃满用蜜浸之,镌年月于棺盖之;俟百年后启封,则成蜜剂,遇人折伤肢体,服少许,立愈,虽彼中也不多得,俗曰蜜人。"这个蜜人的传说不一定可信,但是一个人的牺牲在百年之后还能济助众人,可贵的不在他的尸体化成一帖蜜剂,而是他的精神借着蜜流传了下来。

蜜蜂虽不澡身,但是它每天啖蜜,让人们在夏季还能享受甘凉香醇的蜜茶,在啖蜜的过程,有许多蜜蜂要死去,未死的蜜蜂也要经过许多生命的熬炼,熬呀熬的才炼出一杯蜜茶,光是这样想,就够浪漫,够令人心动了。

在实际人生中也是如此,生命的过程原是平淡无奇,情感的追寻则是波涛万险,如何在平淡无奇波涛万险中酿出一滴滴的花蜜,这花蜜还能让人分享,还能流传,才算不枉此生。虽然炼蜜的过程一定是痛苦的,一定要飞过高山平野,一定要在好大的花中采好少的蜜,或许会疲累,或许会死亡。

可是痛苦算什么呢? 每一杯蜂蜜都是炼过几只蜂的。

生命的酸甜苦辣

朋友请我吃饭，餐桌有一道菜是生炒苦瓜，一道是糖醋豆腐，一道是辣椒炒千丝。我看了桌上的菜不禁莞尔，说："今天酸甜苦辣都到齐了。"朋友仔细看看桌上的菜，不禁拍案大笑。

这使我想到，即使是植物，也各有各的特性：甘蔗是头尾皆甜，柠檬则里外是酸，苦瓜是连根都苦，辣椒则中边全辣，它们这种特性，经过长时间的藏放也不失去，即使将它碎为微尘粉末，其性也不改。还有一些做药材的植物，不管制成汤、膏、丸、散，或经长久的熬煮，特质也不散灭。

我们生活中的心酸、甜蜜、苦痛、辛辣种种滋味，不亦如植物的特性吗？一旦我们品尝过了，似乎就永不失去。在我们的生命情境中，有很多时候，是酸甜苦辣同时放在一桌的，一个人不可能永远挑甜的吃，偶尔吃点苦的、辣的、酸的，有助于我们品味人生。

在酸甜苦辣的生命经验更深刻之处，有没有更真实的本质呢？

若说柠檬以酸为本性，辣椒以辣为本性，甘蔗以甜为本性，苦瓜以苦为本性，那么人的本性又是什么呢？

我们常说"这个人本性不良"，或"那个人本性善良"，可是，我们常看到素性不良的人改邪归正，又常见到公认本性良善的人却堕落了。这种本性似乎是"可转"、"能改变"的，因此我们语言上所说的"本性"，事实上只是一种"熏习"，是习气的长期熏染而表现在外的，并不是最深刻的自我。

习气，是一种莫名其妙的偏执，正如嗜吃辣椒与柠檬的人，说不出是什么原因。但人生的一切烦恼正是由这种偏执而产生，偏执是可矫正的，矫正的方法就是中道，例如柠檬虽是至酸之物，若与甘蔗汁中和，就变得非常的可口。去除习气只有利用中和的方法，人最大的习气不外乎是贪、瞋、痴，贪应该以"戒"来中和，瞋应该以"定"来中和，痴应该以"慧"来中和。一个人时时能中和自己的习气，就能坦然地面对生活。不至于被习气所左右。

我国有一个很有名的民间传说，相传汉朝有一位孟姓女子，幼读儒书，长大学佛，普遍得到乡里的敬爱，年老以后被称为"孟婆"。她死后称为幽冥之神，建了一座"醧忘台"，在阴阳之界投胎必经之路。孟婆取甘、苦、酸、辛、咸五味做成一种似酒非酒的汤，称为"孟婆汤"，投胎的人喝了这种汤就完全忘记前世，然后走入今生甘苦酸辛咸的旅程。

传说每一个魂魄入胎之前，各种滋味都要尝一点才能投胎，这是为什么人人都要在一生遍尝五味的缘由。传说又说，有的人甜汤喝多了，日子就过得好些；有的人苦汁喝得多，这一生就惨兮兮。

"孟婆汤"的传说非常有趣，启示我们：既然投生为人，就不可能全是甜头，生命里是有各种滋味的。甘、苦、酸、辛、咸既是人生的五味，我们就难以只拣甜的来吃，别的滋味也多少会尝一些，如果是不可避免的，就欢喜地吃吧！

想想看，人生如果是一桌宴席，上桌的菜若都是蛋糕、甜汤，也是非常可怕的呀！

生平一瓣香

你提到我们少年时代,常坐在淡水河口看夕阳斜落,然后月亮自水面冉冉上升的景况,你说:"我们常边饮酒边赋歌,边看月亮从水面浮起,把月光与月影投射在河上,水的波浪常把月色拉长又挤扁,当时只是觉得有趣,甚至痴迷得醉了。没想到去国多年,有一次在密西西比河水中观月,与我们的年少时光相叠,故国山川争如水中之月、镜中之花,挤扁又拉长,最后连年轻的岁月也成为镜花水月了。"

这许多感怀,使你在密西西比河畔因而为之动容落泪,我读了以后也是心有戚戚。才是一转眼间,我们竟已度过几次爱情的水月镜花,也度过不少挤扁又拉长的人世浮嚣了。

还记否?当年我们在木栅的小木屋里临墙赋诗,我的木屋中四壁萧然,写满了朋友们题的字句,而门上匾额写的是一首"困龙吟"。有一次夜深了,我在小灯下读钱钟书的"谈艺录",窗外月光正照在小湖上,远听蛙鸣,我把书里的两段话用毛笔写在墙上:

水月镜花,固可见而不可提,然必有此水而后月可印潭;有此镜而后花可映面。

水与镜也,兴象风神,月与花也,必水澄镜朗,然后花月宛然。

那时我是相当穷困,住在两坪大只有一个书桌的小屋,我唯一的财产是满屋的书以及爱情。可是我是富足的,当我推开窗子,一棵大榕树面窗而立,树下是植满了荷花的小湖,附近人家都是那么亲善,有时候,我为了送女友一串风铃到处告贷,以书果腹,你带酒和琴来,看到我的窘状,在我的门口写下两句话:

月缺不改光,剑折不改刚。

我在醉酒之后也高歌:"我醉欲眠君且去,明朝有意抱琴来。"那似乎是我们穷到只要有一杯酒、一卷书,就满足地觉得江山有待了。后来我还在穷得付不出房租的时候,跳窗离开那个木屋。

前些日子我路过,顺道转去看那一间我连一个月三百元房租都缴不起的木屋,木屋变成一幢高楼,大榕树魂魄不在,小湖也盖了一幢公寓,我站在那里怅望良久,竟然忘了自己身在何方,真像京戏"游园惊梦"里的人。

我于是想到世事一场大梦,书香、酒魄、年轻的爱与梦想都离得远了,真的是镜花水月一场,空留去思。可是重要的是一种回应,如果那镜是清明,花即使谢了,也曾清楚地映照过;如果那水是澄朗,月即使沉落了,也曾明白地留下波光。水与镜似乎都是永恒的事物,明显如胸中的块垒,那么,花与月虽有开谢升沉,都是一种可贵的步迹。

我们都知道击石取火是祖先的故事,本来是两个没有生命的石头,一碰撞却生出火来,石中本来就有火种——再冷酷的事物也有它感性的一面——,不断地敲击就有不断的火光,得火实在不难,难的是,得了火后怎么使那微小的火种得以不灭。镜与花,水与月本来也不相干,然而它们一相遇就生出短暂的美,我们怎么样才能使那美得以永存呢?

只好靠我们的心了。

就在我正写信给你的时候,突然浮起两句古诗:"笼中剪羽,仰看百鸟之翔;侧畔沉舟,坐阅千帆之过。"爱与生的美和苦恼不就是这样吗?岁月的百鸟一只一只地从窗前飞过,生命的千帆一艘一艘地从眼中航去,许多飞航得远了,还有许多正从那些不可测知的角落里航过来。

记得你初到康乃狄格不久,曾经为了想喝一碗掺柠檬水的爱玉冰不可得而泪下,曾经为了在朋友处听到雨夜花的歌声而胸中翻滚,那说穿了也是一种回应,一种掺和了乡愁和少年情怀的回应。

我知道,我再也不可能回到小木屋去住了,我更知道,我们都再也回不到小木屋那种充满了精纯的真情的岁月了,这时节,我们要把握的便不再是花与月,而是水与镜,只要保有清澄朗净的水镜之心,我们还会再有新开的花和初升的月亮。

有一首词我是背得烂熟了,是陈与义的"临江仙":

> 忆昔午桥桥上饮,
>
> 座中尽是豪英。
>
> 长沟流月去无声。
>
> 杏花疏影里,
>
> 吹笛到天明。
>
> 二十余年如一梦,
>
> 此身虽在堪惊。
>
> 闲登小阁看新晴。
>
> 古今多少事,

渔唱起三更。

我一直觉得，在我们不可把捉的尘世的运命中，我们不要管无情的背弃，我们不要管苦痛的创痕，只要维持一瓣香，在长夜的孤灯下，可以从陋室里的胸中散发出来，也就够了。

连石头都可以撞出火来，其他的还有什么可畏惧呢？

深香默默

秋天一到,家屋前两株高大的桂花树,一转眼全盛开了,乳白色的小花一丛一丛点缀在枝叶间,白日里由于阳光灿亮、枝桠茂盛,桂花隐藏着很难被发现,一到夜晚,它便从叶片后面吐出了香气。

桂花的香味很清淡,但飘得很远,我每天回家,刚走到阶梯口,就远远闻到那淡淡的香气, 还常常飘到屋里来。桂花香是所有的花最好的香,它淡雅而深远,不像有的花香浓烈而浮浅。

盛夏的时候, 山下的七里香也开得丰富。那种香真是能飘扬七里外,可是只宜于远赏不适合近闻,距离一近就浓得呛鼻,香得人手足无措。还有,我园子里有两株昙花,开放的时候也有香气,是一种淡淡的奶香,可惜只能凑近的闻,站开一步则渺无气息了。

只有桂花是远近皆宜,淡淡有余裕。

可能是桂花的这种特性,凡物一冠上"桂"字就美了三分,"桂林"的山水是天下之冠,"桂竹"是所有竹子中最秀美的,"桂酒"是酒类中最香的;即连广西的"桂江"想起来也是秀丽无匹,诗人的头上加了"桂冠"则是一种至高无上的荣誉。

仔细地想起来,中国人实在是个爱桂的民族,早在神话的吴刚伐桂,桂树就已有了高大无伦,不能破坏的形象,酉阳杂俎里说:"月中有桂树,高五百丈。"这棵桂树是有魂魄的,伐不倒的。苏轼在中秋词里曾为之赞叹:"桂魄飞来光射处,冷侵一天秋色。"唐朝诗人李德裕也写过"桂殿夜凉吹玉笙"的名句。

历史上还有两位皇帝是爱桂树的,汉武帝曾经造了一个宫殿,用了"七宝床、杂宝案、厕宝屏风、列宝帐"来装饰,这个宫殿和当时的明光殿、柏梁台齐名,名字就叫"桂宫"。后来,南朝的陈后主为他的爱妾张丽华也造过一个"桂宫",摆设是"圆门如月,障以水晶,庭空洞无物,仅植一桂",我们很可以想象那个宽广的只植一株桂树的庭院,浪漫而美丽,即使陈后主没有什么治绩,光是这棵桂树,也能传承不朽了。

文学作品里以桂为名的也不少,宋朝词牌有"桂枝香"、清朝剧曲有"桂花霜",诗人宋之问曾写下"桂子月中落,天香云外飘",对桂花的香味可以说是一语道尽。

我是爱桂花的,常常把摇椅搬到庭院里看书,晚来的凉风一吹,桂花就开始放散它的魅力,终夜不息,颇有提神醒脑的功用,我常想,这也许就是宋之问当年闻到的"天香",本不是人间应有。

想到"天香",我又记起几年前读过一本古老的佛经《维摩经》,里面提到一个菩萨的理想世界,名字就叫"众香国"。

这个"众香国"远在四十二恒河的沙佛土,"其国香气,比于十方诸佛世界人天之香,最为第一",原来在"众香国"里,是以香作楼阁,以香为地,苑围皆香,甚至菩萨们吃的饭也是香的,它们吃饭时散放出来的香气,可以周流十方无量世界。盛饭的用具也是香的,叫"众香钵",所种的树当然也是香树了。

生息在"众香国"的菩萨,甚至到了"毛孔皆出妙香"的地步。

由于长在那里九百万菩萨的身上太香,当他们要到人间普度的时候,连佛也不得不告诫他们:"掇汝身香,无令彼诸众生起惑著心。又当舍汝本形,勿使彼国求菩萨者,而自鄙耻。又汝于彼莫怀轻贱,而作碍想。"

香气太盛而有碍度众生,实在是不可思议的事。

"众香国"是一个佛经里的浪漫传说,它无微不至的"天香"是人间所不可能的。我想,人间也不必有,人间虽有生苦、有老苦、有病苦、有死苦、有爱别苦、有怨憎会苦、有所求不得苦、有五阴盛苦、有失去荣乐苦等诸苦,可是到底有苦有乐,有臭有香,是个多姿多彩的世界。如果连屎尿、脓血、涕唾都是香的,日子便也没有过下去的意思了。

我的信念是,我们应该有肯定世间一切臭的污秽事物的气魄,因为再腐败的土地也会开出最美丽的莲花。如果莲花不出淤泥,而长在遍地天香的土地上,它的美丽也不会那么正规。

我并不希望人世间都是壮丽美丽的世界,也不期待能生活在众香国度,我只想渴的时候有水喝,夜读的时候,有沉默清雅的桂花深香默默地飘来,就够了。

黄玫瑰的心

为了这绝望的爱情,我已经过了很长时间沮丧、疲倦,像行尸走肉的日子。

昨夜,从矿坑灾变采访回来,因疼惜生命的脆弱与无助,坐在眠床上不能入睡,清晨,当第一道阳光照入,我决心为那已经奄奄一息的爱情做最后的努力,我想,第一件该做的事是到我常去的花店买一束玫瑰花,要鹅黄色的,因为我的女朋友最喜欢黄色的玫瑰。

剃好胡子,勉强拍拍自己的胸膛说:"振作起来!"想起昨天在矿坑灾变后那些沉默哀伤但坚强的面孔,就出门了。

往市场的花店前去,想到在一起五年的女朋友,竟为了一个其貌不扬,既没有情趣又没有才气的人而离开,而我又为这样的女人去买玫瑰花,既心痛、又心碎;生气,又悲哀得想流泪。

到了花店,一桶桶美艳的、生气昂扬的花正迎着朝阳,开放。

找了半天,才找到放黄玫瑰的桶子,只剩下九朵,每一朵都垂头丧气,"真衰!人在倒霉的时候,想买的花都垂头丧气的。"我在心里咒骂。

"老板!"我粗声地问,"还有没有黄玫瑰?

一老先生从屋里走出来,和气地说:"没有了,只剩下你看见的那几朵啦。"

"这黄玫瑰每一朵的头都垂下来了,我怎么买?"

"喔,这个容易,你去市场里逛逛,半个小时后回来,我包给你一束新鲜的、有精神的黄玫瑰。"老板赔着笑,很有信心地说。

"好吧!"我心里虽然不信,但想到说不定他要向别的花店去调,也就转进市场去逛了。心情沮丧时看见的市场简直是尸横遍野,那些被分解的动物尸体,使我更深刻地感受到这是一个悲苦的世界,小贩刀俎的声音,使我的心更烦乱。

好不容易在市场里熬了半个小时,再转回花店时,老板已把一束元气淋漓的黄玫瑰用紫色的丝带包好了,放在玻璃柜上。

我不敢相信自己的眼睛,我说:"这就是刚刚那一些黄玫瑰吗?"——它们垂头丧气的样子还映在我的眼前!

"是呀! 就是刚刚那些黄玫瑰。"老板还是笑嘻嘻地说。

"你是怎么做到的,刚刚明明已经谢了呀! "我听到自己发出惊奇的声音。

花店老板说:"这非常的简单,刚刚这些玫瑰不是凋谢,只是缺水,我把它整株泡在水里,才二十分钟,它们全又挺起胸膛了。"

"缺水? 你不是把它插在水桶里吗? 怎么可能缺水呢? "

"少年仔,玫瑰花整株都要水呀! 泡在水桶是它的根茎,它喝到的水就好像人吃饭一样。但是人不能光吃饭,人要有脑筋、有思想、有智慧,才能活得抬头挺胸。玫瑰花的花朵也需要水,在田野里,它们有雨水露水,但是剪下来就很少有人注意了,很少有人再给花的头浇水,一旦它的头垂下来,整株泡在水里,很快就恢复精神了。"

我听了非常感动,怔在当场:呀! 原来人要活得抬头挺胸,需要更多的智慧,要常把干枯的头脑泡在冷静的智慧之水里。

当我告辞的时候,老板拍拍我的肩膀说:"少年仔! 要振作咧!"这句话差点使我流泪走回家, 原来他早就看清我是一朵即将枯萎的黄玫瑰。

回到家,我放了一缸水,把自己整个人埋在水里,体会着一朵黄玫瑰的心,起来后通身舒泰,决定不把那束玫瑰送给离去的女友。

那一束黄玫瑰每天都会被我整株泡一下水, 一星期以后才凋落花瓣,凋谢时是抬头挺胸凋谢的。

这是十几年前,我写在笔记上的一件真实的事,从那一次以后,我就知道了一些买回来的花朵垂头丧气的秘密。最近找到这一段笔记,感触和当时一样深,更确实地体会到,人只要有细腻的心去体会万象万法,到处都有启发的智慧。

一朵花里,就能看到宇宙的庄严,看到美,以及不屈服的意志。

有一位花贩告诉我,几乎是所有的白花都很香,愈是颜色艳丽的花愈是缺乏芬芳,他的结论是:"人也是一样,愈朴素单纯的人,愈有内在的芳香。"

有一位花贩告诉我,夜来香其实白天也很香,但是很少人闻得到,他的结论是:"因为白天人的心太浮躁了,闻不到夜来香的香气,如果一个人白天的心也很沉静,就会发现夜来香、桂花、七里香,连酷热的中午也是香的。"

有一位花贩告诉我,清晨买莲花一定要挑那些盛开的,结论是:"早上是莲花开放最好的时间,如果一朵莲花早上不开,可能中午和晚上都不会开了。我们看人也是一样,一个人在年轻的时候没有志气,中年或晚年是很难有志气的。"

有一位花贩告诉我,愈是昂贵的花愈容易凋谢,那是为了要向买花的人说明："要珍惜青春呀！因为青春是最名贵的花！"

有一位花贩告诉我……

让我们来体会这有情世界的一切展现吧，当我们有大觉的心，甚至体贴一朵黄玫瑰，以心印心，心心相印，我们就会知道，原来在最近最平凡的一切里，就有最深最奇绝的睿智呀！

买了半山百合

在市场里，有个宜兰人，每隔几天来卖菜。

这个宜兰人像魔法师一样，长得滑稽而神气，他的菜篮里每次总会有几把野花，像鸡冠花、小菊花、圆仔花、大理花之类的，据他告诉我，是在家附近采到什么花，就卖什么花。

他卖菜与一般菜贩无异，但卖花却有个性，不论大把小把，总是卖五十元，所以买的人有时觉得很便宜，有时觉得很贵，他不在乎，也不减价，理由是："卖菜是主业，要照一般的行情；卖花是副业，我想怎么卖就怎么卖呀！爽就好！"

他卖花爱卖不卖的，加上采来的花比不上花店的花好看，有的极瘦小，有的被虫吃过，所以生意不佳，可怪的是，他宁可不卖，也不折价。有时候他的花好，我就全买了（不过才三四把），所以他常对我说："老板，你这个人阿莎力，我真甲意。"有时候花真的不好，我不买，他会兜起一把花追上来："嘿！拢送你啦！我这个人也阿莎力。"

久了以后，相熟，我就叫他"阿莎力"，他颇乐，远远看到我就笑嘻嘻，好像狄斯奈卡通《石中剑》里那个魔法师一样。

每年野姜花或百合花盛开的时候，阿莎力最开心，因为他生意特别好,百合与野姜洁白、芬芳,都是讨人喜欢的化,又不畏虫害,即使是野生的也开得很美。这时百合花就不只卖三四把,每天带来一大桶,清早就被抢光了,据他说,卖一桶花赚的钱胜过卖两担菜,"台北人也真是的,白菜一斤才卖二十块,又要杀价,又要讨葱,一束花五十块,也不杀价,一次买好几把,怕买不到似的。"然后他消遣我:"老板,你嘛是台北人呀!还好你买菜不杀价,也不讨葱。"

今天路过"阿莎力"的摊子,看到有几束百合,比从前卖的百合瘦小,株条也不挺直,我说:"阿莎力!你今天的百合怎么只有这些?"

"全卖给你好了,这是今年最后的野百合了,我把半座山的百合全摘来了。"

"半座山的百合?"

"是呀!百合的季节已经过了,我走了半个山只摘到这些,以后没有百合卖了。""半座山的百合,那剩下的半座山呢?""剩下的半座山是悬崖呀!老板!"阿莎力苦笑着说。想到这是今年最后的百合,我就把他所有的百合全买下来,总共才花了三百元,回家的路上想到三百元就买下半座山的百合,心中感到十分不可思议。

把百合插在花瓶里,晚上的时候一个人静静地看那纯白盛放的花朵,百合的喇叭形状仿佛在吹奏音乐一样,野百合的芳香最盛,特别是夜里心情沉静的时候,香气随着音乐在屋里流淌。

在山里的花,我最喜欢的就是百合了。从前家住山上,有四种花是遍地蔓生的,除了百合,还有野姜、月桃、牵牛花。野姜花的香气太艳,月桃花没有香气,牵牛花则朝开暮谢,过于软弱,只有百合是色香俱足,而且在大风的野地也不会被摧折,花期又长。

从前的乡下人不时兴插花,因为光是吃饱都艰难,谁会想到插一瓶花呢?不插花不表示不爱花,每当野花盛开的时节,我们时常跑到山坡上去寻找野花的踪迹,有些山坡开满了百合花,我们就会躺在百合花的白与白之间,山风使整个田园都有着清凉的香气。感觉到,我们的心也像百合一般白了,并用白喇叭吹奏着高扬的音乐。然后会想到"山上的百合也不纺纱,也不织布,但所罗门王皇冠上的宝石也比不上它"的句子,就不禁有陶醉之感。

近年来,野百合好像也很少了,可能是山坡地开发的缘故。只有几次到东部去,在东澳、南澳、兰屿见到野百合遍地开的情景,自从大家流行插花,而百合花又可以卖钱,野生的百合在未开之前便被齐根剪断,带到市场来卖。

插在屋里瓶里的野百合花,虽然也像在坡地一样美、一样香,感受却大有不同了,屋里的百合再怎么美,也没有野地风中那样的昂扬,失去了那种生气盎然的姿势,好像……好像开得没有那么阿莎力了。

进口种植的百合花有各种颜色,黄的、红的、橙的,香气甚至比野生的更胜,但可能是童年印象的缘故,我总觉得百合花都应该是白色的,花形则最好是瘦瘦的、长长的。可是那土生土长的,有灵醒之白的百合,恐怕得要到另外半山的悬崖峭壁去看了。

今年的野百合花期已过,剩下的都是温室种植的百合了,这样一想,眼前这一盆百合使我生起一种深切的感怀,它是在预告一个春天的结束,用它的白来告白,用它的香来宣示,用它的形状来吹奏,我们在山坡地那无忧的生活也随百合的记忆流得远了。

夜里,坐在百合花前,香气弥漫,在屋里随风流转,想到半山的百合花都在我的屋子里,虽然开心,内心里还是有一种幽微的疼惜。

呀!不管怎么样,野百合还是开在山里好,野百合,还是开在山里的,好呀!

石上栽华

假日的时候，偶尔会到假日玉市去走走。

看到一摊接着一摊的美丽玉石，使人目眩神迷，但是逛玉市的乐趣有时不是玉的本身，而在于发现。

在那千千万万的玉中，去发现自己喜爱的玉，或者说是与自己有缘的玉，那种喜爱或有缘是难以说得清的。

不只是发现自己爱的玉，也去发现人的坚持。大部分人只要相中一块玉，就要开始和老板拔河了，一边假装自己不是那么喜欢那块玉，一边脸上的线条都因喜悦而改变了。老板岂是省油的灯？通常在价钱上也是很坚持的，一番拔河以后，不管以多么高的价钱买到自己喜爱的玉，接下来的许多天都会很开心；如果万一没有买成，好些日子就会阴霾满布，特别是到下一个假日去逛，发现玉已经被买走，总有一点痛不欲生之感。

所以，只要是我喜欢的玉，我总是很坚持的，以免日后悔恨、痛苦，觉得自己对不起那块玉。

玉石上开了一朵花

几年前,我应邀去担任梁实秋文学奖的评审。(到我这种年纪,不,应该是说资历,几乎每年都要担任几项文学奖的评审,其实,我自己是比较喜欢参加比赛的。)

评审的有趣,也是在发现和坚持。

那一次我发现了石德华,读到她的文章,就仿佛在满山满谷的玉石中,看到一块自己特别有缘和喜爱的,我站在摊前看了又看,然后说:就是这一块了。

因为那一块玉有一种天然、素朴、浑然的感觉,含着光芒,我知道这种玉会愈磨愈亮,非常的稀有。

为了以免日后悔恨、痛苦,觉得自己对不起那一块玉,我非常坚持的,与其他的评审展开冗长的辩论。我常相信,只要我们持有的是好东西,而我们又愿意无私地坚持,别人到最后也能同意那玉石的珍贵。

那一次文学奖,石德华得了第一,那时候我还没听过石德华,揭晓姓名的时候,我还开玩笑地讲了一句:"玉石上开了一朵花。"

据石德华说,那是她开始写作的第九个月,这是很了不起的,我自己在文学奖得奖,是我写作的第九年。

九月或九年也不顶重要,只要是好玉,总会被慧眼看见的。

穿越沙漠的河流

我一直深信,写作有一种神秘而超越的素质,是比较难以被觉知的。

我记得在苏菲修行者有一个故事,可以说明这种神秘而超越的现象:

有一条河流,它发源于山区,流经乡野,最后这条河流到了沙漠,当河流到沙漠时,它发现自己在消失,因此它非常的惊恐。

"我要怎么样才能像以前越过的障碍,来越过这个沙漠呢?"河流焦急地想。

这时,沙漠对河流说:"风可以飞越沙漠,所以河流也能。"

河流并不相信沙漠的话,因为它有各种流动的经验,就是没有飞越的经验,于是它猛力向前冲,在沙漠中消失得更快。

沙漠说:"你一定得放弃你的习惯和经验,让风带领你到目的地去,这是河流越过沙漠唯一的方法。"

河流说:"那该怎么做呢?"

沙漠说:"首先你要全然地放下自我,让风带走你的水,飞过沙漠,然后,以雨水的形式掉下来,形成一条新的河流。"

河流说:"我怎能相信我完全放下自我,还会成为一条河流呢?"

沙漠说:"你不得不相信,因为你如果不相信,最多你会成为一个沼泽,如果不幸,你会完全地消失。"

最后,河流升成水汽,进入风那温柔的手臂,风轻易地带它向前飞,当它们飞过沙漠时,风让河流轻轻落下。

一条新的河流就形成了,不,应该说,一条河流有了全新的经验。

照见自己的心

石德华曾写过她写作的经验,十分感人:

　　未写作之前的很长一段时日，我蹲踞生活之山，日日与两条巨蟒娑摩盘旋：一条叫思想，一条叫感情；表面上，我的生活面貌一成不变，生命恍若是一无所为，符合平凡幸福的所有定义，但是，在许多深沉的时刻，我总是照见自己蠢蠢欲动的内心，不安定的灵魂包裹着未燃的旺烈意志，我尚找不到可赴汤蹈火、不惜一搏的人生方向，却已隐隐感受肤下血液的流速及温度，汩汩流波中，我听到自己一遍遍在说，我是谁？我要的是什么？

　　她开始写作是在父亲重病的病榻旁边，有一种力量———一种内在的渴望——，驱迫她开始写作，她说：

　　　　我明白并没有多少时间允许我再当一缕蹲踞生活之山、每每被思想感情纠结缠绕的困惑的灵魂，我已知道我是谁及我要的是什么，也确定自己最适合的生活方式，更了解最有价值的追寻就是平凡宁静，于是，我由最深沉的痛苦中豁然站了起来，迈开大步一如夸父勇锐地决定，矢誓追向一个明亮光华的新境地。

　　　　彻悟有若金钢宝剑割裂丝帛，应声而开。我开始厘清整理内心深处长久以来对生命及人性的意见感发，让那潜藏生命基底的、跃跃欲试、呼之欲出，我从前不知道那究竟是什么的东西做怒涛排壑之势汹涌而出，借由一支笔，它们化而为文字，一百一千一万地写出，竟而至汩汩不休如江河，就在父亲的病床边，我一面任由痛苦啃啮，一面振笔疾书，我毅然奋起迈步直追的人生新境地，就是……写作。

　　她觉得写作使自己获得了"新生命"。正如一条生命的河流在飞越生活的沙漠。

许多人认为写作可以"业余",但是,在全生命的投注,写作必然是专业的,是一种不得不然。

这种专业,才能使我们放下自我,消失为风中的雨水,飞越沙漠,形成新的河流。

如果想以河流的形式流经沙漠,顶多变成一个沼泽。

栽出有情之花

很久之后,我才认识石德华的人,虽然见面的次数很少,因为熟读过许多她的文章,感觉竟像是很老很好的朋友一样。

知道文学奖得了首奖,给了她鼓励,使她对写作更有信心,更热爱,现在她写的《校外有蓝天》竟然要出书了。

我感到非常高兴,觉得自己总算没有辜负一块玉。

禅宗祖师对于开悟的境界有一种说法,叫作"石上栽华",石头上栽花当然是很不容易的,但如果有人开悟,那是石头的花栽成,就不会在成道的路途上退转。

如果有人问:"石头上怎么可能栽华?"

那就陷入河流到了沙漠的困惑了,石头上栽的花,原是德性之花、本质之华,是自我提升与超越的花,是无形而有情之华。

我愿意以"石上栽华"送给石德华,我深信她会写出更好的文章,为这冷漠如石的人间,栽出一些耀眼的华彩。

正向时刻

狗的享受

路过家附近的一家银行,发现门口或坐、或趴着五条狗,这五条狗原来是在市场附近的野狗,我认识的,他们本来各占据一处,怎么会同时一起坐在银行前面呢? 银行对狗的价值应该还不如路边的面摊,为什么狗不去蹲面摊而要来蹲银行呢? 我感到十分好奇。

更使我好奇的是,这五条狗的脸上都流露出非常满足的神情。于是我站在那里研究狗为什么这么满足? 为什么整条街都不去,偏偏聚在银行的门口?

十分钟以后,我找到答案了,因为银行的冷气开得很强,又是自动门,进出者众,每每有人出入,里面的冷气就会一阵阵倾泻而出,那些狗是聚在银行门口享受冷气呢!

七月、中午、在台北,有冷气真享受,连狗也知道。

台北秘籍

与朋友去信义路、基隆路口新开的诚品书店看书,无意间发现一张"台北书店地图"。

地图以浅咖啡色做底,仿佛一页撕下来的线装书页,非常淡雅,一张一百元。

看到这张地图真是开心极了,台北这么多的书店,台北还是很可爱的。

想到不久前在欧克斯家具店找到的"台北东区市街图",或者可以出版一本书,书里全是分门别类的地图,例如"咖啡店地图"、"书廊地图"、"名牌服饰地图"、"茶艺馆地图"、"花店地图"、"古董店地图"、"餐厅地图"等等。

对了,或者可以有一张"特殊商店地图",例如后火车站有一家很大的"线装",历史悠久,只卖各种针线的。基隆路有一家"大蒜专卖店",只卖各种大蒜的制品。统领百货巷内有一家卖天然茶的店,好像叫"小熊森林"。松山有一家只卖普洱茶叶的"普洱茶专卖店"……

这些地图可以让我们看出台北的好。

是不是邀请许多艺术家,每一位为台北绘一张这样的地图,让初到台北的人也能知道,台北有许多特色,是不逊于欧洲的。

这样一本地图书名可以叫作"台北秘笈",副题是"专供初到台北的武林人物在午后秘密演练"呀!想了就很开心。

坐火车的莲花

逛完书店,散步回家,惊见家门口有一株玫瑰,四朵宝蓝色莲花,靠在门上,站立着。

花里夹着一张便条。

原来是一位住在中坜的朋友,他从中坜火车站搭车要到基隆去看女朋友,看到花店,想买一朵玫瑰花送给女朋友。进了花店,看到四朵宝蓝色莲花联想到我,觉得顺路到松山,把莲花送我,再到基隆,送玫瑰给女友,行程就很完美了。

他在松山下车,步行到我家,原本要放了花就走,但大厦管理员对他说:"林先生有黄昏散步的习惯,又穿拖鞋短裤,很快会回来了。"结果我去逛书店,他在门口枯等许久,一直到天黑才离去。

至于那朵要送女朋友的玫瑰,算算去基隆时间太晚了,"附赠女友玫瑰一朵",人就回中坜去了。

朋友留下的那封短笺,里面有格言似的留话:"在这个世间,只要不会伤害别人的事,想做什么,就立刻去做吧。"

我把莲花和玫瑰插在花瓶,心想,有些朋友真像花园中的花突然乍放,时常令人惊喜,下次也要想个什么方法,让他惊喜一下,或者两三下。

条纹玛瑙

暑假到了,在国外的朋友纷纷回来过暑假。

一个朋友从美国马利兰回来,特地来看我,送一个沉重的东西给我,说:"送你一块石头,不成敬意。"

打开,是一块条纹玛瑙,大如垒球,有一公斤重,上半部纯红,下半部红、黄、白、绿,条条相间,真的是美极了。

"真是谢谢你!"我诚挚地说,企图掩藏心里的狂喜,由于朋友是腼腆的人,我担心没有掩饰的惊喜吓到他,所以就淡化了内心的欢喜。

朋友走了,我在书房里抱着那块条纹玛瑙,高呼万岁,不是为了它的昂贵,而是为了它的美,还有超越时空的友谊。

埔里荔枝

在埔里等候国光号的车北上,尚有二十分钟,在车站附近逛逛。

看到一家水果行,想到埔里的特产是荔枝和甘蔗,买了一株甘蔗、十斤荔枝,真不敢相信甘蔗和荔枝都是一斤二十五元,几天前在台北买荔枝,一斤六十元。

国光号上,先吃了荔枝,是籽细肉肥的品种,鲜美极了。

然后吃甘蔗,脆嫩清甜,名不虚传,果然是埔里甘蔗。

回到台北,齿颊仍留着香气,四小时的车程,仿佛只是刹那。

处处莲花开

生命里有许多正向时刻,也有许多负向时刻,一个人快乐的秘诀,便是抓住那正向的时刻,使它更充盈;转化负向的时刻,使它得到清洗。

有人对我们深深地微笑;乡间道上的油麻菜开花了;炎热的夏天午后突来阵雨和凉风;一双蝴蝶突然飞过窗边,在公园里偶然看见远天的彩虹;读一本好书、听了一段动听的音乐……

每天,有一些正向的时光,便有好心情走向明天;时时有正向的时刻,生命便无限美好,日日是好日,处处莲花开。

吾心似秋月

林清玄散文精选

三生石上旧精魂

宋朝的大诗人、大文学家苏东坡曾经写过一个非常有趣的故事《僧圆泽传》，这个故事发生于唐朝，距离苏东坡的年代并不远，而且人事时地物都记载得很详尽，相信是个真实的故事。

原文是文言文，采故事体，文章也浅白，所以并不难懂，我把原文附在下面，加上我自己的分段标点：

僧圆泽传

洛师惠林寺，故光禄卿李恺居第。禄山陷东都，恺以居守死之。

子源，少时以贵游子，豪侈善歌闻于时。及恺死，悲愤自誓，不仕、不娶、不食肉，居寺中五十余年。

寺有僧圆泽，富而知音，源与之游，甚密，促膝交语竟日，人莫能测。

一日相约游青城峨眉山，源欲自荆州溯峡，泽欲取长安斜谷路，源不可，曰："吾已绝世事，岂可复道京师哉？"泽默然久之，曰："行止固不由人。"遂自荆州路。

119

舟次南浦,见妇人锦裆负瓮而汲者,泽望而泣曰:"吾不欲由此者,为是也。"

源惊问之,泽曰:"妇人姓王氏,吾当为之子,孕三岁矣!吾不来,故不得乳。今既见,无可逃者,公当以符咒助我速生。三日浴儿时,愿公临我,以笑为信。后十三年,中秋月夜,杭州天竺寺外,当与公相见。"

源悲悔,而为具沐浴易服,至暮,泽亡而妇乳。三日往视之,儿见源果笑,具以语王氏,出家财,葬泽山下。

源遂不果行,反寺中,问其徒,则既有治命矣!

后十三年,自洛适吴,赴其约。至约所,闻葛洪川畔,有牧童,扣牛角而歌之曰:

三生石上旧精魂,赏月吟风莫要论;
惭愧情人远相访,此身虽异性长存。

呼问:"泽公健否?"

答曰:"李公真信士,然俗缘未尽,慎勿相近,惟勤修不堕,乃复相见。"又歌曰:

身前身后事茫茫,欲话因缘恐断肠;
吴越山川寻已遍,却回烟棹上瞿塘。

遂去,不知所之。

后二年,李德裕奏源忠臣子笃孝。拜谏议大夫,不就。竟死寺中,年八十。

一个浪漫的传说

这真是一个动人的故事,它写朋友的真情、写人的本性、写生命的精魂,历经两世而不改变,读来令人动容。

它的大意是说,富家子弟李源,因为父亲在变乱中死去而体悟人生无常,发誓不做官、不娶妻、不吃肉食,把自己的家捐献出来改建惠林寺,并住在寺里修行。

寺里的住持圆泽禅师,很会经营寺产,而且很懂音乐,李源和他成了要好的朋友,常常坐着谈心,一谈就是一整天,没有人知道他们在谈什么。

有一天,他们相约共游四川的青城山和峨眉山,李源想走水路从湖北沿江而上,圆泽却主张由陆路取道长安斜谷入川。李源不同意,圆泽只好依他,感叹地说:"一个人的命运真是由不得自己呀!"

于是一起走水路,到了南浦,船靠在岸边,看到一位穿花缎衣裤的妇人正到河边取水,圆泽看着就流下泪来,对李源说:"我不愿意走水路就是怕见到她呀!"

李源吃惊地问他原因,他说:"她姓王,我注定要做她的儿子,因为我不肯来,所以她怀孕三年了还生不下来,现在既然遇到了,就不能再逃避。现在请你用符咒帮我速去投生,三天以后洗澡的时候,请你来王家看我,我以一笑作为证明。十三年后的中秋夜,你来杭州的天竺寺外,我一定来和你见面。"

李源一方面悲痛后悔,一方面为他洗澡更衣,到黄昏的时候,圆泽就死了,河边看见的妇人也随之生产了。

三天以后李源去看婴儿,婴儿见到李源果真微笑,李源便把一切告诉王氏,王家便出钱把圆泽埋葬在山下。

李源再也无心去游山,就回到惠林寺,寺里的徒弟才说出圆泽早就写好了遗书。

十三年后,李源从洛阳到杭州西湖天竺寺,去赴圆泽的约会,到寺外忽然听到葛洪川畔传来牧童拍着牛角的歌声:

> 我是过了三世的昔人的魂魄,
> 赏月吟风的往事早已过去了;
> 惭愧让你跑这么远来探访我,
> 我的身体虽变了心性却长在。

李源听了,知道是旧人,忍不住问道:

"泽公,你还好吗?"

牧童说:"李公真守信约,可惜我的俗缘未了,不能和你再亲近,我们只有努力修行不堕落,将来还有会面的日子。"随即又唱了一首歌:

> 身前身后的事情非常渺茫,
> 想说出因缘又怕心情忧伤;
> 吴越的山川我已经走遍了,
> 再把船头掉转到瞿塘去吧!

牧童掉头而去,从此不知道往哪里去了。

再过二年,大臣李德裕启奏皇上,推荐李源是忠臣的儿子又很孝顺,请给予官职,于是皇帝封李源为谏议大夫,但这时的李源早已彻悟,看破了世情,不肯就职,后来在寺里死去,活到八十岁。

真有三生石吗?

圆泽禅师和李源的故事流传得很广,到了今天,在杭州西湖天竺寺外,还留下来一块大石头,据说就是当年他们隔世相会的地方,称为"三生石"。

"三生石"一直是中国极有名的石头。可以和女娲补天所剩下的那一块顽石相媲美,后来发展成中国人对前生与后世的信念,不但许多朋友以三生石作为肝胆相照的依据,更多的情侣则在三生石上写下他们的誓言,"缘订三生"的俗话就是这样来的。

前面说过,这个故事很可能是真实的,但不管它是不是真实,至少是反映了中国人对于生命永恒的看法、真性不朽的看法。透过了这种"轮回"与"转世"的观念,中国人建立了深刻的伦理、生命、哲学,乃至于整个宇宙的理念,而这些正是佛教的人世观照和慧解。

我们常说"七世夫妻",常说"不是冤家不聚头",常说"十年修得同船渡,百年修得共枕眠",常说"缘订三生,永浴爱河"……甚至于在生气的时候咬牙说:"我死了也不会放过你!"在歉意的时候红着脸说:"我下辈子做牛做马来报答你!"在失败灰心丧志的时候会说:"前辈子造了什么孽呀!"看到别人夫妻失和时会说:"真是前世的冤家!"

这种观念在中国是无孔不入的,民间妇女杀鸡杀鸭时会念着:"做鸡做鸭无了时,希望你下辈子去做有钱人的儿子。"乃至连死刑犯临刑时也会大吼一声:"二十年后,又是一条好汉!"

所以,"三生石"应该是有的。

　　轮回与转世都是佛教的基本观念,佛教里认为有生就有死,有情欲就有轮回,有因缘就有果报,所以生生世世做朋友是可能的,永生永世做爱侣也是可能的,当然,一再的做仇敌也是可能的……但生生世世,永生永世就永处缠缚,不得解脱,唯有放下一切才能超出轮回的束缚。

　　在《出曜经》里有一首偈,很能点出生死轮回的本质:

　　　　伐树不尽根,虽伐犹复生;
　　　　伐爱不尽本,数数复生苦。
　　　　犹如自造箭,还自伤其身;
　　　　内箭亦如是,爱箭伤众生。

　　在这里,爱作欲解,没有善恶之分,被仇恨的箭所射固然受伤,被爱情的箭射中也是痛苦的,一再的箭就带来不断的伤。生生世世地转下去。

　　另外,在《圆觉经》里有两段讲轮回,讲得更透彻:

　　"一切众生,从无始际,由有种种恩爱贪欲,故有轮回。若诸世界一切种性,卵生、胎生、湿生、化生,皆因淫欲而正性命。当知轮回,爱为根本。由有诸欲,助发爱性,且故能令生死相续。欲因爱生,命因欲有,众生爱命,还依欲本。爱欲为因,爱命为果。"

　　"一切世界,始终生灭,前后有无,聚散起止,念念相续,循环往复,种种取舍,皆是轮回。未出轮回,而辨圆觉;彼圆觉性,即同流转;若免轮回,无有是处。譬如动目,能摇湛水,又如定眼,犹回转火,云驶月运,舟行岸移,亦复如是。"

　　可见,轮回的不只是人,整个世界都在轮回。我们看不见云了,不表示云消失了,是因为云离开我们的视线;我们看不见月亮,不表示没有月亮,而是它运行到背面去了;同样的,我们的船一开动,两岸的风景就随着移动,世界的一切也就这样了。人的一生像行船,出发、靠岸,船(本性)是不变的,但岸(身体)在变,风景(经历)就随之不同了。

这种对轮回的譬喻,真是优美极了。

嘴里芹菜的香味

谈过轮回,再说一个故事,这是和苏东坡齐名的大诗人黄山谷的亲身经历。黄山谷是江西省修水县人,这故事就出自修水县志。

黄山谷中了进士以后,被朝廷任命为黄州的知府,就任时才二十六岁。

有一天他午睡的时候做梦,梦见自己走出府衙到一个乡村里去,他看到一位满头白发的老太婆,站在家门外的香案前,香案上供着一碗芹菜面,口中还叫着一个人的名字。黄山谷走向前去,看到那碗面热气腾腾好像很好吃,不自觉地端起来吃,吃完了回到衙门,一觉睡醒,嘴里还留着芹菜的香味,梦境十分清晰,但黄山谷认为是做梦,并不以为意。

到了第二天午睡,又梦到一样的情景,醒来嘴里又有芹菜的香味,因此感到非常奇怪,于是起身走出衙门,循着梦中的道路走去,一直走到老太婆的家门外,敲门进去,正是梦里见到的老妇,就问她有没有摆面在门外,喊人吃面的事。

老太婆回答说:"昨天是我女儿的忌辰,因为她生前喜欢吃芹菜面,所以我在门外喊她吃面,我每年都是这样喊她。"

"您女儿死去多久了?"

"已经二十六年了。"

黄山谷心想自己正好二十六岁,昨天也正是自己的生日,于是再问她女儿生前的情形，家里还有什么人。

老太婆说："我只有一个女儿，她以前喜欢读书，念佛吃素，非常孝顺，但是不肯嫁人，到二十六岁时生病死了，死的时候对我说她还要回来看我。"

"她的闺房在哪里，我可以看看吗？"黄山谷问道。

老太婆指着一间房间说："就是这一间，你自己进去看，我给你倒茶去。"

黄山谷走进房中，只见房里除了桌椅，靠墙有一个锁着的大柜。

黄山谷问："里面是些什么？"

"全是我女儿的书。"

"可以开吗？"

"钥匙不知道被她放在哪里，所以一直打不开。"

黄山谷想了一下，记起放钥匙的地方，便告诉老太婆找出来，打开书柜，发现许多文稿。他细看之下，发现他每次试卷写的文章竟然全在里面，而且一字不差。

黄山谷这时才完全明白他已回到前生的老家，老太婆便是他前生的母亲，老家只剩下她孤独一人。于是黄山谷跪拜在地上，说明自己是她女儿转世，认她为母，然后回到府衙带人来迎接老母，奉养终身。

后来，黄山谷在府衙后园植竹一丛，建亭一间，命名为"滴翠轩"，亭中有黄山谷的石碑刻像，他自题像赞曰：

似僧有发，似俗脱尘；

做梦中梦，悟身外身。

为他自己的转世写下了感想，后来清朝的诗人袁枚读到这个故事曾写下"书到今生读已迟"的名句,意思是说像黄山谷这样的大文学家,诗书画三绝的人,并不是今生才开始读书的,前世已经读了很多书了。

站在自己的三生石上

黄山谷体会了转世的道理,晚年参禅吃素,曾写过一首戒杀诗:

> 我肉众生肉,名殊体不殊;
>
> 原同一种性,只是别形躯。
>
> 苦恼从他受,肥甘为我须;
>
> 莫教阎老断,自揣看何如?

苏轼和黄山谷的故事说完了,很玄是吗?

也不是那么玄的,有时候我们走在一条巷子里,突然看见有一家特别的熟悉;有时候我们遇见一个陌生人,却有说不出的亲切;有时候做了一个遥远的梦,梦景清晰如见;有时候一首诗、一个古人,感觉上竟像相识很久的知己;甚至有时候偏爱一种颜色、一种花香、一种声音,却完全说不出理由……

人生,不就是这样偶然的吗?每个人都站在自己的"三生石"上,只是忘了自己的旧精魂罢了。

吾心似秋月

白云守端禅师有一次与师父杨岐方会禅师对坐，杨岐问说："听说你从前的师父茶陵郁和尚大悟时说了一首偈，你还记得吗？"

"记得，记得，那首偈是'我有明珠一颗，久被尘劳关琐；一朝尘尽光生，照破山河万朵。'"白云毕恭毕敬地说，不免有些得意。

杨岐听了，大笑数声，一言不发地走了。

白云怔坐在当场，不知道师父听了自己的偈为什么大笑，心里非常愁闷，整天都思索着师父的笑，找不出任何足以令师父大笑的原因。那天晚上他辗转反侧，无法成眠。苦苦地参了一夜。第二天实在忍不住了，大清早就去请教师父："师父听到郁和尚的偈为什么大笑呢？"

杨岐禅师笑得更开心，对着眼眶因失眠而发黑的弟子说："原来你还比不上一个小丑，小丑不怕人笑，你却怕人笑！"白云听了，豁然开悟。

这真是个幽默的公案，参禅寻求自悟的禅师把自己的心思寄托在别人的一言一行，因为别人的一言一行而苦恼，真的还不如小丑能笑骂由他，言行自在，那么了生脱死，见性成佛，哪里可以得致呢？

杨岐方会禅师在追随石霜慈明禅师时，也和白云遭遇了同样的问题，有一次他在山路上遇见石霜，故意挡住去路，问说："狭路相逢时如何？"石霜说："你且躲避，我要去那里去！"

又有一次，石霜上堂的时候，杨岐问道："幽鸟语喃喃，辞云入乱时如何？"石霜回答说："我行荒草里，汝又入深村。"

这些无不都在说明，禅心的体悟是绝对自我的，即使亲如师徒父子也无法同行。就好像人人家里都有宝藏。师父只能指出宝藏的珍贵，却无法把宝藏赠与。杨岐禅师曾留下禅语："心是根，法是尘，两种犹如镜上痕，痕垢尽时光始现，心法双亡性即真。"人人都有一面镜子，镜子与镜子间虽可互相照映，却是不能取代的。若把自己的喜怒哀乐寄托在别人的喜怒哀乐上，就是永远在镜上抹痕，找不到光明落脚的地方。

在实际的人生里也是如此，我们常常会因为别人的一个眼神、一句笑谈、一个动作而心不自安，甚至茶饭不思、睡不安枕；其实，这些眼神、笑谈、动作在很多时候都是没有意义的，我们之所以心为之动乱，只是由于我们在乎。万一双方都在乎，就会造成"狭路相逢"的局面了。

生活在风涛泪浪里的我们，要做到不畏人言人笑，确实是非常不易，那是因为我们在人我对应的生活中寻找依赖，另一方面则又在依赖中寻找自尊，偏偏，"依赖"与"自尊"又充满了挣扎与矛盾，使我们不能彻底地有人格的统一。

我们时常在报纸的社会版上看到，或甚至在生活周遭的亲朋中遇见，许多自虐、自残、自杀的人，理由往往是："我伤害自己，是为了让他痛苦一辈子。"这个简单的理由造成了许多人间的悲剧。然而更大的悲剧是，当我们自残的时候，那个"他"还是活得很好，即使真能使他痛苦，他的痛苦也会在时空中抚平，反而我们自残的伤痕一生一世也抹不掉。纵然情况完全合乎我们的预测，真使"他"一辈子痛苦，又于事何补呢？

可见，"我伤害自己，是为了让他痛苦一辈子。"是多么天真无知的想法，因为别人的痛苦或快乐是由别人主宰，而不是由我主宰，为让别人痛苦而自我伤害,往往不一定使别人痛苦,却一定使自己落入不可自拔的深渊。反之,我的苦乐也应由我做主,若由别人主宰我的苦乐,那就蒙昧了心里的镜子,有如一个陀螺,因别人的绳索而转,转到力尽而止,如何对生命有智慧的观照呢?

认识自我、回归自我、反观自我、主掌自我,就成为智慧开启最重要的事。

小丑由于认识自我,不畏人笑,故能悲喜自在;成功者由于回归自我,可以不怕受伤,反败为胜;禅师由于反观自我如空明之镜,可以不染烟尘,直观世界。认识、回归、反观自我都是通向自己做主人的方法。

但自我的认识、回归、反观不是高傲的,也不是唯我独尊,而应该有包容的心与从容的生活。包容的心是知道即使没有我,世界一样会继续运行,时空也不会有一刻中断,这样可以让人谦卑。从容的生活是知道即使我再紧张、再迅速,也无法使地球停止一秒,那么何不以从容的态度来面对世界呢? 唯有从容的生活才能让人自重。

佛教的经典与禅师的体悟,时常把心的状态称为"心水",或"明镜",这有甚深微妙之意,但"包容的心"与"从容的生活"庶几近之,包容的心不是柔软如心水,从容的生活不是清明如镜吗?

水,可以用任何状态存在于世界,不管它被装在任何容器,都会与容器处于和谐统一,但它不会因容器是方的就变成方的,它无须争辩,却永远不损伤自己的本质,永远可以回归到无碍的状态。心若能持平清净如水,装在圆的或方的容器,甚至在溪河大海之中,又有什么损伤呢?

水可以包容一切,也可以被一切包容,因为水性永远不二。

但如水的心,要保持在温暖的状态才可起用,心若寒冷,则结成冰,可以割裂皮肉,甚至冻结世界。心若燥热,则化成烟气消逝,不能再觅,甚至烫伤自己,燃烧世界。

如水的心也要保持在清净与平和的状态才能有益,若化为大洪、巨瀑、狂浪,则会在汹涌中迷失自我,乃至伤害世界。

我们在现实生活中所以会遭遇苦痛,正是无法认识心的实相,无法恒久保持温暖与平静,我们被炽烈的情绪燃烧时,就化成贪婪、嗔恨、愚痴的烟气,看不见自己的方向;我们被冷酷的情感冻结时,就凝成傲慢、怀疑、自怜的冰块,不能用来洗涤受伤的创口了。

禅的伟大正在这里,它不否定现实的一切冰冻、燃烧、澎湃,而是开启我们的本质,教导我们认识心水的实相,心水的如如之状,并保持这"第一义"的本质,不因现实的寒冷、人生的热恼、生活的波动,而忘失自我的温暖与清净。

镜,也是一样的。

一面清明的镜子,不论是最美丽的玫瑰花或最丑陋的屎尿,都会显出清楚明确的样貌;不论是悠忽缥缈的白云或平静恒久的绿野,也都能自在扮演它的状态。

可是,如果镜子脏了,它照出的一切都是脏的,一旦镜子破碎了,它就完全失去觉照的功能。肮脏的镜子就好像品格低劣的人,所见到的世界都与他一样卑劣;破碎的镜子就如同心性狂乱的疯子,他见到的世界因自己的分裂而无法起用了。

禅的伟大也在这里,它并不教导我们把屎尿看成玫瑰花,而是教我们把屎尿看成屎尿,玫瑰看成玫瑰;它既不否定卑劣的人格,也不排斥狂乱的身心,而是教导卑劣者擦拭自我的尘埃,转成清明,以及指引狂乱者回归自我,有完整的观照。

水与镜子是相似的东西,平静的水有镜子的功能,清明的镜子与水一样晶莹,水中之月与镜中之月不是同样的月之幻影吗?

禅心其实就在告诉我们,人间的一切喜乐我们要看清,生命的苦难我们也该承受，因为在终极之境，喜乐是映在镜中的微笑，苦难是水面偶尔飞过的鸟影。流过空中的鸟影令人怅然，镜里的笑痕令人回味，却只是偶然的一次投影呀！

唐朝的光宅慧忠禅师，因为修行甚深微妙，被唐肃宗迎入京都，待以师礼，朝野都尊敬为国师。

有一天，当朝的大臣鱼朝恩来拜见国师，问曰："何者是无明，无明从何时起？"

慧忠国师不客气地说："佛法衰相今现，奴也解问佛法！"（佛法快要衰败了，像你这样的人也懂得问佛法！）

鱼朝恩从未受过这样的屈辱，立刻勃然变色，正要发作，国师说："此是无明，无明从此起。"（这就是蒙蔽心性的无明，心性的蒙蔽就是这样开始的。）

鱼朝恩当即有省，从此对慧忠国师更为钦敬。

正是如此，任何一个外在因缘而使我们波动都是无明，如果能止息外在所带来的内心波动，则无明即止，心也就清明了。

大慧宗杲禅师也有一个类似的故事，有一天，一位将军来拜见他，对他说："等我回家把习气除尽了，再来随师父出家参禅。"

大慧禅师一言不发，只是微笑。

过了几天，将军果然又来拜见，说："师父，我已经除去习气，要来出家参禅了。"

大慧禅师说："缘何起得早，妻与他人眠。"（你怎么起得这么早，让妻子在家里和别人睡觉呢？）

将军大怒："何方僧秃子，焉敢乱开言！"

禅师大笑，说："你要出家参禅，还早呢！"

可见要做到真心体寂，哀乐不动，不为外境言语流转迁动是多么不易。

我们被外境的迁动就有如对着空中撒网,必然是空手而出,空手而回,只是感到人间徒然,空叹人心不古,世态炎凉罢了。禅师,以及他们留下的经典,都告诉我们本然的真性如澄水、如明镜、如月亮,我们几时见过大海被责骂而还口,明镜被称赞而欢喜,月亮被歌颂而改变呢?大海若能为人所动,就不会如此辽阔;明镜若能被人刺激,就不会这样干净;月亮若能随人而转,就不会那样温柔遍照了。

两袖一甩,清风明月;仰天一笑,快意平生;布履一双,山河自在;我有明珠一颗,照破山河万朵……这些都是禅师的境界,我们虽不能至,心向往之,如果可以在生活中多留一些自己给自己,不要千丝万缕地被别人牵动,在觉性明朗的那一刻,或也能看见般若之花的开放。

历代禅师中最不修边幅,不在意别人眼目的就是寒山、拾得,寒山有一首诗说:

> 吾心似秋月,
> 碧潭清皎洁;
> 无物堪比伦,
> 更与何人说!

明月为云所遮,我知明月犹在云层深处;碧潭在无声的黑夜中虽不能见,我知潭水仍清。那是由于我知道明月与碧潭平常的样子,在心的清明也是如此。

可叹的是,我要用什么语言才说得清楚呢?寒山大师在很久很久以前就有这样清澈动人的叹息了!

佛　鼓

　　住在佛寺里,为了看师父早课的仪礼,凌晨四点就醒来了。走出屋外,月仍在中天,但在山边极远极远的天空,有一些早起的晨曦正在云的背后,使灰云有了一种透明的趣味,灰色的内部也仿佛早就织好了金橙色的衬里,好像一翻身就要金光万道了。

　　鸟还没有全醒,只偶尔传来几声低哑的短啾,听起来像是它们在春天的树梢夜眠有梦,为梦所惊,短短地叫了一声,翻个身,又睡去了。

　　最最鲜明的是醒在树上的一大簇一大簇的凤凰花。这是南台湾的五月,凤凰花的美丽到了顶峰,似乎有人开了染坊,把整座山染红了,即使在灰蒙的清晨的寂静里,凤凰花的色泽也是非常雄辩的。它不是纯红,但比纯红更明亮;也不是橙色,却比橙色更艳丽。比起沉默站立的菩提树,在宁静中的凤凰花是吵闹的,好像在山上开了花市。

　　说菩提树沉默也不尽然。经过了寒冷的冬季,菩提树的叶子已经落尽,仅剩下一株株枯枝守候春天,在暝暗中看那些枯枝,格外有一种坚强不屈的姿势。有一些生发得早的,则从头到脚怒放着嫩芽,翠绿、透明、光滑、纯净,桃形叶片上的脉络在黑夜的凝视中,片片了了分明。我想到,这样平凡单纯的树下竟是佛陀当年成道的地方,自己就在沉默的树与精进的芽中深深地感动着。

这时,在寺庙的角落中响动了木板的啪啪声,那是醒板,庄严、沉重地唤醒寺中的师父。醒板的声音其实是极轻极轻的,一般凡夫在沉睡的时候不可能听见,但出家人身心清净,不要说是醒板,怕是一根树枝落地也是历历可闻的吧!

醒板拍过,天空逐渐有了清明的颜色,但仍是没有声息的,燕子的声音开始多起来,像也是被醒板叫醒,准备着一起做早课了。

然后钟声响了。

佛寺里的钟声悠远绵长,犹如可以穿山越岭一般。它深深地渗入人心,带来了一种警醒与沉静的力量。钟声敲了几下,我算到一半就糊涂了,只知道它先是沉重缓慢的咚嗡咚嗡之声,接着是一段较快的节奏,嗡声灭去,仅剩咚咚的急响,最后又回到了明亮轻柔的钟声,在山中余韵袅袅。

听着这佛钟,想起朋友送我的一卷见如法师唱念的《叩钟偈》,那钟的节奏是单纯缓慢的,但我第一次在静夜里听《叩钟偈》,险险落下泪来,人好像被甘露遍洒,初闻天籁,想到人间能有几回听这样美的声音,如何不为之动容呢?

晨钟自与《叩钟偈》不同,后来有师父告诉我,晨昏的大钟共敲一百零八下,因为一百零八下正是一岁的意思。一年有十二个月,有二十四个节气,有七十二候,加起来正合一百零八,就是要人岁岁年年日日时时都要警醒如钟。但是另一个法师说一百零八是在断一百零八种烦恼,钟声有它不可思议的力量。到底何者为是,我也不能明白,只知道听那钟声有一种感觉,像是一条飘满了落叶尘埃的山径,突然被钟声清扫,使人有勇气有精神爬到更高的地方,去看更远的风景。

钟声还在空气中震荡的时候,鼓响起来了。这时我正好走到大悲殿的前面,看到逐渐光明的鼓楼里站着一位比丘尼,身材并不高大,与她面前的鼓几乎不成比例,但她所击的鼓竟完整地包围了我的思维,甚至包围了整个空间。她细致的手掌,紧握鼓槌,充满了自信,鼓槌在鼓上飞舞游走,姿势极为优美,或缓或急,或如迅雷,或如飙风……

我站在通往大悲殿的台阶上看那小小的身影击鼓,不禁痴了。那鼓,密时如雨,不能穿指;缓时如波涛,汹涌不绝;猛时若海啸,标高数丈;轻时若微风,抚面轻柔;它急切的时候,好像声声唤着迷路孩子归家的母亲的喊声;它优雅的时候,自在得一如天空飘过的澄明的云,可以飞到世界最远的地方……那是人间的鼓声,但好像不是来自人间,是来自天上或来自地心,或者来自更邈远之处。

鼓声歇止有一会儿,我才从沉醉的地方被叫醒。这时《维摩经》的一段经文突然闪照着我,文殊师利菩萨问维摩诘居士:"何等是菩萨人不二法门?"当场的五千个菩萨都寂静等待维摩诘的回答。维摩诘怎么回答呢? 他默不发一语。过了一会儿,文殊师利菩萨赞叹地说:"善哉、善哉!乃至无有文字、语言,是真人不二法门。"后来有法师说起维摩诘的这一次沉默,忍不住赞叹地说:"维摩诘的一默,有如响雷。"诚然,在我听完佛鼓的那一段沉默里,几乎体会到了维摩诘沉默一如响雷的境界了。

往昔在台北听到日本"神鼓童"的表演时,我以为人间的鼓无有过于此者,真是神鼓! 直到听闻佛鼓,才知道有更高的境界。神鼓童是好,但气喘吁吁,不比佛鼓的气定神闲;神鼓童是苦练出来的,表达了人力的高峰,佛鼓则好像本来就在那里,打鼓的比丘尼不是明星,只是单纯的行者;神鼓童是艺术,为表演而鼓,佛鼓是降伏魔邪,度人出生死海,减少一切恶道之苦,为悲智行愿而鼓,因此妙响云集,不可思议。最最重要的是,神鼓童讲境界,既讲境界就有个限度;佛是不讲境界的,因而佛鼓无边,不只醒人于迷,连鬼神也为之动容。

佛鼓敲完，早课才正式开始，我坐下来在台阶上，听着大悲殿里的经声，静静地注视那面大鼓，静静地，只是静静地注视那面鼓，刚刚响过的鼓声又如潮汹涌而来。

殿里的燕子也如潮地在面前穿梭细语，配着那鼓声。

大悲殿的燕子

配着那鼓声，殿里的燕子也如潮地在面前穿梭细语。

我说如潮，是形影不断、声音不断的意思。大悲殿一路下来到女子佛学院的走廊、教室，密密麻麻的全是燕子的巢，每走一步抬头，就有一两个燕窝，有一些甚至完全包住了天花板上的吊灯，包到开灯而不见光。但是出家人慈悲为怀，全宝爱着燕子。在生命面前，灯算什么呢？

我仔细地看那燕窝，发现燕窝是泥塑的长形居所，它隆起的形状，很像旧时乡居土鼠的地穴，看起来是相当牢靠的。每一个燕窝住了不少燕子，你看到一个头钻出来，一剪翅，一只燕子飞远了，接着另一只钻出头来，一个窝总住着六七只燕，是不小的家庭了。

几乎是在佛鼓敲的同时，燕子开始倾巢而出。于是天空上同时有了一两百只燕子在啁啾，穿梭如网。那一大群燕子，玄黑色的背，乳白色的腹，剪刀一样的翅膀和尾羽，在早晨刚亮的天空下有一种非凡的美丽。也有一部分熟练地从大悲殿的窗户里飞进飞出地戏耍，于是在庄严的诵经声中，有一两句是轻嫩的燕子的呢喃，显得格外的活泼起来。

燕子回巢时也是一奇，俯冲进入屋檐时并未减缓速度，几乎是在窝前紧急刹车，然后精准地钻进窝里，看起来饶有兴味。

大悲殿里燕子的数目，或者燕子的年龄，师父也并不知。有一位师父说得好,她说:"你不问,我还以为它们一直是住在这里的,好像也不曾把它们当燕子,而是当成邻居。你不要小看了这些燕子,它们都会听经的,每天早晚课,燕子总是准时地飞出来,天空全是燕子。平常,就稀稀疏疏了。"

至于如何集结这样多的燕子,师父都说,佛寺的庄严清净慈悲喜舍是有情生命全能感知的。这是人间最安全之地,所以大悲殿里还有不知哪里跑来的狗,经常蹲踞在殿前,殿侧的大湖开满红白莲花,湖中有不可数的游鱼,据说听到经声时会浮到水面来。

过去深山丛林寺院,时常发生老虎、狐狸伏在殿下听经的事。听说过一个动人的故事,有一回一个法师诵经,七八只老虎跑来听,听到一半有一只打瞌睡,法师走过去拍拍它的脸颊说:"听经的时候不要睡着了。"

我们无缘见老虎闻法,但有缘看到燕子礼佛、游鱼出听,不是一样动人的吗?

众生如此,人何不能时时警醒?

木鱼之眼

众生如此,人何不能时时警醒?谈到警醒,在大雄宝殿、大智殿和大悲殿都有巨大的木鱼,摆在佛案的左侧。它巨大厚重,一人不能举动,诵经时木鱼声穿插其间。我常觉得在法器里,木鱼是比较沉着的、单调的,不像钟鼓磬钹的声音那样清明动人,但为什么木鱼那么重要?关键全在它的眼睛。

佛寺里的木鱼有两种,一种是整条挺直的鱼,与一般鱼没有两样,挂在库堂,用粥饭时击之;另一种是圆形的鱼,连鱼鳞也是圆形,放在佛案,诵经时敲之。这两种不同形的鱼有一个共同的特征，就是眼睛奇大，与身体不成比例，有的木鱼，鱼眼大如拳头。我不能明白为何鱼有这么大的眼睛，或者为什么是木鱼，不是木虎、木狗，或木鸟？便去问寺里的法师。

法师说："鱼是永远不闭眼睛的，昼夜长醒，用木鱼做法器是为了警醒那些昏惰的人，尤其是叫修行的人志心于道，昼夜长醒。"

这下总算明白了木鱼的巨眼，但是醒那么长的时间做些什么？总不能像鱼一样游来游去吧！

法师笑了起来："昼夜长醒就是行住坐卧不忘修行，行法则不外六波罗蜜：一布施，二持戒，三忍辱，四精进，五禅定，六智慧。这些做起来，不要说昼夜长醒时间不够，可能五百世也不够用。"

木鱼是为了警醒，假如一个人常自警醒，木鱼就没有用处了。我常常想，浩如瀚海的佛教经典，其实是在讲心灵的种种尘垢和种种磨洗的方法，它只有一个目的，就是恢复人的本心里明澈朗照的功能，磨洗成一面镜子，对人生宇宙的真理能了了分明。

磨洗不能只有方法，也要工具。现在寺院里的佛像、舍利子、钟鼓鱼磬和香花幢幡，无知的人以为迷信的东西，却正是磨洗心灵的工具；如果心灵完全清明，佛像也可以不要了，何况是木鱼呢？

木鱼作为磨洗心灵的工具是极有典型意义的，它用永不睡眠的眼睛告诉我们，修行是没有止境的，心灵的磨洗也不能休息；住在清净寺院里的师父，昼夜在清洁自己的内心世界，居住在五浊尘世的我们，不是更应该磨洗自己的心吗？

因此我们不应忘了木鱼，以及木鱼的巨眼。

以木鱼为例，在佛寺里，凡人也常有能体会的智慧。

低头看得破

在佛寺里,凡人也常有能体会的智慧。

像我在寺里看到比丘和比丘尼穿的鞋子,就不时地纳闷起来,那鞋其实是不实用的。

一只僧鞋前后一共有六个破洞,那不是为了美观,似乎也不是为了凉爽。因为,假如是为了凉爽,大部分的出家人穿鞋,里面都穿了厚的布袜,何况一到了冬天就难以保暖了。假如是为了美观,也不然,一来出家只求洁净,不讲美观;二来僧鞋的黑、灰、土三色都不是顶美的颜色。

有了,大概是为了省布,节俭守戒是出家人的本分。

也不是,因为僧鞋虽有六洞,制作上的布料和连着的布是一样的,而且反而费工。

那么,到底是为什么,僧鞋要破六个洞呢?

我遇到了一位法师,光是一只僧鞋的道理,他说了一个下午。

他说,僧鞋的破六个洞是要出家人"低头看得破"。低头是谦诚有礼,看得破是要看破眼耳鼻舌身意六根,是要看破色声香味触法六尘,以及参破六道轮回,勘破贪嗔痴慢疑邪见六大烦恼,甚至也要看破人生的短暂,人身的渺小。

从积极的意义来说,这六个破洞是"六法戒",就是不淫、不盗、不杀、不妄语、不饮酒、不非寸食;是"六正行",就是读诵、观察、礼拜、称名、赞叹、供养;以及是"六波罗蜜":布施、持戒、忍辱、精进、禅定、智慧……

小小一只僧鞋就是天地无边广大了,让我们不得不佩服出家人。出家人不穿皮制品,因为非杀生不足以取皮革;出家人也不穿丝制品,因为一双丝鞋,可能需要一千条蚕的性命呢!就是穿棉布鞋,规矩也不少,智慧无量。

最后我请了一双僧鞋回家,穿的时候我总是想:要低得下头,要看得破!

召集有缘人的钟声

《高僧传》里,记载天台智者大师的传记,有一段我特别喜欢。

智者大师有一次做梦,梦见一座岩崖万重的大山,云日半垂在山上,山崖下则临着极深的沧海,海水非常澄清。有一位僧人在山峰上,伸出手来摇着打招呼,又要挽他上山,正要上山的时候梦却醒了。

智者大师醒来后把梦见的情景告诉弟子,他座下有去过天台山的弟子就说:"这是位于会稽的天台山啊!历代有许多高僧住在那里。"智者于是和弟子慧辩等二十余人南下,要到天台山去。

那时,天台山住着一位青州来的高僧定光,他已经在天台山住了四十年,在智者大师抵达天台山的两年前,他就对山里的百姓预告说:"有一位大善知识会来住在本山,你们应该多种豆造酱,编蒲草为席,盖一些新房子来欢迎他。"

后来智者大师果然到了天台山,和定光相见,定光一见面就对他说:"大善知识,你还记得早年我在山上对你摇手相唤的事吗?"智者感到非常惊异,才知道自己早年的梦不是幻象,而是真实的存在。

那时是陈太建七年九月的秋天,当智者大师抵达天台的时候,天台山的山谷响遍了洪亮的钟声,久久不绝,大家都感到非常奇异。定光说:

"这是召集有缘人的钟声呀！"

智者大师于是在天台山住了下来，后来开演了天台宗，成为佛教八大宗之一，智者大师也是使佛学中国化的第一人。他在天台山住了二十二年，建造大道场三十六所，在他座下剃度的出家的弟子有一万五千多人。

听过这响满山谷的有缘人的钟声，我们再来看智者大师的两则小故事。智者大师小时候就喜欢到寺院游玩，七岁的时候到寺院，一位师父看他聪明伶俐，就教他念《法华经·普门品》，读过一遍，他就会背诵了。

智者大师二十岁受比丘戒后，往光州大苏山去拜慧思禅师为师。慧思一见到他就知道了宿昔的因缘，对他说："从前我们一起在灵鹫山听世尊讲《法华经》，有这样深的宿缘，所以今天又在这里见面了。"于是对他示现普贤菩萨的道场，指授他修行的要旨。智者经过二十一天入观修行，豁然贯通，定慧圆融，而且证悟了天眼通、天耳通、他心通、神足通、宿命通、漏尽通六种神通。

可见得智者大师的宿缘之深厚，他到天台山时，天地山谷为他鸣钟，实在是极自然的事了。

"有缘人的钟声"是佛教最基本的思想基础，就是一切成住，一切坏空，无不是因缘的聚散变灭，而在智慧追求的道路上，只有有缘的人才能听见山谷里遍响的钟声，也才能为钟声所召集。

纵使相逢不识

我们现在再来说一个故事。

唐朝的法顺大师，又名为杜顺和尚，他是华严宗的初祖，相传是文殊菩萨的化身。

杜顺和尚年轻的时候,跟随道珍禅师修习定法,有很多神验。有一年,唐太宗生热病,下诏向杜顺问:"朕为劳热所苦,以大师的神力何以灭除?"杜顺说:"皇上以圣德统治天下,小病何忧?但颁大赦,圣躬自安。"唐太宗听从他的建议,下诏大赦天下,病马上就好了。太宗为表彰杜顺,赐号为"帝心"。从此,杜顺和尚的圣号就闻名于天下了。

虽然杜顺这么伟大,到晚年的时候,还有弟子不能知道他的殊胜。在他晚年的时候,有一位追随他多年的弟子来向他告假,说是要到五台山去朝礼文殊菩萨的道场。杜顺听了,也不阻止弟子,而且微笑着准许了他的告假,临行还赠他一首偈:

　　游子漫波波,
　　台山礼土坡。
　　文殊此便是,
　　何处觅弥陀?

弟子还是不能领会他的意思,便收拾行囊向五台山出发了。好不容易走到五台山下, 他向一个老人问路说:"我想到五台山去顶礼文殊菩萨,不知要怎么走?"

老人说:"文殊菩萨现在不在五台山,而是在终南山,就是高僧杜顺和尚呀!"

弟子听了,心头的一惊非同小可,因为杜顺和尚不正是自己的师父吗?于是兼程赶回终南山。等他赶到终南山时,杜顺已经在十一月十五日坐化了,他甚至无缘见到师父最后一面。

这个故事真是应了民间的一句俗话:"有缘千里来相会,无缘对面不相识。"还有一副对联说："天雨虽广难育无根之草,佛门虽大不度无缘之人。"都是说明"缘分"的重要。

对于缘分的实质或者想象,总是带给我们一种无限奥妙深远的情愫,同时也给人生的浮云聚散带来一些茫然、一点惆怅。

不过,非常确定的一点是,对于无数的人,即使文殊菩萨站在眼前,也不能相识,那是有如盲人看月,月是一直存在的,只是眼盲的人不能看见罢了!

只可惜世界上有很多人不能珍惜缘的成就、缘的力量与缘的殊胜。

佛的三种不能

在《景德传灯录》里,记载了一则元珪禅师的故事。

元珪禅师在中岳庞坞修行的时候,住在一个简陋的茅草屋里。有一天,一位戴漂亮帽子、穿着华丽衣服的公子来拜访他,这位公子有很多随从,浩浩荡荡到了茅屋前面,称元珪为大师。元珪见他形貌奇伟非常,就问他说:"仁者有何贵事,到老僧的陋室来呢?"

"大师,你认识我吗?"那位公子说。

元珪说:"在我的眼里,佛与众生没有分别,我都同等对待,你是谁又有什么分别呢?"

公子说:"我就是这座山的山神,可以使人死去,也能让人重活,你怎么可以把我看成和别人一样呢!"

元珪说:"我本来不生,你又怎么使我死呢?我看我的身体与虚空相同,看我和你相同,你如果能毁坏虚空和你自己才能毁坏我,人能毁坏虚空和你自己吗?我早就是达到不生不灭境界的人了,你尚且不能有不生不灭的境界,何况是令我生死呢?"

岳神听了,知道元珪禅师是得道的高人,立即稽首顶礼,拜他为师,并且由禅师授以杀、盗、淫、妄、酒五戒,正式收为弟子。

岳神受了三皈五戒之后,问元珪禅师说:"我的神通和佛比起来怎么样?"

元珪说:"如果把神道说成十能,你有五能五不能,佛则有七能三不能。"

岳神一直自认神通广大,听到禅师所说,悚然避席跪地说:"请师父开示。"

元珪说:"我问你,你能使上帝往东天奔跑、而在西边同时出七个太阳吗?"

"不能。"岳神说。

"那么,你能夺住地上所有的神明吗?你能使五岳连在一起吗?你能让四大海的海水融合在一起吗?"

"不能。"岳神说。

"这就是你的五种不能。"元珪禅师继续说,"我现在来告诉你,佛的三种不能:

佛能空一切相,成万法智,
而不能灭定业;
佛能知群有性,穷亿劫事,
而不能化导无缘;
佛能度无量有情,
而不能尽坐生界。

这就是佛的三种不能。但是,定业并不是牢久不可破的,无缘也只是一段时间,并不是永远的……依我所解悟的佛,他并没有什么神通,只是以无心来通达一切的法罢了。"

这个故事说明了佛教的基本精神,就是佛并不是万能的,他有无限的智慧与能力,却不能灭除每个人自己做下的定业果报;他知道众生都有佛性,究竟了无始劫的因缘,却不能感化教导没有缘分的人;他能度的有情众生是无数量限制的,但却不能把众生人全部度尽,因为有许多无缘的众生。

佛的三种不能里,有两种是与缘分有关的,可见缘分乃是这个世界上最困难的事。佛陀当年在灵鹫山上讲《妙法莲华经》,现场就有五千人站起来走掉,佛陀的弟子们都很生气,佛陀却一点也不生气地说:"他们是机缘还没有成熟呀!"

这真是彻见了人生因缘的智慧之语。我们在这有情的人间,被抛弃、被见离、被轻忽、被生离死别,饱受了种种情感的折磨,如果我们能进入因缘的内在世界,平心静气地说:"我们是机缘还没有成熟呀!"这时,我们就超越了束缚,照见人生是因缘合成的本来面目。

因缘沉默八千年

在佛经里,把一切有为法由缘而生成,称为"缘生";把一切事物的待缘而起,称为"缘起",但一切因缘都不是永恒的,转眼消失,叫作"缘灭"。

我们常说"因缘"、"因果",到底因、缘、果之间有什么关系和差别呢?我们可以这样简单地说:森罗万象都自因缘而成,因缘合成而生的就叫果。这在经典上是"因则能生,果则所生,缘则助生",对所生成的

"果"来说，"因"是亲而强力的，"缘"则是疏而弱力的。例如种子为因，雨露农夫等环境因素为缘，这因缘合成生出来的米，就是果。

了解到这一层，我们就知道因果之间有绝对关系，但却不是必然关系。例如说我们种了一个因，这个因没有缘的相会，它就永久止于未来，不能显现它的果。我们前面说"佛不能灭定业"，定业虽不可灭，却可以"止"，用愿力改变诸缘，则定业的果就永远不能结了。

举一个例子说，有一年我到埃及去旅行，在开罗博物馆看到许多从法老王墓穴中挖出来的食物种子，有小麦、稻子、玉米等等，那是法老王陪葬用的种子，因为在古老埃及人的轮回观念里，认为人死后转生另一个世界，是带着灵魂、身体、黄金、食物一起转生的，因此才有木乃伊，以及非常多而丰富的葬品。

我特别留意那些种子，种子中最老的，干燥后埋在地里已有八千年的历史了，到本世纪才被挖掘出来。

开罗博物馆的导游告诉我们，那些沉埋数千年的种子被挖出来以后，都做过实验，发现大部分的种子都还能发芽、开花、结果，而埃及许多早就消失的谷种，都因这些种子的发现，重新生存到这个世界上。

当时，我听到这里，看那些用锦盒盛着的黑灰色谷种，心里有一种美丽的感动，人的转生虽无法证明，但那些种子不正是转生的预示吗？

用埃及的种子来解释因、缘、果，就能有一个明显的说明：种子被埋在地里八千年没有被挖掘，在那漫长的八千年里，它一直是一个因；八千年后被发现了，被实验、被种植、被期待、被照愿，都是各种缘的会合；最后证明它还能结出果实，这是果的完成。

从这里联想，我们今生所感召的果，何尝不是经过遥远生世所埋下的因、在这一生中会面的缘所生出来的呢？如果没有缘，就是沉埋数千年的因也不能结果呀！

处处都是明亮动人的钟声

佛陀曾以钻木取火来说因缘法,他说:"诸法皆如是,譬如两木相揩,火出还烧木,木尽火便灭。"

因缘正是如此,两根木头里何尝有火呢?可是相碰以后就有了火,火是从哪里来?往哪里去?火出来以后把木头烧了,木头烧完,火又熄灭了。

两个人相会也是如此,两个心里何尝有情感呢?可是一相遇情感便产生了,情感从哪里来?往哪里去?情感之火点燃以后把两个焚烧,烧完了情感,火就熄灭了。

这就是"因缘合乃成,因缘离散即灭"的实相,也是大至宇宙、小至人生的实相,同时也都是空相。

面对这种人生不可避免的真实,我们要如何呢?

修行者告诉我们最好的人生道路是:

> 心田不长无明草,
> 性地常开智慧花。

说我们看待因缘最好的人生道路是:

> 历尽万般红尘劫,
> 犹若凉风轻拂面。

我们是薄地的凡夫，很难做到那样的境界，但是我常常对别人说，要"惜缘"，要"不弃世缘'，那是因为今生的每一个因缘都不是那么容易得到，只有惜缘的人才能坦然无悔，只有不弃世缘的人才能知道，每一次小小的因缘都是历经亿万年流浪生死的一回照面，那么追求更高的般若智慧，体验万古长空一朝风月的机缘，不更是非常非常之难吗？

让我们回到心灵明净的自我，聆听在我们自性深处声音虽小却明亮动人的钟声吧！让我们在高山的时候，听高山之钟；在海滨，听海滨之钟；在森林，听林木之钟；在变幻的蓝天，听白云、霞彩、霓虹，甚至乌云的钟声。

这个世界，到处都敲着召集有缘人的钟声，随遇都是有缘人，钟声不只敲在天台山谷，也不只响遍寺院之中，只要我们足够明净，时时都能听到有缘的钟声。

步步起清风

我很喜欢禅宗的一个公案：

五祖法演禅师门下有三个杰出的弟子，佛果克勤、佛鉴慧动、佛眼清远，时人号称"三佛"。

有一天，法演带着三个弟子，在山下的凉亭夜话，回寺的时候，灯突然灭了。

在黑暗中，法演叫每一位弟子说出自己的心境。

佛鉴说："彩凤丹宵。"

佛眼说："铁蛇横古路。"

佛果说："看脚下！"

法演当场给佛果印可说："将来传扬我的宗风只有你呀！"后来，佛果克勤禅师，果然宗风大盛。

我喜欢这个公案，原因是它的直截了当，一个人在无灯的黑夜走路，不必思维，只要看脚下就好。其次，我喜欢它的明白平常，简单的三个字就说明了，禅的根本精神是从站立的地方安身立命，没有比脚下更重要的地方了，因为一失足就成千古恨。

"看脚下"虽然如此简明易懂，却意味深长，六祖所说的"密在汝边"，祖师所说的"会心不远",都是在说明真正美妙的心灵经验,不必到远处去追求。可惜大部分的人,都是舍弃了心灵的空地,去追求远处的境界,那就无法"即心是道场",不能即刻点起已被风吹熄的烛火,继续前进。

不能看脚下的人,自然不能立定脚跟,这在禅宗里叫作"脚跟未点地",也叫作"脚下烟生",一个人的脚下如果生起烟雾,便无法落实于真切的生命,就好像腾云驾雾地过着虚妄的生活。

有时候我到寺庙里参访,在门槛的柱子上,或在容易跌倒的阶梯上,就会看见贴着"看脚下"三字,顿时心里一阵感动,有一种体贴之感,因为那时如果不看脚下,立刻就会跌倒了。

"看脚下"其实包括了禅宗几个重要的精神,第一个精神是要活在当下,不活在过去与未来之中。人生的忧恼,大部分是来自过去习气的牵绊,以及对未来欲望的企图,如果时刻活在现前的一境,忧恼立即得到截断,例如喝茶的时候,如果专注于喝茶,不心思外驰,立刻可以得到专注之境。这不只是开悟的境界,一般人也可以领受和体验。

马祖道一禅师开悟以后,声名大噪,他未出家前结交的几位老朋友,对马祖的开悟半信半疑,于是相约一起去见马祖,并且希望能沿路想一些问题去请教请教。

这几位农民出发不久,就看见一只老黄牛绑在大树上,鼻子穿了一根绳子。黄牛由于不能走远,就绕这棵树行走,最后把鼻子碰在树上,又往反方向绕,越转越紧,又碰在树上,其中一位就说:"我们就拿这件事去请示马祖好了。"

再往前走不久,突然看见一只秋蝉飞来,脚跟被蜘蛛丝粘住了,飞不过去,心里一着急,吱吱大叫。蜘蛛看见秋蝉粘在树上,立刻赶过来要吃它,在这生死关头,秋蝉奋力一冲,呼噜一声,离开蛛丝飞走了。其中一位说:"我们再把这件事去请示马祖。"

最后，他们见到马祖，第一位就问说："如何是团团转？"

"只因绳子不断。"

"绳子断了，又如何？"

"逍遥自在去也！"

马祖的老朋友听了都很吃惊，马祖明明没见到老牛，怎么知道我们问什么呢？第二位又问："如何是吱吱叫？"

"因脚下有丝！"

"丝断了，又如何？"

"呼噜飞去了！"

马祖的老朋友当下都得到了开启。

使人生不能自在的，是由于过去习气的绳子拉着我们团团转；使我们不能自由的，是情丝无法斩断。如果能回到脚下，一念不生，就自由自在了。

第二个看脚下的精神，是以平常心过日常生活，例如经常教人参"无"字公案的赵州禅师，每每对初来的人说"吃茶去！""吃粥也未？"马祖道一也说："吃饭时吃饭，睡觉时睡觉。"百丈怀海说的："一日不作，一日不食。"都是在示人，以圆融的态度来过平常的生活，而不是去追求不着边际的开悟。

"看脚下"是以平等的态度来对待生活里的一切，不为某些特殊的目的而放弃对历程的深思与体验，在每一个朝夕，都能"不离当处湛然"，如果喝茶吃粥时有湛然清明的心，其尊贵至高并不逊于人间伟大的事功。

《六祖坛经》一开始时就说："于一切时中，念念自见，万法无滞，一真一切真，万境自如如。如如之心，即是真实。若如是见，即是无上菩提之自性也。"

在每一刻的真实中，万法的真实即在其中，"掬水月在手，弄花香满衣"，掬水或弄花是平常而平等的，明月在手、花香满衣就变得十分自然。

如果不能善待眼前的片刻,不就像以手捉月、舍花逐香吗?哪里可得呢?

看脚下的第三个精神,是以法为灯,以自为灯,去除依赖的心。

山中的烛火熄了,不仅要照看自己的脚下,还要以自己的眼睛和心灵为灯,小心地走路,这个世界上虽有许多人可以告诉我们远处美丽的风景,却没有一个人能代替我们走茫茫的夜路。

只要点燃心中的灯,一心一意地生活下去,便可以展现充实的生命。一般人无法见及生命的丰盈,不能冤于恐惧,只缘于没有脚跟着地罢了。

接着,我们的灯如果燃起,就可以照看到"看脚下"的最高境界,是云门禅师所说的"日日是好日",不管晴、雨、悲、喜,身心都能安然,甚至于连心痛的时刻,都能知道明日可能没有心痛之境,而坦然欢喜。

"日日是好日",表面上是"每天都是黄道吉日"的意思,但内在里更深切的意义是"不忧昨日,不期明日",是有好的心来看待或喜或悲的今天,是有好的步伐,穿越每日的平路或荆棘,那种纯真、无染、坚实的脚步,不会被迷乱与动摇。

在喜乐的日子,风讨而竹不留声;在无聊的日子,不风流处也风流;在苦恼的日子,灭却心头火自凉;在平凡的日子,有花有月有楼台;随处做主,立处皆真,因为日日是好日呀!

"看脚下"真是一句韵味深长的话,这是为什么从前把修行人走的路叫作"虎视牛行"——有老虎一样炯炯的眼神,和牛一般坚实的步伐,也叫作"华严狮子"——每一步都留下深刻的脚印。

从远的看,人生行路苍茫,似乎要走很多的步幅;从近的看,生死之间短促,只是一步之间;在每一步里,脚底都有清凉的风,则每一步都不会错过。

那么,不管灯熄灯亮,不管风雨雷电,不管高山深谷,回来看脚下吧!脚下虽是方寸,方寸里自有乾坤。

去做人间雨

　　有一天晚上,马祖道一禅师带着百丈怀海、西堂智藏、南泉普愿三个得意弟子去赏月,马祖说:"这样美的月色,做什么最好?"

　　西堂智藏说:"正好供养。"

　　百丈怀海说:"最好修行。"

　　南泉普愿一句话也没说,拂袖便去。

　　马祖说:"经入藏,禅归海,唯有普愿独超然于物外。"

　　(智藏对经典可以深入,怀海会在禅法成就,只有普愿独自超然于物外)。

　　我很喜欢这个禅宗的故事,在美丽的月色下,供养而使心性谦和,修行提升心灵清净都是非常好的,可是好好地赏月,不发一语,则使人超然于物象之外,心性自然谦和,心灵也在无心中明净了。

　　因为天上固然有明月皎然,心里何尝没有月光的温柔呢?这是为什么寒山子说"吾心似秋月,碧潭清皎洁"的缘故,也是禅师以手指月,指的并不只是天上之月,也是心里的秋月,心思短促的人,看见的是指月的手指;心思朗然的人,越过了手指而看见天边的明月;心思无碍的人,则不仅见月见指,心里的光明也就遍照了。

僧肇大师曾写过一首动人的诗偈：

> 旋岚偃岳而常静，
> 江河竞注而不流；
> 野马飘鼓而不动，
> 日月历天而不周。

一个人的心如果能常静、不流、不动、不周，就可以观照到，虽然外在世界迁流不息，却有它不迁流的一面；一个人如果心中长有明月，就知道月亮虽然阴晴圆缺，其实月的本身是没有变化的。

在更高远心灵的道之追求，是要使我们能像天上的云一样自由无住，无心出岫，长空不碍，但是当化成一朵云的时候，是不是也会俯视人间的现实呢？

现实的人间会有一些污泥、一些考验、一些残缺、一些苦痛、一些不堪忍受的事物，此所以把现实人间称为"滚滚红尘"，滚滚有两层意思，一是像灰沙走石，遮掩了人的清明眼目；二是像柴火炽烈，燃烧着我们脆弱的生命。每一次我想到作家三毛的最后一部作品叫《滚滚红尘》，写完后投缳自尽，就思及红尘里的灰沙与柴火，真是不堪忍受的。

灰沙与柴火都还是小的，真实的"滚滚"有如汪洋中的波涛，人则渺茫像浪里的浮沫，道元禅师说："是鸳鸯呢？还是海鸥？我看不清楚，它们都在波浪间浮沉。"不管是美丽如鸳鸯，或善翔像海鸥，都不能飞出浮沉的波浪，人何能独独站立于波涛之外呢？

云，是很美、很好、很优雅、很超然的，但云在世间也不是独立的存在，它可能是人间的烟尘所凝结，它一遇到冷锋，也可能随即融为尘世的泪水。

因此,道的追求不是独存于世间之外,悟道者当然也不是非人,而是他体会了更高的心灵视界罢了,这更高的心灵,使他不能坐视悲苦的人间,也使他不离于有情。这是一种纯净的诗情,王维有一首《文杏馆》很能表达这种诗情:

文杏裁为梁,香茅结为宇。

不知栋里云,去作人间雨。

迈向诗心与道情的人,是以高洁的文杏做成梁柱,以芳香的茅草盖成屋宇,虽然居住于自然与美之中,心里却有问世的意念,想到在栋梁间飘忽的白云,不知道是不是也和自己一样,要去化作造福人间的雨呢?

要去化雨的白云,是体知了燥热的人间需要滋润与清凉的雨,要去问世的高士,虽住于杏树香草做成的房屋,已无名利之念,但想到滚滚红尘,心有不忍。

道心与诗心因此都不离开有情,不是不能离开,而是不愿离开,试想蓝天里如果没有云彩与晚霞,该是多么寂寞。

智者,只是清明;觉者,只是超越;大悲者,只是广大;并不是用皮肉另塑一个自我,而是以活生生的血肉作人的圆满、作心的清明、作环境里的灯火。

在《临济录》里讲到临济义玄禅师开悟以后,时常在寺院后面栽植松树,他的师父黄檗希运问他说:"深山里已经有这么多树了,你为什么还要种树呢?"

临济说:"一是为了寺院的景色;二是为后人做标榜。"

所以他的师兄睦州对师父说:"临济将来经过锻炼,定能成一棵大树,与天下人作阴凉。"

不论多么大的树,都是来自一颗小小的种子,来自一尖细细的芽苗,长成大树的人不该忘记天下人都是大树的种子与芽苗,因此誓愿以阴凉的树荫,来使天下人得以安和的生活。

出世的修行,是多么令人向往呀!但是"微风吹幽松,近听声愈好",如果没有化作人间雨的立志,那么就会像一朵云,飘向不可知的远方了。

水晶石与白莲花

在花莲盐寮海边,有一种石头是白色的,温润含光,即使在最深沉的黑暗中,它还给人一种纯净的光明的感觉。把灯打开,它的美就砰然一响,抚慰人的眼目。把它泡在水里,透明纯粹一如琉璃,不像是人间之石。

听孟东篱谈到这样的石头,我们在夜晚就去到了盐寮海边,在去的路上他说:"这种石头被日本人搜购了很多,现在可能找不到了。"等我们到了盐寮,他一一敲开邻居的大门,虽然在夜里九点,海滨乡间的居民都已经就寝了。听我们说明来意,孟东篱的第一个邻居把家里珍藏的水晶石用双手捧着出来说:"只有这些了。"

数一数,他的手里只有八颗石头。

幸好找到第二个邻居,她用布袋提出一袋来,放在磅秤上说:"十公斤,就这么多了。"

然后她把水晶石倒在铺了花布的地板上,哗啦一声,一地的琉璃,我们的惊叹比石头滚地的声音还要哗然。

我一向非常喜欢石头,捡过的石头少说也有数千颗,不过,这水晶石使我有一种低回喟叹的感受,在雄山大水的花莲竟然孕育出这许多透明浑圆、没有缺憾的石子,真是令人颤动的呀!

妇人说,从前的海边到处都是这种石头,一天可以捡好几公斤,现在在海边走了一天,只能拾到一两粒,它变得如此稀有,是不可思议的。

疑似水晶的石头原不产在海里,它是花莲深山的蕴藏,在某一个世代,山地崩裂,石块滚落海岸,海浪不断地磨洗、侵蚀、冲刷,使其成为圆而晶明的面目。

疑似水晶的石头比水晶更美,因为它有天然的朴素的风格,它没有凿痕,是钟灵毓秀的孕生,又受过海浪永不休止的试炼。

疑似水晶的石头使人想起白莲花,白莲花是穿过了污泥染着的试探,把至美至香至纯净的花朵高高托起到水面,水晶石是滚过了高高的山顶、深深的海底,把至圆至白至坚固的质地轻轻地滑到了海滨。

天地间可惊赞的事物不少,水晶石与白莲花都是;人世里可仰望的人也不少,居住在花莲的证严法师就是。

第一次见到证严法师,就有一种沉静透明如琉璃的感觉,这个世界上有些人不必言语就能给人一种力量,那种力量虽然难以形容,却不难感受。证严法师的力量来自于她的慈悲,还有她的澄澈,佛经里说慈悲是一种"力",清净也是一种"力",证严法师是语默动静都展现着这种非凡的力量。

她的身形极瘦弱,听说身体向来就不好;她说话很慢很慢,声音清细,听说她每天应机说法,不得睡眠,嘴里竟生了口疮;她走路很从容、轻巧,一点声音也无,但给人感觉每一步都有沉重的背负与承担。她吃饭吃得很少,可是碗里盘里不会留下一点渣,她的生活就像那样子一丝不苟。

有人问她:"师父天天济贫扶病,每天看到人间这么多悲惨世相,心里除了悲悯,情绪会不会被牵动,觉不觉得苦?"

她说:"这就像爬山的人一样,山路险峻,流血流汗,但他们一点也不觉得辛苦,对不想爬山的人,拉他去爬山,走两步就叫苦连天了。看别人受苦，恨不能自己来代他们受，受苦的人能得到援助，是最令我欣慰的事。"

我想，这就是她的精神所在了，慈济功德会的志业现在已经闻名遐迩，它也是近代中国最有象征性的佛教事业，大家也耳熟能详，不必赘述，我来记记两次访问证严师父，我随手记下的语录吧：

"这世间有很多无可奈何的事，无可奈何的时候，所以不要太理直气壮，要理直气和，做大事的人有时不免要求人，但更要自己的尊严。"

"未来的是妄想，过去的是杂念，要保护此时此刻的爱心，谨守自己的本分，不要小看自己，因为人有无限的可能。"

"人心乱，佛法就乱，所以要弘扬佛法，人心要定，求法的心要坚强。"

"医生在病人的眼里就是活佛，护士就是白衣大士，是观世音菩萨，所以慈济是大菩萨修行的道场。"

"这世界总有比我们悲惨的人，能为别人服务比被服务的人有福。"

"现代世界，名医很多，良医难求，我们希望来创造良医，用宗教精神启发良知，以医疗技术来开发良能，这就能创造良医。"

"我一开始创建慈济的时候是救穷，心想一定要很快消灭贫穷，想不到愈救愈多，后来发现许多穷是因病而起的，要救穷，就要先救病，然后才盖了医院。所以，要去实践，才知道众生需要的是什么。"

"不要把阴影覆在心里，要散发光和热，生命才有意义。"

"菩萨精神是永远融入众生的精神，要让菩萨精神永远存在这个世界，不能只有理论，也要有实质的表现。慈悲与愿力是理论，慈济的工作就是实质的表达,我们希望把无形的慈悲化为坚固的永远的工作。"

"一个人在绝境时还能有感恩的心是很难得的,一个永保感恩心付出的人,就比较不会陷入绝境。"

"每一分菩提心,就会造就一朵芳香的莲花。"

"当我决心要创建一座大医院时,一无所有,别人都告诉我那是不可能的,但我有的只是像地藏菩萨的心,这九个字给我很大的力量:我不入地狱,谁入地狱!"

"我得过几次大病,濒临死亡,我早就觉悟到人的生命不会久长,但每次总是想,如果我突然离开这世界,那么多孤苦无依的人怎么办?"

这都是随手记下来的师父说的话,很像海浪中涌上来的水晶石,粒粒晶莹剔透,令人感动。

师父的实践精神不只表达在慈济功德会这样大的机构,也落实在生活的每一个细节,她们自己种菜,自己制造蜡烛,自己磨豆粉,"静思精舍"一直到现在都还保有这种实践的精神。甚至这幢美丽素朴的建筑也是师父自己设计的,连屋上的水泥瓦都是来自她的慧心。

师父告诉我从前在小屋中修行,夜里对着烛光读经,曾从一支烛得到了开悟,她悟到了:一支蜡烛如果没有心就不能燃烧,即使有心,也要点燃才有意义,点燃了的蜡烛会有泪,但总比没有燃烧的好。

她悟到:一滴烛泪一旦落下来,立刻就被一层结出的薄膜止住,因为天地间自有一种抚慰的力量,这种力量叫"肤"。为了证验这种力量,她在左臂上燃香供佛,当皮被烧破的那一刹那,立即有一阵清凉覆盖在伤口上,那是"肤"。台湾话里,孩子受伤,妈妈会说:"来,妈妈肤肤!"这种力量是充盈在天地之间的。

她悟到:生死之痛,其实就像一滴烛泪落下,就像受伤了,突然被肤。

她悟到:这世界无时无刻都在对我们说法,这种说法常是无声的,有时却比声音更深刻。

师父由一支蜡烛悟到的"烛光三昧",想必对她后来的行事有影响,她说很喜欢烛光的感觉,于是她自己设计了蜡烛,自己制造,并用蜡烛和人结缘。从花莲回来的时候,师父送我五个"静思精舍"做的蜡烛。

回台北后,我把蜡烛拿来供佛,发现这以沉香为心的蜡烛可以烧十小时之久,并且烧完了不流一滴泪,了无痕迹,原来蜡烛包覆着一层极薄的透明的膜,那就是师父告诉我的"肤"吧!我站在烧完的烛台前敛容肃立,有一种无比崇仰的感觉,就像一朵白莲花从心里一瓣一瓣地伸展开来。

证严师父的慈济志业,三十余万位投身于慈济的现代菩萨,他们像蜡烛一样燃烧、散发光热,但不滴落一滴忧伤的泪,他们有的是欢欣的菩萨行。

他们在这空气污染、混乱浊劣的世间,像一阵广大清凉的和风,希望凡是受伤的跌倒的挫败的众生,都能立刻得到"肤肤",然后长出新的皮肉。

他们以大悲心为油、以大愿为烛、以大智为光,要烧尽生命的黑暗,使两千万人都成为菩萨,使我们住的地方成为净土。

慈悲真是一种最大的力呀!

我把从花莲带回来的水晶石也拿来供佛,觉得好像有了慈济,花莲的一切都可以作为天地的供养,连"花莲"两个字也可以供养,这两个字正好是"妙法莲花"的缩写,写的是一则千手千眼的现代传奇,是今日世界的"观世音菩萨普门品"!

一　味

乌铁茶

有一位朋友,独自跑到木栅的观光茶区去经营茶园,取名为"乌铁茶区"。据说,他是接下了一个患病农民的茶园,原因是自己很想做出一些自己喜欢的茶,让自己喝了欢喜,朋友喝了也欢喜。

"你喜欢的茶是什么呢?"

"中国的两大名茶,一是乌龙,一是铁观音,乌龙清香,铁观音喉韵好,这两种茶是完全不同的,我在少年时代就常想,有没有可能使两味变成一味呢?就是把乌龙和铁观音的优点融合,消除它们的缺点,所以把自己的茶园取名为乌铁茶园。"

"使两味合成一味"可能只是朋友的理想,但他在实验的过程中,却创造了许多滋味甚美的茶来,也由于有一个渴盼创造的心灵,他理想的茶虽未出现,对于人生、对于茶已经有了全新的体验。

他说:"当我心中有使乌龙与铁观音合一的愿望时,事实上那种茶已经完成了,虽然还没有做出来,总有一天会做出来。"

我走在朋友种的井然有序的茶园,看到洁白的小茶花,不禁想起禅师所说的:"家舍即在途中",当一个人往理想愿望迈进的时候,每一步历程其实都与目标无异,离开历程,目标也就不存在了。

问题是,历程的体验与目标的抵达虽是一味,由于人自心的纷扰,它就成为百味杂陈了。

一味,不是生活里的柴米油盐,而是内心的会意。

一味,不是寻找一种优雅的生活,而是在散乱中自有坚持:在夏日,有凉爽的心;在冬天,有温暖的怀抱。

生命里的任何事都没有特别的意义,在平凡中找到真实的人,就会发现每一段每一刻都有尊贵的意义。

雀舌鹰爪

经营茶园的朋友。嫌现在的茶做得太粗,于是用手工采茶,用手工制茶,做出一种最好的茶,取名为"莲心茶"。

"莲心茶"只取茶最嫩的茶芽制成,一芽带两叶,卷曲有如莲子的心。

以茶芽制茶古已有之,《梦溪笔谈》说:"茶芽,古人谓之雀舌麦头,言其至嫩也。"《贡茶录》说:"茶芽有数品,最上曰小芽,如雀舌鹰爪,以其劲直挺拔,故号芽茶;次曰中芽,乃一芽带一叶者,号一枪一旗;次曰紫芽,乃一芽带两叶,号一枪两旗;其带三叶四叶者,皆渐靠矣!"

莲心茶必须在春天,气候晴和的早上去采,这时茶树吸收了昨夜的雾气,茶芽初发,一芽一芽地掐下来。

朋友说,现在的农夫觉得这样采茶芽太费工了,不符合成本的效益,使得雀舌鹰爪徒留其名,早已成为传说了。

"但是,最好的总要有人去做,纵使被看成傻子也是值得的。"朋友说。

是的,最好的总是要有人做,我为朋友那种真挚求好的态度感动了。

他每年只做几斤莲心茶,只卖给善饮茶的人,每人限购二两,他说:"最好的茶只给会喝的人,但是不能太多,太多就不会珍惜了。"

法也是一样吧!这个世间有许许多多的法,法味都不错,但最好的总要有人去做,即使被看成傻子也是值得的。

体会茶的心

不过,做茶也不能一厢情愿,而要体会茶的心。

朋友有一种很好的茶,叫"月光茶",是在春天的夜间,用探照灯采的。他用探照灯在夜间采茶,曾被茶山的人看成是疯子。

他说:"有一天,天气很热,我自己泡一壶茶喝,觉得茶里面还带着暑气,心里想,如果在有露水的夜里采茶,茶在夜露的浸润下,茶树的心情一定很好,也就没有暑气了。"

想到就做,竟让他做出像"月光茶"这样的茶来,喝的时候仿佛看见月光下吐露着清凉的茶园,心胸为之一畅。想到"冻顶乌龙"之所以比"乌龙"好,那是因为终年生于云雾风霜的极冻之顶,好像能令人体会茶里那冰雪的心。

我们与茶互相体会,与人间的因缘也要互相体会,作为佛教徒的人时常会觉得高人一等,自以为是众生的母亲,但是反过来想,我们已经在轮回中受生无数次,一切众生必都曾是我的母亲,这些在过去世中无数无量曾呵护、照顾、体贴、关爱过我们的母亲呀！如今就在我的四周。

一切的众生为了生活，得不停忙碌地工作；一切众生为了呵护子女，要累积财富；以致他们没有时间全力修持佛法，但，不能修持佛法的母亲还是我最亲爱的母亲呀！我愿她们都拥有最美好的事物，也愿她们一切幸福。

如是思维，心遂有了月光的温柔与清凉。

不可轻轻估量

朋友来看我，知道我喜欢喝茶，都会带茶来送我，因此就喝到许多未曾想过的茶，像桂花茶、紫罗兰茶、菩提叶茶都还是普通的，有人送我决明子茶、芭乐叶心茶、荔枝红、柚子茶等等，各种奇怪的加味茶。

今天，一位朋友带来一罐人参乌龙茶，听说是乌龙茶王加美国人参制造的，非常昂贵。

我说："如果是很好的乌龙，就不会做成人参乌龙茶；如果是最好的人参，也不必做成人参乌龙茶。所以，所谓人参乌龙茶，应该都是次级的人参掺入次等的乌龙制造的。"

朋友听了哈哈大笑。

我说，这是实情，因为最好的茶不必加味，凡是加味者，都不是用最好的茶去做的。

朋友是来告诉我，某地又出现一位新的禅师，某地又出现一位新教主，某地又有一位宣称证得大圆满境界，由于是以神通经验来号召，信徒趋之若鹜。

他问我："你看这是真的？还是假的？"

167

我说:"你管他是真是假,我们只要照管自己的心就好了。"

他又问:"为什么台湾社会,近年来每年都会出现这样的人呢?"

我说:"你觉得呢?"

"我觉得是社会竞争太厉害了,有一些人循正常的管道奋斗,不可能成功,最快成功的方法是自称教主、祖师,证得某种境界,因为这既有名有利,也不需要时间、不需要本钱,只要会演戏就好了。而且群众也无法去做检验,就像我要和人做生意,总会先调查他的信用,过去的经验有迹可循,可是这社会上自称成就的人往往是无迹可循的。你认为我的看法怎样?"

"很好!"我说,"我还是觉得最好的茶是不用加味的,最好的法也是一味,对待加了许多味的法,与对待加了许多味的茶一样,要谨慎,不可轻轻估量!"

然后我们泡了:亚人参乌龙茶喝,不出所料,不是最好的茶叶,也不是最好的人参。

风格的芬芳

在南部六龟的深山里,有一种野生茶,近年已成为茶界乐道的茶。

野生茶听说已生长百余年的时间,是日据时代,或是清朝种在深山里而被人遗忘的茶树,由于多年未采摘,长到有一层楼高。

野生茶的神奇就在于每一棵的茶味都不一样,有独特的风格,例如有一棵有蜂蜜的味道,一棵有牛乳的味道,一棵有莲花香,这不是加味,是自然在茶叶中长成的。

因此,采野生茶的人要带许多小袋子,每一棵茶树采的装一袋,烘焙时也要每一棵分开,手工精制。这样费时费力做出来的茶,自然是价昂难求,有时有钱也买不到。

我在朋友家品尝野生茶,果然,每一棵都很不一样,我最喜欢带有莲花香的那一棵,喝的时候一直在寻思,为什么茶叶会自然长出莲花的香味呢? 为什么会每一株茶的味道各自不同呢?

我想到,一棵茶树在天地间成长壮大,在时空中屹立久了,自然会形成一种独特的风格,这风格既不会妨碍他做一棵平常的茶树,但却有与一切茶树完全不同的芬芳。人也是如此,处于法味久了,自然形成风格,这风格不会使他异于常人,而是在人间散放了不同的芳香。

寒天饮茶知味在

与懂茶的人喝茶,有时候也挺累人,因为到后来,只是在谈对于茶的心得,很少真的用心喝茶,用的都是舌头。

有一天,一位素来被认为会喝茶的朋友来访,我边泡茶,边说:“今天我们可不可以完全不谈茶的心得,只喝茶?”朋友呆住了,说:“我光喝茶,不谈茶,会很难过的。”

我说:“我们过于讲究茶道而喝茶,会忘记喝茶最根本的意义,喝茶第一是要解渴,第二是兴趣,第三是有好心情,第四是有好朋友来,对茶的研究反而是最末节的了。”

然后,我们坐下来,喝茶!

那时候觉得赵州的“吃茶去!”讲得真好。

雪夜观灯知风在,寒天饮茶知味在,除了专心喝茶,我们并不做什么。喝了几盏茶之后,朋友说:“今天真好,我现在知道茶不是用舌头喝的了。”

我想到,法眼文益禅师被一位学生问道:“师父,什么是人生之道?”

他说:“第一是叫你去行,第二也是叫你去行。”

是的,什么是饮茶之道,第一是叫你去喝,第二也是叫你去喝。

什么是佛法之道,第一是叫你去实践,第二也是叫你去实践。

“有没有第三呢?”朋友说。

“有的,第三是叫你行过了放下!”

这金黄色的茶汤呀!这人生之河的苦汁呀!这中边皆甜的法味呀!

一味万味,味味一味。

喝时生其心,喝完时应无所住,如是如是。

达摩茶杯

在日本买来一个枣红色的杯子，外面的釉彩是绿色、蓝色、黄色绘成的达摩祖师像，在日本的达摩造型比较不像印度人，像是一个没有种族特征的孩子，圆墩墩的，带着无邪的笑意。

我不仅在茶杯上看见这样的达摩，也在灯笼上看过，在酒壶酒杯上看过，甚至有许多被制成不倒翁和玩偶、面具。

达摩祖师几乎已经成为日本人的图腾，甚至彻底的日本化了，日本人大概是最崇拜达摩的民族了，在达摩的出生地印度，早已没有人知道达摩这一号人物；在达摩后半生游化的中国，虽然也敬仰达摩，但也没有到无所不在的地步。

我曾在台北的中山北路工艺品店，看过许多达摩的画像；也曾在苗栗的三义乡，看过许多达摩的雕刻；大陆的石弯陶也有许多达摩作品……初始，我以为中国人总算没有忘了达摩，后来才知道，那些作品绝大部分是为日本观光客仿的。

不止达摩，像以寒山、拾得为画像的"和合二仙"在日本也很流行；像以布袋和尚为画像的，我们把他当成弥勒佛，在日本却是七福神，是民间祭祀的对象。

在日本,达摩祖师如此风行,在中国,为什么反而日渐被漠视呢? 我们在禅风大起的时代,要如何来看待达摩祖师呢?

读过日本茶道书籍的人,都知道日本茶道开宗明义的第一章便与达摩祖师有关,传说菩提达摩在少林寺面壁九年的时候,由于想追求无上觉悟心切,夜里不倒单,也不合眼,由于过度疲劳,沉重的眼皮撑不开,最后他毅然把眼皮撕下来,丢在地上。

就在达摩丢弃眼皮的地方,长出一株叶子翠绿的矮树丛(树叶就像眼睛的形状,两边的锯齿像睫毛),那些在达摩座下寻求开悟的徒弟,也面临眼皮撑不开的情景,有的徒弟就摘下一片又绿又亮的叶子咀嚼,顿时精神百倍。

于是,就把"达摩的眼皮"采下来咀嚼或泡水,产生一种奇妙的灵药,使他们可以更容易保持觉醒状态,这就是茶的来源。

这个传说之所以在日本流行,是因为日本人的武士道,性格决然,会以"想睡觉了就把眼皮撕下来"来达成目的,可是中国的祖师是反对"吃时不肯吃,百般需索;睡时不肯睡,千般计较"的,主张"吃饭时吃饭,睡觉时睡觉"比较合乎禅的精神。

其次,日本人认为达摩面壁九年,是在寻求无上正觉,从史实来看,达摩来中国时已经正觉,他是来寻找"一个不受人惑的人",也就是来度化有缘的。少林寺的九年面壁,只不过是期待合适的弟子予以软化罢了。

因于"达摩的眼皮子"的传说,把达摩的相绘在茶壶茶杯上,给了我们一个觉醒的启示,喝茶不只在解除口舌上的热渴,而是要有一个觉醒的心来解除人生烦恼的热渴。

达摩被我们视为"禅宗初祖",但是他的名声虽大,他的思想却很少人知道,根据学者的研究考证,达摩真正思想的所在,应该最接近后世流传的《二入四行论》。

"二人"是从两种方法进入禅悟，一是"理入"，就是要勤于教理的思维，认识教理，解除生命的盲点，然后才能舍伪归真。二是"行入"，就是以生命来实践，以佛的教义实际地履行，除去爱憎情欲，以进入禅法。

这就是"不受人惑"的入门呀！

以达摩祖师之教化，后世禅宗分为"贵见地不贵行履"，或"贵行履不贵见地"，实际上都有违祖师教化，走入极端了。

见地是为了提升境界，实践是为了印证境界，前者是未登山顶而知道山顶有好风光，后者是一步一步地登山，一定要爬上山顶的时候，才能同时汇流，豁然贯通！

"四行"是体验修证佛道的四种具体的行法，即"报冤行"、"随缘行"、"无所求行"、"称法行"。

"报冤行"是指我们所遇到的一切苦难，都是从前恶缘的会集结果，故无所埋怨地承受。

"随缘行"是指我们所遇到的一切喜庆成就，乃是从前善缘的成果，故应无所执着骄满。

"无所求行"是指世人由于有所贪求，才会迷惑不安，如果能无所求，就能无所愿乐、万有皆空，安心无为，顺道而行。

"称法行"，是明白本性清净才是究竟的法，所以在世间一切法上，无染无着、无此无彼，虽然自利利他，也能安住于空法。

达摩祖师的"二入四行"可以说是禅宗根本的理趣所在，如果能从此进入，就可以安心于道了。达摩祖师曾对两位大弟子慧可、道育说了一段重要的话：

"令如是安心，如是发行，如是顺物，如是方便，此是大乘安心之法，令无错谬。如是安心者壁观，如是发行者四行，如是顺物者防护讥嫌，如是方便者遗其不着。"

我把达摩祖师的"二入四行",简单地说,禅的修行是从"有意"超人"无心",无心即是本性清净的意思,在本性清净的大原则下,一个人如果有多少执着,就含有多少的束缚,减少束缚的方法,就是去化解执着——在见地上化解、在实践中化解、在行止里化解,到了解无可解、化无可化之境,心也就清净了。

一切生活中的事物,不都可用二入四行来给予直观吗?即使微细如喝茶这样的小事,在直观中,也能使我们身心提升到清净之处呀!

我喜欢日本茶道的四个最高境界,叫作"和敬清寂",和是"心存和平",敬是"心存感恩",清是"内在坦荡",寂是"烦恼平息"。

"和"是"报冤行",即使是生命中最大的困顿,也能与之处于和谐的状态。

"敬"是"随缘行",感恩那些使我能随顺生活的事物和人,有崇仰之想。

"清"是"无所求行",是内心永远晴空万里,有亮丽的阳光,无所贪求和企图。

"寂"是"称法行",是止息一切波动,安住于平静。

和敬清寂不是呆板的,而是活泼的,就像火炉里的木炭经过热烈的燃烧,保留了火的热暖,而不再有火的形貌;人在烦恼烈焰之中亦如是,燃烧过后,和合相敬清朗静寂,但不失去智慧的光芒与慈悲的温暖。

我在用达摩祖师的茶杯喝茶的时候,时常想起他的一首偈:

亦不睹恶而生嫌,

亦不观善而勤措,

亦不舍智而近愚,

亦不抛迷而求悟。

174

试着译成白话：

> 不必看到坏的人事就生起嫌恶的心，
> 不必看到好的事功就生起企图的心；
> 不必舍弃智慧而去靠近愚痴的景况，
> 也不必抛弃散乱生活去追求悟的境界！

也就是说，如果手里有一杯茶，就好好地来喝一杯吧！品味手上的这一杯，不必管它是乌龙，还是铁观音，不必管它是怎么来到我的手上。如果遇见人生的情境，不必管它是好是坏，怎么独独落在我的头上，就坦然地饮下这一杯苦汁或乐水吧！

如果还没有手上的茶，那么来煮一壶水，把水烧开了，抓一把茶叶，准备喝一杯吧！忙乱的生活如此燥热，没有清凉的茶无以消火解渴；烦恼的生命如此焦渴，缺少一杯法雨甘露，生命的长途就更郁闷难耐了。

我手上的达摩茶杯，很愿意借给有缘的人！

在名利的海上航行

清朝的乾隆皇帝下江南,到了镇江的金山禅寺,由住持法磐禅师作陪,站在山头上欣赏长江的风光。乾隆看见江上的熙来攘往的船只,问法磐禅师:"长江一日有多少船往来?"

法磐禅师说:"只有两条船往来!"

乾隆不解地问:"你怎么知道只有两条船呢?"

法磐禅师说:"一条船为名,一条船为利!"

乾隆听了大为赞叹。

读了这个故事,我们也可以找一天到台北最繁华的忠孝东路看看,在街头上走来走去的只有两个人,一个人为名,一个人为利。然后我们看看为着名利而奔走的人,脸上也只有两种表情,求得的人欢喜,求不得的人悲哀。

但是,很少有人想到,求得的人也有失去的时候。求不得的人,有一天也可能求得。得与不得就像一个转轮,压迫着我们前进,生命的痛苦就在这种压迫中产生了。

名利是永远求不尽的,我们看看世间许多大富有的人,还在追求更大的利益;许多名满天下的人,还在追求更大的名声;所以,问题的根源

176

并不在名利,而是在欲望呀!要求取安心之道的人,不在于反对名利,而是在于欲望的止息。

欲望不只带来名利的问题,它也带来权势的执着、情爱的迷恋,甚至造成了贪心、嗔恨、愚慢、傲心、怀疑五种毒火的焚烧。

降伏企图、执着、迷恋的根本方法,就是使欲望淡泊而有一个无所得的心,"无所得"如斩断毒树先断其根,则枝叶就自然落尽,再也不能污染我们的心了。

《心经》上说:

> 以无所得故,菩提萨埵,
>
> 依般若波罗蜜多故,心无挂碍。
>
> 无挂碍故,无有恐怖,
>
> 远离颠倒梦想,究竟涅槃。

菩萨的心无所得失,依着玄妙的智慧走向彼岸,心里没有任何的挂碍;由于没有挂碍,也就没有恐怖,远离了知见的颠倒、幻梦与妄想,因此达到了彻底清净的境界了。

在名利的海上航行,随着欲望的波浪汹涌上下的我们哪!最重要的是无所得的心,心里还有着渴求、有着动乱、有着奔驰和流动,就无法清净了。

在生活里,有好茶时喝好茶;没有好茶,普通的茶也欢喜;连普通的茶也没有,喝水也感到欢喜。

在历程中,乐来欢喜地承受,苦来甘愿地承担,不拒不迎,不即不离,那是深知不论苦乐,里面都有般若波罗蜜多呀!

当我们有了无所得的心,依然在滚滚红尘奔忙,那时我们也还是有两条船。

　　一条是因为慈悲。

　　一条是为了智慧。

一心一境

小时候我时常寄住在外祖母家,有许多表兄弟姐妹,每次相约饭后要一起去玩,吃饭时就不能安心,总是胡乱地扒到嘴里咽下,心里尽想着玩乐。

这时,外祖母就会用她的拐杖敲我们的头说:"你们吃那么快,要去赴死吗?"

这句话令我一时呆住了,然后她就会慢条斯理地说:"吃那么紧,怎么会知道一碗饭的滋味呀!"当时深记着外祖母的话,从此,吃饭便十分专心,总是好好吃了饭再出去玩。

从前不觉得这两句话有什么了不起的地方,长大以后,年岁日长愈感觉这两句寻常的话有至理在焉,这不正是禅宗祖师所说的"吃饭时吃饭,睡觉时睡觉"那种活在当下的精神吗?

"活在当下"看来是寻常言语,实际上是一种极为勇迈的精神,是把"过去"与"未来"做一截断,使心思处在一心一境的状态,一个人如果能每时每刻都处于一心一境,就没有什么困难能牵住他,也没有什么痛苦能动摇他了。

一心一境是疗治人生的波动、不安、痛苦、散乱最有效也最简易的方法,因为人的乐受与苦受虽是感觉真实,却是一种空相,若能安住于每一个当下,苦受就不那样苦,乐受也没有那么乐了。可惜的是,人往往是一心好几境(怀忧过去,恐慌未来),或一境生起好几种心(信念犹如江河,波动不止),久而久之,就被感受所欺瞒,不能超越了。

不能活在一心一境之中,那是由于世人往往重视结局,而不重视过程,很少人体验到一切的过程乃是与结局联结的。一个人如果不能在吃饭时品味米饭的香甜,又何以能深刻地品味人生呢? 一个人若不能深入一碗饭,不知蓬莱米、在来米,甚至糯米的不同,又如何能在生命的苦乐中有更深切的认识?

因此吃饭、睡觉、喝茶,看来是人生小事,却能由一心一境在平凡中见出不凡,也就能以实践的态度契入生活,而得到自在。

曾经有人问一位禅师说:"什么是解脱痛苦最好的法门? "

禅师说:"在痛苦时就承受痛苦,在该死的时候就坦然地死,这便是解脱痛苦最好的法门。"

痛苦或死亡是人人所不愿见到或遇到的,但若不能深刻品味痛苦,何尝能知道平安喜乐的真滋味? 若不能对死亡有所领会,又如何能珍惜活着的时候呢?

又有一位禅师问门人说:"寒热来时往何处去? "

门人说:"向无寒暑处去! "

禅师说:"冷时冻死你,热时热死你! "

这世界原来并没有一个无寒暑的地方可以逃避生之恼,因此最好的方法是水里来、火里去,不避于寒热,寒热自然就莫可奈何了! 这也是一心一境。寸人的苦恼就是寒冷的时候怀念暑天,到了真正热的时节,又觉得能冷一些就好了。晴天的时候想着雨景之美,雨季来临时,又抱怨没有好的天色,因此,生命的真味就被蹉跎了。

　　一心一境是活在每一个眼前的时节,是承担正在遭受的变化不定的人生,那就像拿着铁锤吃核桃,核桃应声而裂,人生的核桃或有乏味之时,或有外表美好、内部朽坏的,但在每一个下锤的时节都能怀抱美好的期待。

　　当然,人的生命历程如果能像苏东坡所说的:"无事以当贵,早寝以当富,安步以当车,晚食以当肉。"那是最好的情况。可惜在现代社会里几乎没有无事、早寝、安步、晚食的人了。因此如何学习以"一心一境"的态度生活,就变得益发可贵。

　　苏东坡在《春渚纪闻》里还说:"处贫贱易,处富贵难。安劳苦易,安闲散难。忍痛易,忍痒难。人能安闲散,耐富贵,忍痒,真有道之士也。"这是苏东坡的至理名言,但我的看法有些不同,我觉得要处贫贱、安劳苦、忍痛苦都是一样难的,唯有一心一境的人,能贫富、劳闲、痛痒,皆一体观之,这才是真正的"有道"。

　　活在每一个过程,这是真正的解脱,也是真正的自在,"吃饭时吃饭,睡觉时睡觉"的禅语也可以说:"痛苦时痛苦,快乐时快乐。"这使我想起元晓大师说的话,他说:"纵使尽一切努力,也无法阻止一朵花的凋谢。因此在花凋谢时好好欣赏它的凋谢吧!"

　　人生的最大意义不在奔赴某一目的,而是在承担每个过程。有一次在报纸上看到汽车广告说:"从零加速到一百公里,只要六秒钟!"这广告使我想起外祖母的话:"你驶那么紧,要去赴死呀!"

　　活在苦中,活在乐里;活在盛放,也活在凋零;活在烦恼,也活在智慧;活在不安,也活在止息。这是面对苦难的生命最好的方法。

送一轮明月给他

一位住在山中茅屋修行的禅师,有一天趁夜色到林中散步,在皎洁的月光下,他突然开悟了自性的般若。

他喜悦地走回住处,眼见到自己的茅屋遭小偷光顾,找不到任何财物的小偷,要离开的时候才在门口遇见了禅师。原来,禅师怕惊动小偷,一直站在门口等待,他知道小偷一定找不到任何值钱的东西,早就把自己的外衣脱掉拿在手上。

小偷遇见禅师,正感到错愕的时候,禅师说:"你走老远的山路来探望我,总不能让你空手而回呀!夜凉了,你带着这件衣服走吧!"

说着,就把衣服披在小偷身上,小偷不知所措,低着头溜走了。

禅师看着小偷的背影走过明亮的月光,消失在山林之中,不禁感慨地说:"可怜的人呀!但愿我能送一轮明月给他。"

禅师不能送明月给那个小偷,使他感到遗憾,因为在黑暗的山林,明月是照亮世界最美丽的东西。不过,从禅师的口中说出:"但愿我能送一轮明月给他。"这口里的明月除了是月亮的实景,指的也是自我清净的本体。从古以来,禅宗大德都用月亮来象征一个人的自性,那是由于月亮光明、平等、遍照、温柔的缘故。怎么样找到自己的一轮明月,向来就是禅者努力的目标。在禅师的眼中，小偷是被欲望蒙蔽的人，就如同被乌云遮住的明月，一个人不能自见光明是多么遗憾的事。

禅师目送小偷走了以后，回到茅屋赤身打坐，他看着窗外的明月，进入定境。

第二天，他在阳光温暖的抚触下，从极深的禅定里睁开眼睛，看到他披在小偷身上的外衣，被整齐地叠好，放在门口。禅师非常高兴，喃喃地说："我终于送了他一轮明月！"

明月是可送的吗？这真是有趣的故事，在我们的人生经验里，无形的事物往往不能赠送给别人，例如我们不能对路边的乞者说："我送给你一点慈悲。"我们只能把钱放在盒子里，因为他只能从钱的多寡来感受慈悲的程度。

我们不能对心爱的人说："我送你一百个爱情。"只能送他一百朵玫瑰。他也只能从玫瑰的数量来推算情感的热度，虽然这种推算往往不能画上等号，因为送玫瑰的人或许比送钻戒者的爱要真诚而热烈。

同样的，我们对于友谊、正义、幸福、平安、智慧等等无价的东西，也不能用有形的事物做正确的衡量。我想，这正是人生的困局之一，我们必须时时注意如何以有形可见的事物来奥妙表达所要传递的心灵讯息。可悲的是，在传递的过程常常会有"落差"，这种落差常使骨肉至亲反目，患难之交怨愤，恩爱夫妻化离，有情人终于成为俗汉。

这些无形又可贵的情感，与禅的某些特质接近，是"只可意会，不可言传"，是"不立文字，教外别传"，是"当下即是，动念即乖"，是"云在青天水在瓶"，是"平常心是道"！

这个世界几乎没有一种固定的方法可以训练人表达无形的东西，于是，训练表达无形情感的唯一方法就是回到自身，充实自己的人格，使自己具备真诚无伪、热切无私的性格，这样，情感就不是一种表达，而是一种流露。

在一个人能真诚流露的时候,连明月也可以送给别人,对方也真的收得到。

我们时时保有善良、宽容、明朗的心性,不要说送一轮明月,同时送出许多明月都是可能的,因为明月不是相送,而是一种相映,能映照出互相的光明。

此所以禅师说:"但愿我能送一轮明月给他!"是真正人格的馨香,使小偷感到惭愧,受到映照而走向光明的道路。

白雪少年

林清玄散文精选

红心番薯

看我吃完两个红心番薯，父亲才放心地起身离去，走的时候还落寞地说：为什么不找个有土地的房子呢？

这次父亲北来，是因为家里的红心番薯收成，特地背了一袋给我，还挑选几个格外好的，希望我种在庭前的院子。他万万没有想到，我早已从郊外的平房搬到城中的大厦，根本是容不下绿色的地方，甚至长不出一株狗尾草，不要说番薯了。

到车站接了父亲回到家里，我无法形容父亲的表情有多么近乎无望。他在屋内转了三圈，才放下提着的麻袋，愤愤地说："伊娘咧，你竟住在无土的所在！"一个人住在脚踏不到泥土的地方，父亲竟不能忍受，也是我看到他的表情才知道的。然后他的愤愤转成喃喃："你住在这种上不着天下不落地的所在，我带来的番薯要种在哪里？要种在哪里？"

父亲对番薯的感情，也是这两年我才深切知道的。

那是有一次我站在旧家前，看着河堤延伸过来的苇芒花，在微凉秋风中摇动着，那些遍地蔓生的苇芒长得有一人高，我看到较近的苇芒摇动得特别厉害，凝神注视，才突然看到父亲走在那一片苇芒里，我大吃一惊。原来父亲的头发和秋天灰白的苇芒花是同一个颜色，他在遍生苇芒的野地里走了几百公尺,我竟未能看见。

那时我站在家前的番薯田里,父亲来到我的面前,微笑地问:"在看番薯吗? 你看长得像羊头一样大了哩!"说着,他蹲下来很细心地拨开泥土,捧出一个精壮圆实的番薯来,以一种赞叹的神情注视着番薯。我带着未能在苇芒花中看见父亲身影的愧疚心情,与他面对面蹲着。父亲突然像儿童天真欢愉地叹了一口气,很自得地说:"你看,恐怕没有人番薯种得比我好了。"然后他小心翼翼把那个番薯埋入土中,动作像在收藏一件艺术品,神情庄重而带着收获的欢愉。

父亲的神情使我想起幼年有关于番薯的一些记忆。有一次我和几位内地的小孩子吵架,他们一直骂着:"番薯呀! 番薯呀!"我们就回骂:"老芋呀,老芋呀!"

对这两个名词我是疑惑的, 回家询问了父亲。那天他喝了几杯老酒,神情至为愉快,他打开一张老旧的地图,指着台湾的那一部分说:"台湾的样子真是像极了红心的番薯,你们是这番薯的子弟呀!"而无知的我便指着北方广大的内地说:"那,这大陆的形状就是一个大的芋头了,所以内地人是芋仔的子弟?"父亲大笑起来,抚着我的头说:"憨囝仔,我们也是内地来的,只是来得比较早而已。"然后他用一支红笔,从我们遥远的北方故乡有力地画下来,牵连到我们所居的台湾南部。那是第一次在十烛光的灯泡下,我认识到,芋头与番薯原来是极其相似的植物,并不是我们想象中那么判然有别的。也第一次知道,原来在东北会落雪的故乡,也遍生着红心的番薯。

我更早的记忆,是从我会吃饭开始的。家里每次收成番薯,总是保留一部分填置在木板的眠床底下。我们的每餐饭中一定煮了三分之一的番薯,早晨的稀饭里也放了番薯,有时吃腻了,我就抱怨起来。

听完我的抱怨,父亲就激动地说起他少年的往事。他们那时为了躲警报，常常在防空壕里一窝就是一整天。所以祖母每每把番薯煮好放着，一旦警报声响，父亲的九个兄弟姊妹就每人抱两三个番薯直奔防空壕，一边啃番薯，一边听飞机和炮弹在四处交响。他的结论常常是："那时候有番薯吃，已经是天大的幸福了。"他一说完这个故事，我们只好默然地把番薯扒到嘴里去。

父亲的番薯训诫并不是寻常都如此严肃，偶尔也会说起战前在日本人的小学堂中放屁的事。由于吃多了番薯，屁有时是忍耐不住的，当时吃番薯又是一般家庭所不能免，父亲形容说："因此一进了教室往往是战云密布，不时传来屁声。"而他说放屁是会传染的，常常一呼百诺，万众皆响。有一回屁得太厉害，全班被日本老师罚跪在窗前，即使跪着，屁声仍然不断。父亲顽笑地说："经过跪的姿势，屁声好像更响了。"他说这些的时候，我们通常就吃番薯吃得比较甘心，放起屁来也不以为忤了。

然后是一阵战乱，父亲到南洋打了几年仗，在丛林之中，时常从睡梦中把他唤醒，时常让他在思乡时候落泪的，不是别的珍宝，只是普普通通的红心番薯。它烤炙过的香味，穿过数年的烽火，在万金家书也不能抵达的南洋，温暖了一位年轻战士的心，并呼唤他平安地回到家乡。他有时想到番薯的香味，一张像极番薯形状的台湾地图就清楚地浮现，思绪接着往南方移动，再来的图像便是温暖的家园，还有宽广无边结满黄金稻穗的大平原……

战后返回家乡，父亲的第一件事便是在家前家后种满了番薯，日后遂成为我们家的传统。家前种的是白瓢番薯，粗大壮实，可以长到十斤以上一个；屋后一小片园地是红心番薯，一串一串的果实，细小而甜美。白瓢番薯是为了预防战争逃难而准备的，红心番薯则是父亲南洋梦里的乡思。

每年父亲从南洋归来的纪念日，夜里的一餐我们通常不吃饭，只吃红心番薯,听着父亲诉说战争的种种,那是我农夫父亲的忧患意识。他总是记得饥饿的年代番薯是可以饱腹的。如今回想起来,一家人围着小灯食薯,那种景况我在梵谷的名画"食薯者"中几乎看见。在沉默中,是庄严而肃穆的。

在这个近百年来中国最富裕的此时此地,父亲的忧患想来恍若一个神话。大部分人永远不知有枪声,只有极少数经过战争的人,在他们的心底有一段番薯的岁月,那岁月里永远有枪声时起时落。

由于有那样的童年,日后我在各地旅行的时候,便格外留心番薯的踪迹。我发现在我们所居的这张番薯形状的地图上,从最北角到最南端,从山坡上干瘠的石头地到河岸边肥沃的沙埔,番薯都能够坚强地、不经由任何肥料与农药而向四方生长,并结出丰硕的果实。

有一次,我在澎湖人迹已经迁徙的无人岛上,看到人所耕种的植物都被野草吞灭了,只有遍生的番薯还和野草争着方寸,在无情的海风烈日下开出一片淡红的晨曦颜色的花,而且在最深的土里,各自紧紧握着拳头。那时我知道在人所种植的作物之中,番薯是最强悍的。

这样想着,幼年家前家后的番薯花突然在脑中闪现,番薯花的形状和颜色都像牵牛花,唯一不同的是,牵牛花不论在篱笆上,在阴湿的沟边,都是抬头挺胸,仿佛要探知人世的风景;番薯花则通常是卑微地依着土地,好像在嗅着泥土的芳香。在夕阳将下之际,牵牛花开始萎落,而那时的番薯花却开得正美,淡红夕云一样的色泽,染满了整片土地。

正如父亲常说,世界上没有一种植物比得上番薯,它从头到脚都有用,连花也是美的。现在连台北最干净的菜场也卖有番薯叶子的青菜,价钱还颇不便宜。有谁想到这在乡间是最卑贱的菜,是逃难的时候才吃的?

在我居住的地方,巷口本来有一位卖糖番薯的老人,一个滚圆的大铁锅,挂满了糖渍过的番薯,开锅的时候,一缕扑鼻的香味由四面扬散出来。那些番薯是去皮的,长得很细小,却总像记录着什么心底的珍藏。有时候我向老人买一个番薯,散步回来时一边吃着,那蜜一样的滋味进了腹中,却有一点酸苦,因为老人的脸总使我想起在烽烟奔走过的风霜。

老人是离乱中幸存的老兵,家乡在山东偏远的小县城。有一回我们为了地瓜问题争辩起来,老人坚持台湾的红心番薯如何也比不上他家乡的红瓢地瓜,他的理由是:"台湾多雨水,地瓜哪有俺的家乡甜? 俺家乡的地瓜真是甜得像蜜的!"老人说话的神情好像当时他已回到家乡,站在地瓜田里。看着他的神情,使我想起父亲和他的南洋,他在烽火中的梦,我乃真正知道,番薯虽然卑微,它却连结着乡愁的土地,永远在乡思的天地里吐露新芽。

父亲送我的红心番薯过了许久,有些要发芽的样子,我突然想起在巷口卖糖番薯的老人,便提去巷口送他,没想到老人改行卖牛肉面了,我说:"你为什么不卖地瓜呢?"老人愕然地说:"唉,这年头,人连米饭都不肯吃了,谁来买俺的地瓜呢?"我无奈地提番薯回家,把番薯袋子丢在地上,一个番薯从袋口跳出来,破了,露出其中的鲜红血肉。这些无知的番薯,为何经过卅年,心还是红的,不肯改一点颜色?

老人和父亲生长在不同背景的同一个年代,他们在颠沛流离的大时代里,只是渺小而微不足道的人,可能只有那破了皮的红心番薯才能记录他们心里的颜色;那颜色如清晨的番薯花,在晨曦掩映的云彩中,曾经欣欣地茂盛过,曾经以卑微的球根累累互相拥抱、互相温暖,他们之所以能卑微地活过人世的烽火,是因为在心底的深处有着故乡的骄傲。

站在阳台上,我看到父亲去年给我的红心番薯,我任意种在花盆中,放在阳台的花架上,如今,它的绿叶已经长到磨石子地上,甚至有的伸出阳台的栏杆,仿佛在找寻什么。每一丛红心番薯的小叶下都长出根的触须,在石地板久了,有点萎缩而干枯了。那小小的红心番薯竟是在找寻它熟悉的土地吧!因为土地,我想起父亲在田中耕种的背影,那背影的远处,是他从芦苇丛中远远走来,到很近的地方,花白的发,冒出了苇芒。为什么番薯的心还红着,父亲的发竟白了。

在我十岁那年,父亲首次带我到都市来,我们行经一片被拆除公寓的工地,工地堆满了砖块和沙石;父亲在堆置的砖块缝中,一眼就辨认出几片番薯叶子,我们循着叶子的茎络,终于找到一株几乎被完全掩埋的根,父亲说:"你看看这番薯,根上只要有土,它就可以长出来。"然后他没有再说什么,执起我的手,走路去饭店参加堂哥隆重的婚礼。如今我细想起来,那一株被埋在建筑工地的番薯,是有着逃难的身世,由于它的脚在泥土上,苦难也无法掩埋它,比起这些种在花盆中的番薯,它有着另外的命运和不同的幸福,就像我们远离了百年的战乱,住在看起来隐秘而安全的大楼里,却有了失去泥土的悲哀——伊娘咧!你竟住在无土的所在。

星空夜静,我站在阳台上仔细端凝盆中的红心番薯,发现它吸收了夜的露水,在细瘦的叶片上,片片冒出了水珠,每一片叶都沉默地小心地呼吸着。那时,我几乎听到了一个有泥土的大时代,上一代人的狂歌与低吟都埋在那小小的花盆,只有静夜的敏感才能听见。

飞入芒花

母亲蹲在厨房的大灶旁边,手里拿着柴刀,用力劈砍香蕉树多汁的草茎,然后把剁碎的小茎丢到灶中大锅,与泔水同熬,准备去喂猪。

我从大厅迈过后院,跑进厨房时正看到母亲额上的汗水反射着门口射进的微光,非常明亮。

"妈,给我两角。"我靠在厨房的木板门上说。

"走!走!走!没看到没闲吗?"母亲头也没抬,继续做她的活儿。

"我只要两角钱。"我细声但坚定地说。

"要做什么?"母亲被我这异乎寻常的口气触动,终于看了我一眼。

"我要去买金唉。"金唉是三十年前乡下孩子唯一能吃到的糖,浑圆的,坚硬的糖球上面沾了一些糖粒。一角钱两粒。

"没有钱给你买金唉。"母亲用力地把柴刀剁下去。

"别人都有,为什么我们没有?"我怨愤地说。

"别人是别人,我们是我们,没有就是没有,别人做皇帝你怎么不去做皇帝!"母亲显然动了肝火,用力地剁香蕉树的草茎。柴刀砍在砧板上咚咚作响。

"做妈妈是怎么做的?连两角钱买金唉都没有?"

母亲不再做声，继续默默工作。

我那一天是吃了秤砣铁了心，冲口而出："不管怎样，我一定要！"说着就用力地踢厨房的门板。

母亲用尽力气，柴刀"咔"的一声站立在砧板上，顺手抄起一根生火的竹管，气急败坏地一言不发，劈头劈脑就打了下来。

我一转身，飞也似的蹦了出去，平常，我们一旦忤逆了母亲，只要一溜烟跑掉，她就不再追究，所以只要母亲一火，我们总是一口气跑出去。

那一天，母亲大概是气极了，并没有转头继续工作，反而快速地追了出来。我正奇怪的时候，发现母亲的速度异乎寻常地快，几乎像一阵风一样，我心里升起一种恐怖的感觉，想到脾气一向很好的母亲，这一次大概是真正生气了，万一被抓到一定会被狠狠打一顿。母亲很少打我们，但只要她动了手，必然会把我们打到讨饶为止。

边跑边想，我立即选择了那条火车路的小径，那是家附近比较复杂而难走的小路，整条都是枕木，铁轨还通过旗尾溪，悬空架在上面，我们天天都在这里玩耍，路径熟悉，通常母亲追我们的时候，我们就选这条路跑，母亲往往不会追来，而她也很少把气生到晚上，只要晚一点回家，让她担心一下，她气就消了，顶多也只是数落一顿。

那一天真是反常，母亲提着竹管，快步地跨过铁轨的枕木追过来，好像不追到我不肯罢休。我心里虽然害怕，却还是有恃无恐，因为我的身高已经长得快与母亲平行了，她即使用尽全力也追不上我，何况是在火车路上。

我边跑还边回头望母亲，母亲脸上的表情是冷漠而坚决的。我们一直维持着二十几米的距离。

"唉唷！"我跑过铁桥时，突然听到母亲惨叫一声，一回头，正好看到母亲扑跌在铁轨上面，扑的一声，显然跌得不轻。

　　我的第一个反应是:一定很痛! 因为铁轨上铺的都是不规则的碎石子,我们这些小骨头跌倒都痛得半死,何况是母亲?

　　我停下来,转身看母亲,她一时爬不起来,用力搓着膝盖,我看到鲜血从她的膝上汩汩流出,鲜红色的,非常鲜明。母亲咬着牙看我。

　　我不假思索地跑回去,跑到母亲身边,用力扶她站起,看到她腿上的伤势实在不轻,我跪下去说:"妈,您打我吧! 我错了。"

　　母亲把竹管用力地丢在地上,这时,我才看见她的泪从眼中急速地流出,然后她把我拉起,用力抱着我,我听到火车从很远很远的地方开过来。

　　我用力拥抱着母亲说:"我以后不敢了。"

　　这是我小学二年级时的一幕,每次一想到母亲,那情景就立即回到我的心版,重新显影,我记忆中的母亲,那是她最生气的一次。其实,母亲是个很温和的人,她最不同的一点是,她从来不埋怨生活,很可能她心里也是埋怨的,但她嘴里从不说出,我这辈子也没听她说过一句粗野的话。

　　因此,母亲是比较倾向于沉默的,她不像一般乡下的妇人喋喋不休。这可能与她的教育与个性都有关系,在母亲的那个年代,她算是幸运的,因为受到初中的教育,日踞时代的乡间能读到初中已算是知识分子了,何况是个女子。在我们那方圆几里内,母亲算是知识丰富的人,而且她写得一手娟秀的字,这一点是我小时候常引以为傲的。

　　我的基础教育都是来自母亲,很小的时候她就把《三字经》写在日历纸上让我背诵,并且教我习字。我如今写得一手好字就是受到她的影响,她常说:"别人从你的字里就可以看出你的为人和性格了。"

　　早期的农村社会,一般孩子的教育都落在母亲的身上,因为孩子多,父亲光是养家已经没有余力教育孩子。我们很幸运的,有一位明理的、有知识的母亲。这一点,我的姊姊体会得更深刻,她考上大学的时候,母亲力排众议对父亲说:"再苦也要让她把大学读完。"在二十年前的乡间,给女孩子去读大学是需要很大的决心与勇气的。

母亲的父亲——我的外祖父——在他居住的乡里是颇受敬重的士绅,日踞时代在政府机构任职,又兼营农事,是典型耕读传家的知识分子,他连续拥有了八个男孩,晚年时才生下母亲。因此,母亲的童年与少女时代格外受到钟爱,我的八个舅舅时常开玩笑地说:"我们八个兄弟合起来,还比不上你母亲的受宠爱。"

母亲嫁给父亲是"半自由恋爱",由于祖父有一块田地在外祖父家旁,父亲常到那里去耕作,有时借故到外祖父家歇脚喝水,就与母亲相识,互相闲谈几句,生起一些情意。后来祖父央媒人去提亲,外祖父见父亲老实可靠,勤劳能负责任,就答应了。

父亲提起当年为了博取外祖父母和舅舅们的好感,时常挑着两百多斤的农作在母亲家前来回走过,才能顺利娶回母亲。

其实,父亲与母亲在身材上不是十分相配的,父亲是身高六尺的巨汉,母亲的身高只有一米五十,相差达三十厘米。我家有一幅他们的结婚照,母亲站着到父亲耳际,大家都觉得奇怪,问起来,才知道宽大的白纱礼服里放了一个圆凳子。

母亲是嫁到我们家才开始吃苦的,我们家的田原广大,食指浩繁,是当地少数的大家族。母亲嫁给父亲的头几年,大伯父二伯父相继过世,大伯母也随之去世,家外的事全由父亲撑持,家内的事则由二伯母和母亲负担,一家三十几口的衣食,加上养猪饲鸡,辛苦与忙碌可以想见。

我印象里还有几幕影像鲜明的静照,一幕是母亲以蓝底红花背巾背着我最小的弟弟,用力撑着猪栏要到猪圈里去洗刷猪的粪便。那时母亲连续生了我们六个兄弟姊妹,家事操劳,身体十分瘦弱。我小学一年级,幺弟一岁,我常在母亲身边跟进跟出,那一次见她用力撑着跨过猪圈,我第一次体会到母亲的辛苦而落下泪来,如今那一条蓝底红花背巾的图案还时常浮现出来。

另一幕是,有时候家里缺乏青菜,母亲会牵着我的手,穿过家前的一片菅芒花,到番薯田里去采番薯叶,有时候则到溪畔野地去摘鸟莘菜或芋头的嫩茎。有一次母亲和我穿过芒花的时候,我发现她和新开的芒花一般高,芒花雪样的白,母亲的发墨一般的黑,真是非常的美。那时感觉到能让母亲牵着手,真是天下最幸福的事。

还有一幕是,大弟因小儿麻痹死去的时候,我们都忍不住大声哭泣,唯有母亲以双手掩面悲号,我完全看不见她的表情,只见到她的两道眉毛一直在那里抽动。依照习俗,死了孩子的父母在孩子出殡那天,要用拐杖击打棺木,以责备孩子的不孝,但是母亲坚持不用拐杖,她只是扶着弟弟的棺木,默默地流泪,母亲那时的样子,到现在在我心中还鲜明如昔。

还有一幕经常上演的,是父亲到外面去喝酒彻夜未归,如果是夏日的夜晚,母亲就会搬着藤椅坐在晒谷场说故事给我们听,讲虎姑婆,或者孙悟空,讲到孩子都睁不开眼睛而倒在地上睡着。

有一回,她说故事到一半,突然叫起来说:"呀!真美。"我们回过头去,原来是我们家的狗互相追逐跑进前面那一片芒花,栖在芒花里无数的萤火虫哗然飞起,满天星星点点,衬着在月下波浪一样摇曳的芒花,真是美极了。美得让我们都呆住了。我再回头,看到那时才三十岁的母亲,脸上流露着欣悦的光泽,在星空下,我深深觉得母亲是多么的美丽,只有那时母亲的美才配得上满天的萤火。

于是那一夜,我们坐在母亲身侧,看萤火虫一一地飞入芒花,最后,只剩下一片宁静优雅的芒花轻轻摇动,父亲果然未归,远处的山头晨曦微微升起,萤火在芒花中消失。

我和母亲的因缘也不可思议,她生我的那天,父亲急急跑出去请产婆来接生,产婆还没有来的时候我就生出了,是母亲拿起床头的剪刀亲手剪断我的脐带,使我顺利地投生到这个世界。

年幼的时候,我是最令母亲操心的一个,她为我的病弱不知道流了多少泪,在我得急病的时候,她抱着我跑十几里路去看医生,是常有的事。尤其在大弟死后,她对我的照顾更是无微不至,我今天能有很棒的身体,是母亲在十几年间仔细调护的结果。

我的母亲是这个世界上无数的平凡人之一,却也是这个世界上无数伟大的母亲之一,她是那样传统,有着强大的韧力与耐力,才能从艰苦的农村生活过来,丝毫不怀怨恨。她们那一代的生活目标非常的单纯,只是顾着丈夫、照护儿女,几乎从没有想过自己的存在,在我的记忆中,母亲的忧病都是因我们而起,她的快乐也是因我们而起。

不久前,我回到乡下,看到旧家前的那一片芒花已经完全不见了,盖起一间一间的透天厝,现在那些芒花呢?仿佛都飞来开在母亲的头上,母亲的头发已经花白了,我想起母亲年轻时候走过芒花的黑发,不禁百感交集。尤其是父亲过世以后,母亲显得更孤单了,头发也更白了,这些,都是她把半生的青春拿来抚育我们的代价。

童年时代,陪伴母亲看萤火虫飞入芒花的星星点点,在时空无常的流变里也不再有了,只有当我望见母亲的白发时才想起这些,想起萤火虫如何从芒花中哗然飞起,想起母亲脸上突然绽放的光泽,想起在这广大的人间,我唯一的母亲。

在梦的远方

有时候回想起来,我母亲对我们的期待,并不像父亲那么明显而长远。小时候我的身体差、毛病多,母亲对我的期望大概只有一个,就是祈求我的健康,为了让我平安长大,母亲常背着我走很远的路去看医生,所以我童年时代对母亲留下的第一印象,就是趴在她的背上,去看医生。

我不只是身体差,还常常发生意外,三岁的时候,我偷喝汽水,没想到汽水瓶里装的是"番仔油"(夜里点灯用的臭油),喝了一口顿时两眼翻白,口吐白沫,昏了过去。母亲立即抱着我以跑一百公尺的速度到街上去找医生。那天是大年初二,医生全休假去了,母亲急得满眼泪,却毫无办法。

"好不容易在最后一家医生馆找到医生,他打了两个生鸡蛋给你吞下去,又有了呼吸,眼睛也张开了,直到你张开眼睛,我也在医院昏过去了。"母亲一直到现在,每次提到我喝番仔油,还心有余悸,好像捡回一个儿子。听说那一天她为了抱我看医生,跑了将近十公里。

四岁那一年,我从桌子上跳下时跌倒,撞到母亲的缝纫机铁脚,后脑壳整个撞裂了,母亲正在厨房里煮饭。我自己挣扎站起来叫母亲,母亲从厨房跑出来。

　　"那时,你从头到脚,全身是血,我看到第一眼,浮起心头的一个念头是:这个团仔无救了。幸好你爸爸在家,坐他的脚踏车去医院,我抱你坐在后座,一手捏住脖子上的血管,到医院时我也全身是血,立即推进手术房,推出来时你叫了一声妈妈,呀! 呀! 我的团仔活了,我的团仔回来了……我那时才感谢得流下泪来。"母亲说这段时,喜欢把我的头发撩起,看我的耳后,那里有一道二十公分长的疤痕,像蜈蚣盘踞着,听说我摔了那一次,聪明了不少。

　　由于我体弱,母亲只要听到有什么补药或草药吃了可以使孩子的身体好,就会不远千里去求药方,抓药来给我补身体,可能补得太厉害,我六岁的时候竟得了疝气,时常痛得在地上打滚,哭得死去活来。

　　"那一阵子,只要听说哪里有先生、有好药,都要跑去看,足足看了两年,什么医生都看过,什么药都吃了,就是好不了。有一天有一个你爸爸的朋友来,说开刀可以治疝气,虽然我们对西医没信心,还是送去开刀了,开一刀,一个星期就好了。早知道这样,两年前送你去开刀,不必吃那么多苦。"母亲说吃那么多苦,当然是指我而言,因为她们那时代的妈妈,是从来不会想到自己的苦。

　　过了一年,我的大弟得小儿麻痹,一星期就过世了,这对母亲是个严重的打击,由于我和大弟年龄最近,她差不多把所有的爱都转到我身上,对我的照顾可以说是无微不至,并且在那几年,对我特别溺爱。

　　例如,那时候家里穷,吃鸡蛋不像现在的小孩可以吃一个,而是一个鸡蛋要切成"四洲"(就是四片)。母亲切白煮鸡蛋有特别方法,她不用刀子,而是用车衣服的白棉线,往往可以切到四片同样大,然后像宝贝一样分给我们,每次吃鸡蛋,她常背地里多给我一片。有时候很不容易吃苹果,一个苹果切十二片,她也会给我两片。如果有斩鸡,她总会留一碗鸡汤给我。

可能是母亲的照顾周到,我的身体竟奇迹似的好起来,变得非常健康,常常两三年都不生病,功课也变得十分好,很少读到第二名,我母亲常说:"你小时候读了第二名,自己就跑到香蕉园躲起来哭,要哭到天黑才回家,真是死脑筋,第二名不是很好了吗?"

但身体好、功课好,母亲并不是就没有烦恼,那时我个性古怪,很少和别的小朋友玩在一起,都是自己一个人玩,有时自己玩一整天,自言自语,即使是玩杀刀,也时常一人扮两角,一正一邪互相对打,而且常不小心让匪徒打败了警察,然后自己蹲在田岸上哭。幸好那时候心理医生没现在发达,否则我一定早被送去了。

"那时庄稼团仔很少像你这样独来独往的,满脑子不知在想什么,有一次我看你坐在田岸上发呆,我就坐在后面看你,那样看了一下午,后来我忍不住流泪,心想:这个孤怪团仔,长大以后不知要给我们变出什么出头,就是这个念头也让我伤心不已。后来天黑,你从外面回来,我问你:'你一个人坐在田岸上想什么?'你说:'我在等煮饭花开,等到花开我就回来了。'这真奇怪,我养一手孩子,从来没有一个坐着等花开的。"母亲回忆着我童年的一个片段,煮饭花就是紫茉莉,总是在黄昏时盛开,我第一次听到它是黄昏开时不相信,就坐一下午等它开。

不过,母亲的担心没有太久,因为不久有一个江湖术士到我们镇上,母亲先拿大弟的八字给他排,他一排完就说:"这个孩子已经不在世上了,可惜是个大富大贵的命,如果给一个有权势的人做儿子,就不会夭折了。"母亲听了大为佩服,就拿我的八字去算,算命的说:"这孩子小时候有点怪,不过,长大会做官,至少做到省议员。"母亲听了大为安心,当时在乡下做个省议员是很了不起的事,从此她对我的古怪不再介意。遇到有人对她说我个性怪异,她总是说:"小时候怪一点没什么要紧。"

偏偏在这个时候,我恢复正常。小学五六年级我交了好多好多朋友,每天和朋友混在一起,玩一般孩子的游戏,母亲反而担心:"哎呀! 这个孩子做官无望了。"

我十五岁就离家到外地读书了,母亲因为会晕车,很少到我住的学校看我,我们见面的机会就少了,她常说:"出去好像丢掉,回来像是捡到。"但每次我回家,她总是唯恐我在外地受苦,拼命给我吃,然后在我的背包塞满东西。我有一次回到学校,打开背包,发现里面有我们家种的香蕉、枣子;一罐奶粉、一包人参、一袋肉松;一包她炒的面茶、一串她绑的粽子, 以及一罐她亲手腌渍的菠萝竹笋豆瓣酱……还有一些已经忘了。那时觉得东西多到可以开杂货店。

那时我住在学校,每次回家返回宿舍,和我住一起的同学都说是小过年,因为母亲给我准备的东西,我一个人根本吃不完。一直到现在,我母亲还是这样,我一回家,她就把什么东西都塞进我的包包,就好像台北闹饥荒,什么都买不到一样,有一次我回到台北,发现包包特别重,打开一看,原来母亲在里面放了八罐汽水。我打电话给她,问她放那么多汽水做什么,她说:"我要给你们在飞机上喝呀!"

高中毕业后,我离家愈来愈远,每次回家要出来搭车,母亲一定放下手边的工作,陪我去搭车,抢着帮我付车钱,仿佛我还是个三岁的孩子。车子要开的时候,母亲都会倚在车站的栏杆向我挥手,那时我总会看见她眼中有泪光,看了令人心碎。

要写我的母亲是写不完的,我们家五个兄弟姊妹,只有大哥侍奉母亲,其他的都高飞远扬了,但一想到母亲,好像她就站在我们身边。

这一世我觉得没有白来,因为会见了母亲,我如今想起母亲的种种因缘,也想到小时候她说的一个故事:

有两个朋友,一个叫阿呆,一个叫阿土,他们一起去旅行。

有一天来到海边,看到海中有一个岛,他们一起看着那座岛,因疲累而睡着了。夜里阿土做了一个梦,梦见对岸的岛上住了一位大富翁,在富翁的院子里有一株白茶花,白茶花树根下有一坛黄金,然后阿土的梦就醒了。

第二天,阿土把梦告诉阿呆,说完后叹了一口气说:"可惜只是个梦!"

阿呆听了信以为真,说:"可不可以把你的梦卖给我?"阿土高兴极了,就把梦的权利卖给阿呆。

阿呆买到梦以后,就往那个岛出发,阿土卖了梦就回家了。

到了岛上,阿呆发现果然住了一个大富翁,富翁的院子里果然种了许多茶树,他高兴极了,就留下做富翁的佣人,做了一年,只为了等待院子的茶花开。

第二年春天,茶花开了,可惜,所有的茶花都是红色,没有一株是白茶花。阿呆就在富翁家住了下来,等待一年又一年,许多年过去了,有一年春天,院子终于开出一棵白茶花。阿呆在白茶花树根掘下去,果然掘出一坛黄金,第二天他辞工回到故乡,成为故乡最富有的人。

卖了梦的阿土还是个穷光蛋。

这是一个日本童话,母亲常说:"有很多梦是遥不可及的,但只要坚持,就可能实现。"她自己是个保守传统的乡村妇女,和一般乡村妇女没有两样,不过她鼓励我们要有梦想,并且懂得坚持,光是这一点,使我后来成为作家。

作家可能没有做官好,但对母亲是个全新的体验,成为作家的母亲,她在对乡人谈起我时,为我小时候的多灾多难、古灵精怪全找到了答案。

过　火

　　是冬天刚刚走过，春风蹑足敲门的时节，天气像是晨荷巨大叶片上浑圆的露珠，晶莹而明亮，台风草和野姜花一路上微笑着向我们招呼。

　　妈妈一早就把我唤醒了，我们要去赶一场盛会，在这次妈祖生日盛会里有一场过火的盛典，早在几天前我们就开始斋戒沐浴，妈妈常两手抚着我瘦弱的肩膀，幽幽地对爸爸说："妈祖生日时要带他去过火。"

　　"火是一定要过的。"爸爸坚决地说，他把锄头靠在门侧，挂起了斗笠，长长叹一口气，然后我们没有再说什么话，就团聚起来吃着简单的晚餐。

　　从小，我就是个瘦小而忧郁的孩子，每天爬山涉水并没有使我的身体勇健，父母亲长期垦荒拓土的恒毅忍艰也丝毫没有遗传给我。

　　爸爸曾经为我做过种种努力，他一度希望我成为好猎人，每天叫我背着水壶跟他去打猎，我却常在见到山猪和野猴时吓得大哭失声，使得爸爸几度失去他的猎物，然后就撑着双管猎枪紧紧搂抱着我，他的泪水濡湿我的肩胛，喃喃地说："怎么会这样，怎么会生出这样的孩子……"

　　他又寄望我成为一个农夫，常携我到山里工作，我总是在烈日烧烤下昏倒在正需要开垦的田地里，也时常被草丛中蹿出的毒蛇吓得屁滚尿

204

流,爸爸不得不放下锄头跑过来照顾我。醒来的那一刻我总是听到爸爸长长而悲伤的叹息。

我也天天暗下决心要做一个男子汉,慢慢的,我变得硬朗了,爸妈也露出欣慰的笑容,可是他们的努力和我的努力一起崩溃了,在我孪生的弟弟七岁那年死的时候。

眼见到和自己一模一样的弟弟死去,我竟也像死去一半了,失去了生存的勇气,我变成一个失魄的孩子,每天眉头深结,形销骨立,所有的医生都看尽了,所有的补药都吃尽了,换来的仍是叹息和眼泪。

然后爸爸妈妈想到神明。想到神明好像一切希望都来了。

神明也没有医好我,他们又祈求十年一次的大过火仪式,可以让他们命在旦夕的儿子找到一闪生命的火光。

我强烈地惦怀弟弟,他清俊的脸容常在暗夜的油灯中清晰出来,他的脸是刀凿般深刻,连唇都有血一样的色泽。我们曾脐带相连地度过许多快乐和凄苦的岁月,我念着他,不仅因为他是我的兄弟,而是我们生命血肉的最根源处紧紧纠结。

弟弟的样貌和我一模一样,个性却不同,弟弟强韧、坚毅而果决,我是忧郁、畏缩而软弱,如果说爸爸妈妈是一间使我们温暖的屋宇,弟弟和我便是攀爬而上的两种植物,弟弟是充满霸气的万年青,我则是脆弱易折的牵牛,两者虽然交缠分不出面目,又是截然不同,万年青永远盎然充满炽盛的绿意,牵牛则常开满忧郁的小花。

刚上一年级,弟弟在上学的长途中常常负我涉水过河,当他在急湍的河水中苦涉时,我只能仰头看白云缓缓掠过。放学回家,我们要养鸡鸭,还要去割牧草,弟弟总是抢着做工,把割来的牧草与我对分,免得回家受到爸妈责备的目光。

弟弟也常为我的懦弱吃惊,每次他在学校里打架输了,总要咬牙恨恨地望我。有一回,他和班上的同学打架,我只能缩在墙角怔怔地看着,最后弟弟打输了,坐跌在地上,嘴角淌着细细的血丝,无限哀怨地凝睇着他无用的哥哥。

我撑着去扶他,弟弟一把推开我,狂奔出教室。

那时已是秋深了,相思树的叶子黄了,灰白的野芒草在秋风中杂乱地飞舞,弟弟拼命奔跑,像一只中枪惊惶而狂怒的白鼻心,要藉着狂跑吐尽心中的最后一口气。

"宏弟,宏弟。"

我嘶开喉咙叫喊。弟弟一口气奔到黑肚大溪,终于力尽了颓坐下来,缓缓地躺卧在溪旁,我的心凹凸如溪畔团团围住弟弟的乱石。

风,吹得很急。

等我气喘吁吁赶到,看见弟弟脸上已爬满了泪水,一张脸湿糊糊的,嘴边还凝结着褐暗色的血丝,脸上的肌肉紧紧地抽着,像是我们农田里用久了的帮浦。

我坐着,弟弟躺卧着,夕阳斜着,把我们的影子投照在急速流去的溪中。弟弟轻轻抽泣很久,抬头望着天云万叠的天空,低哑着声音问:"哥,如果我快被打死了,你会不会帮助我?"

之后,我们便紧紧相拥放声痛哭,哭得天都黄昏了,听见溪水潺潺,才一言不发走回家。那是我和弟弟最后的一个秋天,第二年他便走了。

爸爸牵我左手,妈妈执我右手,在金光万道的晨曦中,我们终于出发了。一路上远山巅顶的云彩千变万化,我们对着阳光的方向走去,爸爸雄伟的体躯和妈妈细碎的步子伴随着我。

从山上到市镇要走两小时的山路,要翻过一座山涉过几条溪水,因为天早,一路上雀鸟都被我们的步声惊飞,偶尔还能看见刺竹林里松鼠忙碌地跳跃,我们没有说什么话,只是无声默默前行,一直走到黑肚大溪,爸爸背负我涉过水的对岸,突然站定,回头怅望迅即流去的溪水,隔了一会儿说:

"弟弟已经死了,不要再想他。

"爸爸今天带你去过火,就像刚刚我们走水过来一样,你只要走过火堆,一切都会好转。"

爸爸看到我茫然的眼神,勉强微笑说:

"只不过是一个小小的火堆罢了。"

我们又开始赶路,我侧脸望着母亲手挽花布包袱的样子,她的眼睛里一片绿,映照出我们十几年垦拓出来的大地,两个眼睛水盈盈的。

我走得慢极了,心里只惦想着家里养的两只蓝雀仔,爸爸索性把我负在背上,愈走愈快,甚至把妈妈丢在远远的后头了。

穿过相思树林的时候,我看到远方小路尽头处有一片花花的阳光。

一个火堆突然莫名地闪过我的脑际。

抵达小镇的时候,广场上已经聚集了黑压压的人头,这是小镇十年一次的做醮,腾沸的人声与笑语嗡嗡地响动。我从架满肥猪的长列里走过,猪头张满了蹦起的线条,猪口里含着新鲜金橙色的橘子,被剖开肚子的猪仔们竟微笑着一般,怔怔地望着溢满欣喜的人群。

广场的左侧被清出一块光洁的空地,人们已经围聚在一起,看着空地上正猛烈燃烧的薪材,爸爸告诉我那些木材至少有四千斤,火舌高扬冲上了湛蓝的天空,在毕毕剥剥的材裂声中我仿佛听见人们心里狂热的呼喊,人人的脸蛋都烘成了暖滋滋的新红色。两个穿着整齐衣着的人手拿丈长的竹竿正挑着火堆,挑一下,飞扬起一阵烟灰,火舌马上又追了上来。

一股刚猛的热气扑到我脸上，像要把我吞噬了。妈妈拉我到怀中，说："不要太靠近，会烫到。"正在这时，广场对角的戏台咚咚锵锵地响起了锣鼓，扮仙开始，好戏就要开锣了。

咚咚锵锵，咚咚锵，柴火慢慢小了，剩下来的是一堆红通通的火炭，裂成大大小小一块块，堆成一座火热的炭山。我想起爸爸要我走火堆，看热闹的心情好像一下子被水浇灭了。

"司公来了！司公来了！"人群里响起一阵呼喊，壅塞的人群眼睛全望向相同的方向，一个身穿黑色道袍头戴黑色道帽的人走来，深浓的黑袍上罩着一件猩红色的绸缎披肩，黑帽上还有一粒鲜红色的帽粒。

人群让开一条路，那个又高又瘦的红头道士踏着八卦步一摇一摆地走进来，脸上像一张毫无表情的画像。

人们安静下来了。

我却为这霎时的静默与远处噪闹的锣鼓而微微地颤抖。

红头道士做法事的另一边，一个赤裸上身的人正颤颤地发抖，颤动的狂热使人群的焦点又注视着他，爸爸牵我依过去，他说那是神的化身，叫作童乩。

童乩吐着哇哇不清的语句，他的身侧有一个金炉和一张桌子，桌上有笔墨和金纸。他摇得太快，使我的眼睛花乱了，他提起笔在金纸上乱画一通，有圈、有钩、有直，我看不出那是什么。爸爸领了一张，装在我的口袋里，说可以保佑我过火平安，平安装在我的口袋里便可以安心去过火了。

呜——呜——呜！呜！

远远望去，红头道士正在木炭堆边念咒语，烟雾使他成为一个诡异的立体，他左手持着牛角号，吹出了低沉而令人惊撼的声音。右手的一条蛇头软鞭用力抽打在地上，发出啪啪的响声，鞭声夹着号角声，人人都被震慑住了。

爸爸说，那是用来驱赶邪鬼的。

后来，道士又拿来一个装了清水的碗和盛满盐巴的篮子，他含了一口水，噗一声喷在炭上，嗤——一阵水烟蒸腾起来，他口中喃喃。然后把一篮盐巴遍洒在火堆上。三乘小轿在火堆旁绕圈子，有人拿长竹竿把火堆铺成一丈长四尺宽的火毡，几个精壮的汉子用力拨开人群，口里高呼着："请闪开，过火就要开始了。"

三乘小轿越转越快，转得像飞轮一样。

妈妈紧紧抱我在怀中。

三乘小轿的轿夫齐声呼喝，便顺序跃上火毡，嗤一声，我的心一阵紧缩，他们跨着大步很快地从火毡上跑过去，着地的那一刻，所有人都从梦般的静默里惊呼起来，一些好事的人跑过去看他们的脚，这时，轿夫笑了。

"火神来过了，火神来过了。"许多人忍不住狂呼跳叫。

红头道士依然在火堆旁念着神秘的不可知的像响自远天深处的咒语。

过火的乡人们都穿着一式的汗衫短裤，露出黝黑而多毛的腿，一排排的腿竟像冒着白烟，蒸腾着生命的热气。

那些腿都是落过田水的，都是在炙毒的阳光和阴诈的血蛭中慢慢长成，生活的熬炼就如火炭一直铸着他们——他们那样的兴奋，竟有一点去赶市集一样，人人面对炭火总是有些惊惶，可是老天有眼，他们相信这一双肉腿是可以过火的。

十二月天，冷酸酸的田水，和春天火炙炙的炭火并没有不同，一个是生活的历练，一个是生命的经验，都只不过是农人与天运搏斗的一个节目。

轿子,一乘乘地采取同样的步姿,夸耀似的走过火堆。

爸爸妈妈紧紧牵着我,每当嗤的声音响起,我的心就像被铁爪抓紧一般,不能动弹。

司锣的人一阵紧过一阵地敲响锣鼓。

轿夫一次又一次将他们赤裸的脚踝埋入红艳艳的火毡中。

随着锣鼓与脚踝的乱蹦乱跳,我的心也变得仓皇异常,想到自己要迈入火堆,像是陷进一个恐怖的海上噩梦,抓不到一块可以依归的浮木。

一张张红得诡谲的玄妙的脸闪到我的眼睫来。

我抓紧爸妈微微渗汗的手,思及弟弟在天地的风景中永远消失的一幕,他的脸像被火烤焦的紫红色,头一偏,便魔魇也似的去了,床侧焚烧的冥纸耀动鬼影般的火光。

在火光的交叠中,我看到领过符的乡民一一迈步跨入火堆。

有的步履沉重,有的矫捷,还有仓皇跑过的。

我看到一位老人,背负着婴儿走进火堆,他青筋突起的腿脚毫不迟疑地埋进火中,使我想起庙顶上红绿交揉的庄严画像。爸爸告诉我,那是他重病的小儿子,神明用火来医治他。

咚咚锵锵,咚咚锵。

远处的戏锣和近处的锣鼓声竟交缠不清了。

"阿玄,轮到你了。"妈妈用很细的声音说。

"我——我怕。"

"不要怕,火神来过了,不要怕。"

爸妈推着我就要往火堆上送。

我抬头望望他们,央求地说:"爸,妈,你们和我一起走。"

"不行。只有你领了符。"爸爸正色道。

锣声响着。

火光在我眼前和心头交错。

爸妈由不得我，硬把我架走到火堆的起点。

"我不要，我不要——"我大声嚎哭起来。

"走！走！"爸爸吼叫着。

我不要——

妈——

我跪了下来，紧紧抱住妈妈的腿，泪水使我什么都看不见了。

"没出息。我怎么会生出这种儿子，给我现世，今天你不走，我就把你打死在火堆上。"爸爸的声音像夏天午后的西北雨雷，嗡嗡响动，我抬头看，他脸上爬满泪水，重重把我摔在地上，跑去抢起道坛上的蛇头软鞭，啪一声抽在我身旁的地上，溅起一阵泥灰。

"我打死你！我打死你！林姓的祖先做了什么孽，生出这样的孩子，我打死你，让你去和那个讨债的儿子做堆！"我从来没有看过爸爸暴怒的面容，他的肌肉纠结着，头发扬散如一头巨狮。

"你疯了。"妈妈抢过去拦他，声音凄厉而哀伤。

红头道士、轿夫们、人群都拥过来抓住爸爸正要飞来的鞭子。

锣也停了。

爸爸被四个人牢牢抓住，他不说话，虎目如电穿刺我的全身。

四周是可怕的静寂。

我突然看见弟弟的脸在血红的火堆中燃烧，想起爸爸撑着猎枪掉泪的面影和他辛苦荷锄的身姿，我猛地站起，对爸爸大声说："我走，我走给你看，今天如果我不敢走这火堆，就不是你的团仔。"

锣声缓缓响起。

几千只目光如炬注视。

我走上了火堆。

第一步跨上去,一道强烈的热流从我脚底窜进,贯穿了我的全身,我的汗水和泪水全滴在火上,一声嗤,一阵烟。

我什么都看不见,仿佛陷进一个神秘的围城,只听到远天深处传来弟弟轻声的耳语:"走呀!走呀!"那是一段很短的路,而我竟完全不知它的距离,不知它的尽处,相思林尽头的阳光亮起,脚下的火也浑然或忘了。

踩到地的那一刻,土地的冰凉使我大吃一惊,唬———声,全场的人都欢呼起来,爸爸妈妈早已等在这头,两个人抢抱着我,终于号陶地哭成一堆。打锣的人戏剧性地欢愉地敲着急速的锣鼓。

爸爸疯也似的紧抱我,像要勒断我的脊骨。

那一天,那过火的一天,我们快乐地流泪走回家。

到黑肚大溪,爸爸叫我独自涉水。

猛然间,我感到自己长大了。

童年过火的记忆像烙印一般影响了我整个生命的途程,日后我遇到人生的许多事都像过火一样,在启步之初,我们永远不知道能否安全抵达火毡的那一端,我们当然不敢相信有火神,我们会害怕、会无所适从、会畏惧受伤,但是人生的火一定要过、情感的火要过、欢乐与悲伤的火要过、淡定与激情的火要过,成功与失败的火要过。我们不能退缩,因为我们要单独去过火,即使亲如父母,也有无能为力的时候。

家有香椿树

市场里看到有人卖香椿，一大把十元，简直有点欣喜若狂，立刻买了三把回家，当天晚上就做了香椿拌面、香椿炒蛋、炸香椿，吃的时候自己都觉得好笑，好像得了相思病，不，香椿病。

说起香椿，它的味觉是很难以形容的，它的香气强烈而细致，与一般的香菜，像芫荽、芹菜、紫苏大为不同，食之风动，令人心醉。与一般香菜更不同的是，一般香菜多为草本，香椿树却是乔木，可以长到三四丈高，如果家里种有一棵香椿树，一年四季就永远有香椿可吃。

我对香椿的感情是从小就培养出来的，我们以前在山上的家，屋后就有几棵极高大的香椿树，树干笔直，羽状复叶，树形和树叶都非常优雅，是非常美的树木。

我的父亲独沽一味，非常喜欢香椿的气味，他白天出去耕作，黄昏回来的时候，就会随手摘一些香椿的嫩叶回家，但是偏偏母亲不喜欢香椿的味道，所以他时常要自己动手。他把香椿叶剁碎，拌面、拌饭，加一点油、一点酱油，就是人间至极的美味。

最简单的香椿做法，是剁碎了放在酱油里，不管蘸什么东西吃，那食物立刻布满了香椿的强烈气息。

次简单的是,用香椿叶来炒蛋,美味远非菜脯蛋、洋葱蛋可比。或者是用蛋和面粉调糊,裹香椿叶下去油炸,炸得酥黄香脆,可以当饼干吃。或者,以香椿拌豆腐。

还有复杂一点的,就是以香椿叶子包饺子、包子、粽子,香气宜人。

我受了父亲的调教,自小就嗜食香椿,几乎有香椿叶子,什么东西都吃得下了。而香椿树那种独一无二的气味,也陪伴了我的童年,那高大的香椿树每到初夏,就会开出一簇簇的小白花,整个天空就会弥漫一种清香,然后,花结果了,果熟裂开了,香椿树带着小翅膀的种子就会随风飞到远方。

有时候在林间会发现新长出的香椿树,那时就知道有一颗香椿树的种子曾落在这里。香椿树的幼苗和嫩叶一样,刚生长的时候是红色的,慢慢转为橙色,最后变成翠绿色,爸爸常说:"香椿如果变成绿色就不好吃了。"原因是绿色的香椿树纤维太粗,气味太烈了。

有时候,我路过山道,看到小香椿树,就会摘一片叶子来闻嗅,然后放在嘴里细细地咀嚼,特别感觉到香椿树的香甘清美,真不愧是香椿呀!

自从到台北以后,就难得品尝到香椿的滋味了,每次回乡下总会设法去找一些香椿来吃。有一年,住在木栅的兴隆山庄,特地向朋友要来两株香椿树的幼苗种在院子里,长得有一人高,我偶尔会依照父亲的食谱,摘来试做,滋味依然鲜美,就会唤起从前那遥远的记忆。

后来我搬家了,也不知道院子里那两株香椿树变成什么样子,会像故乡的香椿树长三四丈高吗? 会开花吗? 种子也会飞翔吗?

有一次读庄子的《逍遥游》,说到:"古有大椿者,以八千岁为春,以八千岁为秋。"所以香椿树应该是很长寿的。由这个典故,以香椿有寿考之征,所以古人称父亲为"椿",称母亲为"萱",唐朝牟融有诗说:"堂上椿萱雪满头"，是说高堂的父母已经白发苍苍了。

父亲过世之后，我也吃过几次香椿，但每次那强烈的气息，就会给我带来悲情，想起父亲，以及他手植的香椿树，他常说："香桩是很上等的木材，等长好了，我们自己砍下来做家具。"一直到他离开这个世间，他也没有砍过一棵香椿树，我以前一直以为是香椿还没有长好，现在才知道那是感情的因素。八千年为春秋，那是永远也长不好了。但愿爸爸如果是在极乐世界，也会有香椿拌面可以吃。

端午节的时候，我路过山边的永春市场，看到有人在路边卖"香椿粽子"，买了几个来吃，真有一点爸爸的味道，唉唉！

吃香椿粽子的时候我决定了，将来如果有一个庄园，屋前屋后我都要种几棵香椿树，来纪念爸爸。

银合欢

台湾南部的山区里,有一种终年都盛开着花的植物,它的花长得真像一个个绒线球,花色大部分是鹅黄色,也有少数变种的可以开出白色或粉红色的花来,它有个非常好听的名字,叫作"银合欢"。

在种满银合欢的山坡地上,远远望去,仿佛遍地长满小小的绣球。最美的时候是晴天的黄昏,稍微有一些晚风,阳光轻浅地穿透银合欢质地温柔的花蕊,微风缓缓地摇曳,竟让人感觉山上的银合欢是至美的花,不像是长在山地野田间的灌木丛。

萎谢的银合欢花,会从花茎中生出长长的夹果,先是柔软的绿色,很快地成熟为褐黑色,最后爆开,细小的种子就随风飘落各处,第二年又长出一丛丛的银合欢树。它们的生命力繁盛而惊人,如果坡地上有一丛银合欢,没有多久它们就盘踞了整个山坡。

由于它的生命力那样强盛,在乡人的眼中是卑贱的,从来没有人认为银合欢美丽,它的用处很简单,被用来生火。因为它的枝干中间有细软的棉状组织,很容易点起火来,就连它干掉的夹果,只要放一把小火便会熊熊燃烧。

在我们乡下,银合欢一直是烧火最好的材料,而且是取用不绝。尤其在贫瘠的土地上,农人通常撒下银合欢的种子,到冬天的时候把遍生的银合欢放火烧掉,它的灰烬很快成为土地最好的肥料,隔年春天,就可以在那里种花生、番薯等容易生长的作物。

童年的时候,我对银合欢有说不出的好感,这种好感不只是来自它花的美丽,而是它的羽状叶子能编成非常好看的冠冕,它的枝干又常常成为我们手中的剑,也是我们在荒野烤番薯最好的木材。

因此我曾仔细观察银合欢的生长,每天跑到家附近的银合欢丛中,用铅笔在根的最底部画下记号,第二天再跑去看,这样我能真切地感觉到银合欢迅速地自土中拔起,它甚至长得比春天最好的稻禾还要快。平常时候,银合欢一个月大概可以长一尺高,如果在夏天的雨季,或者长在河岸边的银合欢,它们一个月可以长两尺高。常常放一个暑假,本来刚发芽的银合欢就长得和我一样高了。

我从来不能理解,为何长在石头地里,完全没有人照看的银合欢,竟能和时间竞赛似的,奇异地长高。

那时我们家有一个林场,父亲在较低的山坡上种了桃花心木,较高的地方则种南洋杉,它们对时间好像都没有感觉,有时一个月也看不到它们长一寸,桃花心木要十年才能收成,南洋杉则要等到十五年。

有一次我问父亲,为什么不把山上都种银合欢呢? 它们长得最快。

在林地工作的父亲笑了起来,他说:"银合欢长得那么快,可是它不能做家具,甚至不能做木炭。你看这些南洋杉,它长得慢,但是结实,将来才是有用的木材。"

"可是,银合欢也可以做柴火,还能做肥料呀!"我说。

"傻孩子,任何木头都能做柴火,也能做肥料,却不是任何木头都能做家具的。"

虽然银合欢在乡人的眼中是那么无用,连父亲都看不起它,我还是私心里喜欢它，因为它低矮，不像桃花心木崇高；它亲切，不像南洋杉严肃；何况，它在风里是那么好看。

最近读到一篇报告，知道有科学家发现银合欢生长得快速，拿它作为肥料试验。他们在种满银合欢的坡地上空中施肥，记录它的成长，和那些未施肥的银合欢比较，来验证肥料的效果。同样的，也有一部分科学家拿它来做除草剂的试验，利用它生命力的强盛，来看除草剂的效果。这些试验都发现银合欢是最适合用来试验的植物，就像卑微的老鼠常常成为动物解剖与吃食各种毒物的祭品。

这使我对银合欢又生出一些敬意来，它虽不能是崇高巨大的木材，到底，它有许多别的木材所没有的用处，如同乡里间的小人物，他们不能成为领导者，却各自在岗位上发挥了大人物听不能体知的功能。而且，我相信不论我们如何在银合欢的身上试验，在小老鼠的身上解剖，它们都不会灭绝的，因为上苍给了它们特别的生命力。

我想到我在金门时候的一件旧事。在金门古宁头的海边上，就生长了无数的银合欢，在阳光下盛开着花。我从古宁头的望远镜中看大陆沿岸，发现镜中的海岸也盛长着银合欢，也开了花。那幅图像深深地印在我的脑海，隔了几年也不能忘却，每在乡间山里看到银合欢就浮现出来。

因为那时银合欢隔海对望，有着浓浓的乡愁，那乡愁的生长力和银合欢一样，一月一尺，隔了一个春天，它就长得和人同样高了。我只是不知，是此岸的种子落到彼岸，还是彼岸的种子被吹送到此岸呢？生长在海峡两岸的银合欢有什么不同呢？

翡翠莲雾

外祖母家最后的一棵莲雾树,因为院子前面拓宽道路,被工程队砍除了,听说要砍的时候,树上还结满了莲雾。看到哥哥的来信,虽然我没有亲眼见那棵莲雾树倒下,脑中却浮起一幅图像——莲雾树应声而倒,满地青色的莲雾在阳光下乱滚。

从我有记忆开始,外祖母家前就是一个大的果园,种满荔枝、柿子、龙眼、枣子、莲雾等水果,因此暑假的时候,我们最爱住在外祖母家,每天都在果园中追逐嬉戏,爬到树上去摘水果。外祖母逝世很多年了,每次想起她来,自己就仿佛置身在那个果园中,又回到外祖母的怀抱。

记忆中的果园所生产的水果,和现在的水果比较起来是完全不同的,因为都是"土种",大部分是长得细小而有酸味的。柿子比不上现在的肥软多汁,荔枝修长带些酸味,龙眼是小而肉薄,枣子长得还没有现在一半大,一点也比不上现在市场上经过改良的品种。

只有十几株莲雾树是我印象最深的。树上结出的莲雾全是翠绿颜色,果实瘦瘦的,形状有一点像翡翠雕成的铃铛。但那种绿色是淡的,就着阳光,给人透明的感觉。这种土生土长的莲雾汁水虽少,嚼起来坚实香脆,别有风味。

那十几株绿色莲雾树长得格外粗壮高大,柿子、荔枝树都比不上它,它大到小孩子可以躺在枝桠的杈上睡午觉。一串串累累的果实藏在树叶中,有时因颜色相同而难以发现。

不知道绿色的莲雾何时在市场上消失,现在的莲雾都是淡红色的品种,肥胖多汁,但不管用什么方法吃它,总觉得好像是水做成的,少了莲雾应该有的气味,尤其是雨季生长的红莲雾几乎是淡而无味的。每次看到红莲雾,我都想起一串串的绿色铃铛,还有在莲雾树上午睡的一段记忆。

由于舅舅们并不是赖那个果园维生,多年来,一直让它任意生长,收成的时候总会送一些给我们家,有时表兄弟上台北,也会带一袋来给我。因此尽管时空流转,我和果园好像还维持着一种情感的牵系,那种感情是难以表白的,它无可置疑地见证我们一些成长的痕迹。

有一年,因为乡道的开辟,莲雾树几乎被砍光了,只留下最靠屋子的一株。外祖母的果园原本是没有路的,后来为探收方便,在两排莲雾树间开了一条脚踏车可以走的路,不久之后,摩托车来了,路又开宽一些,最后汽车来了,两排莲雾首先遭殃,现在单向的汽车道也不足了,最后一株莲雾因而不保。

听说要砍那株莲雾树,方圆几里的人都跑去参观,因为它是附近仅存长绿色果实的莲雾,它的树龄五十几年,也是附近最老的果树了。砍倒一棵莲雾树在道路拓宽时是微不足道的,对我而言,却如同砍除了心中的一片果园。我知道,再也不能吃到那棵树结成的莲雾了。

我的表兄弟,近年来因为纷纷离乡而星散了,家园已不复昔日规模,家前的果园自然日益缩小,现在剩下的,只是几株零散的荔枝、柿子了。

最后一株莲雾树的砍除不只是情伤,也让我想起品种改良的一些问题。现在市场上的所有水果无不是经过品种的改良,我幼年的时候是如何也不能想象现在竟有那么大的荔枝、龙眼、枣子的，然而这些新的品种，有时候味道真是不如从前，翡翠莲雾是最好的例子。

有一回我在市场上买到几条土生的小萝卜，高兴得不得了，因为那些打过荷尔蒙、施过大量农药与肥料，收成时还经过漂白的大萝卜，只是好看罢了，哪里有小萝卜结实呢，可惜我们生长的是一个快速膨胀的时代，连水果青菜都不能避免膨胀，结果是，品种不断改良，田园风味逐渐丧失，有许多最适合台湾气候和环境的品种也因而灭绝，这是值得担忧的现象。

外祖母手植的莲雾树不在了，我只好把它种在心中，在这个转变的时代，任何事物只有放在心中最保险。我把它种在心灵果园的一角，这样我可以随时采摘，并且时刻记得，在这片土地上曾生长过绿如翡翠的莲雾，是别的品种不能取代的。

白雪少年

我小学时代使用的一本中文字典,被母亲细心地保存了十几年,最近才从母亲的红木书柜里找到。那本字典被小时候粗心的手指扯掉了许多页,大概是拿去折纸船或飞机了,现在怎么回想都记不起来,由于有那样的残缺,更使我感觉到一种任性的温暖。

更惊奇的发现是,在翻阅这本字典时,找到一张已经变了颜色的"白雪公主泡泡糖"的包装纸,那是一张长条的鲜黄色纸,上面用细线印了一个白雪公主的面相,如今看起来,公主的图样已经有一点粗糙简陋了。至于如何会将白雪公主泡泡糖的包装纸夹在字典里,更是无从回忆。

到底是在上语文课时偷偷吃泡泡糖夹进去的,是夜晚在家里温书吃泡泡糖夹进去的,还是有意地保存了这张包装纸呢?翻遍中文字典也找不到答案。记忆仿佛自时空遁去,渺无痕迹了。

唯一记得的倒是那一种旧时乡间十分流行的泡泡糖,是粉红色长方形十分粗大的一块,一块五毛钱。对于长在乡间的小孩子,那时的五毛钱非常昂贵,是两天的零用钱,常常要咬紧牙根才买来一块,一嚼就是一整天,吃饭的时候把它吐在玻璃纸上包起,等吃过饭再放到口里嚼。

父亲看到我们那么不舍得一块泡泡糖,常生气地说:"那泡泡糖是用脚踏车坏掉的轮胎做成的,还嚼得那么带劲!"记得我还傻气地问过父亲:"是用脚踏车轮做的? 怪不得那么贵!"惹得全家人笑得喷饭。

说是"白雪公主泡泡糖",应该是可以吹出很大气泡的,却不尽然。吃那泡泡糖多少靠运气,记得能吹出气泡的大概五块里才有一块,许多是硬到吹弹不动,更多的是嚼起来不能结成固体,弄得一嘴糖沫,赶紧吐掉,坐着伤心半天。我手里的这一张可能是一块能吹出大气泡的包装纸,否则怎么会小心翼翼地夹做纪念呢?

我小时候并不是很乖巧的那种孩子,常常为着要不到两毛钱的零用就赖在地上打滚,然后一边打滚一边偷看母亲的脸色,直到母亲被我搞烦了,拿到零用钱,我才欢天喜地地跑到街上去,或者就这样跑去买了一个白雪公主,然后就嚼到天黑。

长大以后,再也没有在店里看过"白雪公主泡泡糖",都是细致而包装精美的一片一片的"口香糖";每一片都能嚼成形,每一片都能吹出气泡,反而没有像幼年一样能体会到买泡泡糖靠运气的心情。偶尔看到口香糖,还会想起童年,想起嚼白雪公主的滋味,但也总是一闪即逝,了无踪迹。直到看到中文字典中的包装纸,才坐下来顶认真地想起白雪公主泡泡糖的种种。

如果现在还有那样的工厂,恐怕不再是用脚踏车轮制造,可能是用飞机轮子了! 我这样游戏地想着。

那一本母亲珍藏十几年的中文字典,薄薄的一本,里面缺页的缺页、涂抹的涂抹,对我已经毫无用处,只剩下纪念的价值。那一张泡泡糖的包装纸,整整齐齐,毫无毁损,却宝藏了一段十分快乐的记忆;使我想起真如白雪一样无瑕的少年岁月,因为它那样白那样纯净,几乎所有的事物都可以涵容。

那些岁月虽在我们的流年中消逝,但借着非常非常微小的事物,往往一勾就是一大片,仿佛是草原里的小红花,先是看到了那朵红花,然后发现了一整片大草原,红花可能凋落,而草原却成为一个大的背景,我们就在那背景成长起来。

那朵红花不只是白雪公主泡泡糖,可能是深夜里巷底按摩人幽长的笛声,可能是收破铜烂铁老人沙哑的叫声,也可能是夏天里卖冰淇淋小贩的喇叭声……有一回我重读小学时看过的《少年维特的烦恼》,书里就曾夹着用歪扭字体写成的纸片,只有七个字:"多么可怜的维特",其实当时我哪里知道歌德,只是那七个字,让我童年伏案的身影整个显露出来,那身影可能和维特是一样纯情的。

有时候我不免后悔童年留下的资料太少,常想:"早知道,我不会把所有的笔记簿都卖给收破烂的老人。"可是如果早知道,我就不是纯净如白雪的少年,而是一个多虑的少年了。那么丰富的资料原也不宜留录下来,只宜在记忆里沉潜,在雪泥中找到鸿爪,或者从鸿爪体会那一片雪。

这样想时,我就特别感恩着母亲。因为在我无知的岁月里,她比我更珍视我所拥有过的童年,在她的照相簿里,甚至还有我穿开裆裤的照片。那时的我,只有父母有记忆,对我是完全茫然了,就像我虽拥有白雪公主泡泡糖的包装纸,那块糖已完全消失,只留下一点甜意——那甜意竟也有赖母亲爱的保存。

我唯一的松鼠

我拥有的第一只动物是一只小松鼠,那是小学一年级的事了。小学一年级,我家住在乡间,有一日从学校回家在路边捡到一只瘦弱颤抖的小松鼠,身上的毛还未长全,一双惊惧的刚张开的眼睛转来转去。我把它捧在手上,拼命地跑回家,好像捡到什么宝物,一路跑的时候还能感觉到松鼠的体温。

回家后,我找到一节粗大的竹筒割成两半,铺上破布做了小松鼠的窝,可是它的食物却使我们全家都感到紧张;那时牛奶还不普遍,经过妈妈的建议,我在三餐煮饭的时候从上面捞取一些米汤,用撕破的面粉袋子沾给它吃。饥饿的松鼠紧紧吸吮着米汤使我们都安心了。

慢慢的,那只松鼠长出光亮的棕色细毛,也能一扭一扭地爬行。每天为它准备食物,成为我生活里最快乐的事。幸好我们住在乡间,家里还有果园,我时常去采摘熟透的木瓜、番石榴、香蕉,小心地捣碎来喂我的松鼠。它很快地长大,从尾巴最能看出来,原来无毛细瘦的尾巴,走起路来拖在地上的尾巴,慢慢丰满起来,长满松松的毛,还高傲地翘着。

从爬行、跑路到跳跃竟如同瞬间的事,一个学期还未过完,松鼠已经完全成长为一个翩翩的少年了。

225

小松鼠仿佛记得我的救命之恩，非常乖巧听话。白天我去上学的时候，它自己跑到园里去觅食，黄昏的时候就回到家来躲在自己的窝里。夜里我做功课的时候，松鼠就在桌子旁边绕来绕去，这边跳那边跑，有时还跑来磨蹭人的脚掌。妈妈常说："这只松鼠一点都不像松鼠，真像一只猫猫！"小松鼠的乖巧赢得了全家的喜爱。

有时候我早回家，只要在园子里吹几声口哨，它就像一阵风从园子里不知哪个角落蹿出来，蹲在我的肩膀上，转着滴溜溜的眼睛，然后我们就在园子里玩着永不厌倦的追逐的游戏。松鼠跑起来姿势真是美，高高竖起的尾巴像一面迎风招展的旗子，那面旗跑在泥地上像一阵烟，转眼飞逝。

自从家里养了松鼠，老鼠也减少了，那是我第一次知道松鼠还会打老鼠，夜里它绕着房子蹦跳，可能老鼠也分不清它是什么动物，只好到别处去觅食了。

我家原来养了许多动物，有七八条猎狗土狗，是经常跟随爸爸去打猎的；有十几只猫，每天都在庭院里玩耍的。这些动物大部分来路不明，由于我家是个大家庭，日常残羹剩菜很多，除了养猪，妈妈常常用几个大盆放在院子里，喂食那些流落乡野的猫狗，日久以后，许多猫狗都留了下来；有比较好的狗，爸爸就挑出来训练它们捉野兔打山猪的本事，这些野狗们都有一分情，它们往往能成为比名种狗更好的猎犬；因为它们不挑食，对生命的留恋也不如名种狗，在打猎时往往能义无反顾，一往直前。

但是这些猫狗向来是不进屋的，它们的天地就是屋外广大的原野，夜里就在屋檐下各自找安睡的地方，清晨才从各角落冒出来。自从小松鼠来了以后，它是唯一睡在屋里的，又懂事可爱，特别得到家人的宠爱。原先我们还担心有那么多猫狗，松鼠的安全堪虑，后来才发现这种担心完全是不必要的，小松鼠和猫狗也玩得很好。我想，只要居住在一个无边的广大空间，连动物也能有无私的心。

有趣的是，小松鼠好像在冥冥中知道我是捡拾它回来的人，与我特别亲密，它虽然与哥哥弟弟保持良好的关系，但也仅止于召唤，从来不肯跳到他们身上，却常常在我做功课的时候就蹲在我的腿上睡着了。有时候我带松鼠到学校去，把它放在书包里，头尾从两边伸出，它也一点都不惊慌。

松鼠与我的情感，使我刚上学的时候有一段有声音有色彩、明亮跳跃的时光。同学们都以为这只松鼠受过特别的训练，其实不然，它只是路边捡来养大而已。我成年以后回想起来，才知道如果松鼠有过训练，唯一的训练内容就是一种儿童最无私最干净的爱。

隔年冬天的一个晚上，我吃过晚饭像往日一样回到书房做功课，为了赶写第二天大量的作业还特别削尖了所有的铅笔。松鼠如同往日，跳到我的毛衣里取暖，然后在书桌边绕来绕去玩一只小皮球。我的作业太多，赶写到深夜还不能写完，就伏在桌子上睡着了。

被夜凉冻醒的时候，我被眼前的影像吓呆了，放声痛哭。我心爱的松鼠不知何时已死在我削尖倒竖拿在手中的铅笔上，那支铅笔正中地刺入松鼠的肚子，鲜血流满了我的整只右手，甚至溅满在笔记簿上，血迹已经干了，松鼠冰凉的身体也没有了体温。我到现在还清楚记得那一幅惊悸的影像，甚至我写的作业本也清楚记得。

那一天老师规定我们每个人写自己的名字两百遍，我的笔记本上密密麻麻地写着自己的名字，而松鼠的血则滴滴溅满在我的名字上，那一刻我说不出有多么痛恨自己的作业，痛恨铅笔，痛恨自己的名字，甚至痛恨出作业的老师。我想，如果没有它们，我心爱的松鼠就不会死了。

我惊吓哀痛的哭声，吵醒了为明日农田上工而早睡的父母，妈妈看到这幅景象也禁不住流下泪来，我扑在妈妈怀里时还紧紧地抱住那只松鼠。

我第一次养的动物，真正属于我自己的动物，就这样一夜间死了。死得何其之速，死得何等凄惨，如今我回想起来，心里还会升起一股痛伤的抽动。如果说我懂得人间有哀伤，知道人世有死别，第一次最强烈的滋味是松鼠用它的生命给了我的。我至今想不通松鼠为何会那样死去，一定是它怕我写不完作业来叫醒我，而一跳就跳到铅笔上——当时我确实是这样想的。

我把死去的松鼠，用溅了它的血的毛衣包裹，还把刺死它的铅笔放在一边，一起在屋后的蕉园掘了一个小小坟墓埋葬。做好新坟的时候，我站在旁边默默地流泪，那时也是我第一次知道，所有的物件与躯壳都可以埋葬，唯有情感是无法埋葬的，它如同松鼠的精魂永远活着。

后来我也养过许多松鼠，总是养大以后一跑就了无踪影，毫不眷恋主人，偶有一两只肯回家的，也不听使唤，和人也没有什么情感。每遇这种情况，我就疑惑，在松鼠那么广大的世界里，为什么偏有一只那么不同的、充满了爱的松鼠会被我捡拾，和我共度一段美好的时光呢？莫非这个世界在冥冥中真有什么特别的安排？使我们与动物也有一种奇特的缘分？

猫狗当然不用说了，在我成长的过程中，我养过老鹰、兔子、穿山甲、野斑鸠、麻雀、白头翁，甚至也养过一头小山猪、一只野猴，但没有一只动物能像第一只松鼠那样与我亲近，也没有一只像松鼠是被我捡拾、救活，而在我的手中死亡的。

松鼠的死给我的童年铺上一条长长的暗影，日后也常从暗影走出来使我莫名忧伤。经过廿几年了，我才确信人与动物、人与人间有一种不能测知的命运，完全是不能知解地推动我们前行，使我们一程一程地历经欢喜与哀伤，而从远景上看，欢喜与哀伤都是一种沧桑，我们是活在沧桑里的；就像如今我写松鼠的时候，心里既温暖又痛心，手里好像还染着它的血，那血甚至烙印在我写满的名字上，永世也不能洗清。它是我生命里唯一的动物，永远在启示我的爱与忧伤。

仙堂戏院

仙堂戏院成立有三十多年了,它的传统还没有被忘记,就是每场电影散戏的前十五分钟,打开两扇木头大门,让那些原本只能在戏院门口探头探脑的小鬼一涌而入,看一个电影的结局。

有时候回乡,我就情不自禁散步到仙堂戏院那一带去,附近本来有许多酒家茶室,由于经济情况改变均已萧条不堪,唯独仙堂戏院的盛况不减当年。所谓盛况指的不是它的卖座,戏院内的人往往三三两两坐不满两排椅子;指的是戏院外等着捡戏尾仔的小学生,他们或坐着或站着聆听戏院深处传来的响声,等待那看门的小姐推开咿呀的老旧木门,然后就像麻雀飞入稻米成熟的田中,那么急切而聒噪。

接着展露在眼前的是电影的结局,大部分的结局是男女主角历尽千辛万苦终于好事成双;或者侠客们终于报了滔天的大仇骑白马离开田野;或者离乡多年的游子奋斗有成终于返回家乡……有时候结局是千篇一律的,但不管多么类似,对小学生来说,总像是历经寒苦的书生中了状元,象征了人世的完满。

等戏院的灯亮就不好玩了,看门的小姐会进来清理门户,把那些还留恋不走的学生扫地出门。因为常常有躲在厕所里的,躲在椅子下的,甚至躲在银幕后面的小孩子,希望看前面的开场和过程,这种"阴谋"往往不能得逞,不管躲在哪里,看门小姐都能找到,并且拾起衣领说:"散戏了,你还在这里干什么?下一场再来。"问题是,下一场的结局仍然相同,有时一个结局要看上三五次。

纵然电视有再大的能耐,电影的魅力是永远不会消失的。从那些每天放学不直接回家,要看过戏尾才觉得真正放学的孩子脸上,就知道电影不会被取代。

在我成长的小镇里,原本有两家戏院,一家在电视来临时就关闭了,仙堂戏院因此成为唯一的一家。说起仙堂戏院的历史,几乎是小镇娱乐的发展史,它在台湾刚光复的时候就成立了,在开始的时候,听长辈说,是公演一些大陆的黑白影片,偶尔也有卓别林穿梭其间,那时的电影还没有配音,但影像有时还不能使一般人了解剧情,因此产生出一种行业叫"讲电影的"。小镇找不到适当人选,后来请到妈祖庙前的讲古先生。

讲古先生心里当然是故事繁多,不及备载,通常还是有着天马行空的想象力。电影上演的时候,他就坐在银幕旁边,拉开嗓门,凭他的口才和想象力,为电影强做解人。他是中西文化无所不能,什么电影到他手中就有了无限天地,常使乡人产生"说的比演的好",浑然忘记是看电影,以为置身于说书馆。

讲古先生也不是万般皆好,据我的父亲说,他往往过于饶舌而破坏气氛。譬如看到一对男女情侣亲吻时,他会说:"现在这个查埔要亲那个查某,查某眼睛闭了起来,我们知道伊要亲伊了,喔,要吻下去了,喔,快吻到了,喔吻了,这个吻真长,外国郎吻起来总是很长的。吻完了,你看那查某还长长吸一口气,差一点就窒息了……"弄得本来罗曼蒂克的气氛变得哄堂爆笑。由于他对这种场面最爱形容,总受到家乡长辈"不正经"的责骂。

说起来，讲古先生是不幸的。他的黄金时光非常短暂，当有声电影来到小镇，他就失业了；回到妈祖庙讲古也无人捧场，双重失业的结果，乃使他离开小镇，不知所终。

有声电影带来了日本片的新浪潮，像《黄金孔雀城》、《里见八犬传》、《蜘蛛巢城》、《流浪琴师》、《宫本武藏》、《盲剑客》、《日俄战争》、《山本五十六》等等，都是我幼年记忆里深埋的故事。那时我已经是仙堂戏院的常客，天天去捡戏尾不在话下，有时贪看电影，还会在戏院前拉拉陌生人的裤角，央求着："阿伯仔，拜托带我进场。"那时戏院没有儿童票，小孩只要有大人拉着就免费入场，碰到讨厌的大人就自尊心受损，但我身经百战，锲而不舍，往往要看的电影就没有看不成的。

偶尔运气特别坏，碰不到一个好大人，就向看门的小姐撒娇，"阿姨、婶婶"不绝于口，有时也达到目的。如今想起来也不知为什么当时有那么厚的脸皮，如果有人带我看戏，叫我唤一声阿公也是情愿的。

日本片以后，是刀剑电影，我们称之为"剑光片"。看过的电影不甚记得，依稀好像有《六指琴魔》、《夺魂旗》、《目莲救母》、《火烧红莲寺》等等，最记得的是萧芳芳，好像什么电影都有她。侠女扮相是一等一的好，使我对萧芳芳留下美好的印象；即使后来看到她访问亚兰德伦颇失仪态，仍然看在童年的面子上原谅了她。

那时的爱看电影，到了如醉如痴的地步，时常到仙堂戏院门口去偷撕海报。有时月黑风高，也能偷到几张剧照，后来看楚浮的自传性电影，知道他也有偷海报、剧照的癖好，长大后才成为世界一级的大导演，想想当年一起偷海报的好友，如今能偶尔看看电影已经不错，不禁大有沧海桑田之叹。

好景总是不常,有一阵子电影不知为何没落,仙堂戏院开始"绑"给戏班子演歌仔戏和布袋戏。这些戏班一绑就是一个月,遇到好戏,也有连演三个月的,一直演到看腻为止。但我是不挑戏的,不管是歌仔戏、布袋戏,或是新兴的新剧,我仍然日日报到,从不缺席。有时到了紧要开头,譬如岳飞要回京,薛平贵要会王宝钏了,祝英台要死了,孔明要斩马谡了,那是生死关头不能不看,还常常逃课前往。最惨的一次是学校月考也没有参加,结果比岳飞挨斩还凄惨,屁股被打得肿到一星期坐不上椅子,但还是每天站在最后一排,看完了"岳飞传"。

歌仔戏、布袋戏虽好,然而仙堂戏院不再演电影总是美中不足的事,世界为之单调不少。

到我上初中的时候,是仙堂戏院最没落的时期,这时电视有了彩色,而且颇有家家买电视的趋势。乡人要看的歌仔戏、布袋戏,电视里都有;要看的电影还不如连续剧引人;何况电视还是免费的!最后这一点对勤俭的乡下人最重要。还有一点常被忽略的,就是能常进戏院的到底是少数,看完好戏没有谈话共鸣的对象是非常痛苦的。看电视则皆大欢喜,人人共鸣,到处能找人聊天,谈谈杨丽花的英气勃勃,史艳文的文质彬彬,唉,是多么快意的事,仙堂戏院为此失去了它的观众,戏院的售票小姐常闲得捉苍蝇打架,老板只好另谋出路。先是演电影里面来一段插片,让乡人大开眼界,一致哄传,确实乡人少见妖精打架,戏院景气回升不少。但妖精打来打去总是一回事,很快又失去拥护者。

"假的不行,我们来真的!"戏院老板另谋新招,开始演出大腿开开的歌舞团,一时之间人潮汹涌,但看久了也是同一回事,仙堂戏院又养麻雀了,干脆"整修内部,暂停营业"。后来不知哪来的灵感,再开业时广告词是"美女如云,大腿如林的超级大胆歌舞团,再加映香艳刺激,前所未见的美国电影",企图抢杨丽花的码头。

结局仍是天定——一鼓作气，再而衰，三而竭，仙堂戏院似乎走到绝路了。再多的美女大腿都回天乏术。

到我离开小镇的时候，仙堂戏院一直是过着黯淡的时光，幸而几年以后，观众发现电视的千篇一律其实也和歌舞团差不多，又纷纷回到仙堂戏院的座位上看"奥斯卡金像奖"或"金马奖"的得奖电影——对仙堂戏院来说，也算是天无绝人之路了。到这时，捡戏尾的小学生才有机会重进戏院。有几乎十年的时间，父老乡亲全不准小儿辈去仙堂戏院，而歌舞团和插片也确乎没有戏尾可捡。

三十几年过去了，仙堂戏院外貌改变了，竹做的长板条被沙发椅取代，洋铁皮屋顶成了钢筋水泥，铁铸大门代替咿呀的木门，处处显示了它的历史痕迹。

最好的两个传统被留下来，一是容许小孩子去捡戏尾；二是失窃海报、剧照不予追究；这样的三十年过去了，人情味还留着芬芳。

我至今爱看电影、爱看戏，总喜欢戏的结局圆满，可以说是从仙堂戏院开始的。而且我相信一直下去，总有一天，吾乡说不定出现一个楚浮，那时即使丢掉万张海报也都有了代价——这也是我对仙堂戏院一个乐观的结局。

悬崖边的树

我读初中的时候,成绩不好。由于对课外书及美术的热爱,我的初中生活一直过得迷迷糊糊,好像一转眼就升上初三了。

就在初三刚开始不久,父亲把我叫去,说:"像你的这种成绩,我的脸都被你丢尽了,我看你初中毕业不要去高雄参加联考了,你去台南考。"

我当场怔在那里,因为在我居住的乡镇,所有的孩子都是参加高雄联考,去台南考试,无异就是放逐,连在乡镇里的旗美高中也不能考了。

不知道哪里来的勇气,我自己一个人跑到台南去考高中,放榜的时候发现考上一个从未听说过的高中"私立瀛海高中"。

瀛海高中刚成立不久,是超迷你的学校,每一年级只有三个班,整个高中加起来只有三百多人。学校在盐分地带,几乎可以用"寸草不生"来形容,土地因为盐分过高,一片灰白色。学校独立于郊野,四面都是蔗田和稻田。

记得注册时是爸爸陪我去的,他看到那么简陋的校舍和荒凉的景色,大吃一惊,非常讶异地问我:"你怎么会考上这种学校?"

由于学生很少,大部分的学生都住校,我也开始了离家的生活。

住在学校认识了许多死党,加上无人管教,我的心就像鸟飞出笼子一样,几乎把所有的时间用来读课外书、画画和写文章。每到假日,就跑到台南市去看电影、逛书店。

我的高中生活大致是快乐的,除了功课以外。学校的功课日渐令我厌烦,赤字一天一天增加,到高一结束时,有一大半的功课都是补考才通过的。

这时,我默默地准备辍学或转学,当我把这想法告诉爸爸,他气得好几天不和我说话,有一天他终于开口了:"你再读一学期,真的不行,再转回来吧!"

升上高二,我换了导师,是一位七十岁的老头,听说是早年北京大学毕业的,因为在省中退休,转到私校来教。他就是后来彻底改造我的王雨苍老师。

开学不久,他叫我去他家包饺子,然后告诉我:"你在报纸上的文章我看过,写得真不错。"这是第一位确定那些文章是我写的老师,以前的老师都以为只是同名同姓的人。

然后,王老师告诉我,他从事教育工作快五十年了,差不多学生的素质一眼就可以看出来。他之所以退而不休,转到私立学校教书,不只是为了兴趣,也是为了寻找沧海遗珠。

吃完师母的饺子告辞的时候,王老师搂着我的肩膀说:"你有什么想法,随时可以来找老师谈谈,林清玄,你不要自暴自弃呀!"我从未被老师如此感性地对待,当场就红了眼睛。

接下来就像变魔术一样,我把一部分的心力用在课业上,功课虽然不好,都还在及格边缘。

由于王老师的鼓励,我把大部分心力用在写作上,不仅作品陆续发表在报章杂志上,还连续两次得到全台南市中学作文比赛的第一名,使我加强了对自己的信心,也更确定日后的写作之路。

不管是写作文或周记,或是发表在报上的文章,王雨苍老师总是仔细斟酌修改,与我热心讨论,使我在升学至上的压力中还有喘息的空间,渴望成为作家的梦想是我在高中生活中,犹如大海里的浮木,使我不致没顶,王老师则是和我一起坐在浮木上的人,并且帮我调整了浮木的方向。

在我高中毕业的时候,我不再对前途畏惧了,虽然大学的考试一直不顺利,我知道,我的写作不会再被动摇了。

一直到现在,我只要想起中学生活,王雨苍老师那高大的身影、红润的双颊就会在眼前浮现,想到他最常对我说的:"你一定会成功的,不要自暴自弃呀!"

我不知道自己是不是王老师寻找的沧海遗珠,但我知道好老师正如同悬崖边的树,能挡住那些失足坠落的学生。

现在时空远隔了,老师的灵魂已远,但我反复看到最陡峭的悬崖边,还长着翠绿的大树。

兵卒无河

小时候,我家搬住到乡镇角角一条破败的巷子中,那里住满了收入很低的人,他们生存的方式是与命运来赌生活。

巷子里的人都咬紧牙关与生活拼斗着,他们虽然不安命,却像一条汇成的河流,安分地让岁月的苦难洗炼着。因此,最引人注目的是一个妓女户的保镖,大家都有意无意地与他保持距离,大人们眼前不说,背后总是嘀咕着:"都中年的人了,还干什么保镖?"小孩见到他则像着瘟,远远地龟缩着。

保镖的名字叫旺火,旺火是巷仔内堕落与丑恶的象征。他像一团火烧得巷中人心惶惶,他干保镖的妓女户与巷子离得不远,所以他每天都要在巷里来回几趟。我搬去的第二天就看清他的脸了,脸上的肌肉七缠八交地突起,一半张脸被未刮净的胡渣子盖得青糊糊的,两边下颚骨格外大,好像随时要跃出脸颊外,戳到人身上一般。

在街坊间溜达,我隐约知道旺火。他是年轻时就凭着两膀子力气在妓院中沉沦了,后来娶到妓院中的一个妓女,便带着他那瘦小苍白的女人落厝在我们巷仔中。旺火不干保镖了,便帮人在屠宰场中杀猪。闲暇替左右邻舍干些杂活维生,倒与妻子过了一段平安的日子;连平常严肃的阿喜伯都拈须微笑："真是浪子回头金不换呀！"别人问起他的过去，他只是摇头，抬眼望向远方。

旺火的妻明明瘦得竹枝一样，人们却唤她阿桃，她和旺火倒好似同出一脉，帮人洗衣割稻总是不发一言，她无神的大眼像一对神秘的抽屉把子，有点锈了，但是没有钥匙，打不开来看抽屉中到底有些什么。阿桃即使一言不发地努力工作，流言却不能止，长舌的溪边浣衣的妇人们总传说着她十二岁就入了妓院，攒了十几年才还了院里的债，随了旺火。

他们夫妇便那样与世无争地度日，好似腐烂的老树中移枝新插的柳条，虽在风雨中飘摇着，却也鲜新地活了下来。

旺火勤恳的好脾性并没有维持多久，住巷仔的第三年，阿桃在炎热夏日的一次难产中死了，仿如桃花逢夏凋萎，阿桃留下了一个生满了烂疮的儿子。旺火的火性像冬野时躺在炉火的炭忽然遇见干帛，猛烈地焚烧，镇里人只有眼睁睁地看那团火爆烈开来。

旺火将家中能售的器物全部变卖，不能卖的都被他捶成粉碎，然后用一具薄棺就乱葬了他的妻子。

旺火更失神了，他居住的那间小小瓦屋不时传来碰碰撞撞的声音，还有小儿尖厉的长啼，他胡乱地喂养他那剋死娘亲的苦命的孩子。他很久没有在镇上露面，人们也只在走过那间屋时张脑探头一番，而后议论纷纷地离开。

有人说：他那屋壁都要被捶穿了。

有人说：他甚至摔着那生养不满一月的儿子。

也有人说：他已经瘦得不成人形了。

但是最惊人的消息是：旺火又回到妓女户去了。

"到底是干不了三天良民哩！"阿喜伯也说。

几个月后,旺火出现了！他仍然一味地沉默不语,人们常常看他低着头匆匆穿过街道,直到夜色深垂才回转家里,像和镇里人没有丝毫关系,他踱着他黑夜的道路,日复一日。

旺火那又摔又打,只喂他子母牌代奶粉的儿子竟奇迹似的像吸取了母亲魂魄般地活存下来,小孩儿长着奇特的八字眉,小小的三角脸,由于他头上长满了棋子般大小的圆状斑疮,人们都叫他"棋子",日久,竟成了他的名姓。

棋子在那样悲苦的景况下,仍一日一日地长大。

可是棋子是他阿爸旺火的噩梦,由于他的降临,旺火失去了他的妻,乡下人认为这个害死亲娘的孩子一定是个恶孽,我看到棋子时,他身上总是结满了鞭打的痕迹,每次旺火的脾气旺了,便劈头劈脑一阵毒打,棋子则抱头在地上翻滚,以减轻鞭抽的痛楚。

有一回棋子偷了旺火放在陶瓮里的十块钱去买冰,被旺火发现了。

"你这个团仔,你老母给你害死了,你还不甘心,长得一只蟾蜍样子不学好,你爸今天就把你打死在妈祖庙前。"旺火一路从巷仔咒骂着过去,他左手提着被剥光成赤条条的棋子,右手拿着一把竹扫帚,小鸡一样被倒提着的棋子只是没命地嚎哭,好奇的镇人们跟随他们父子,走到妈祖庙前的榕树下。

旺火发了疯一样,"干你娘,干你娘！"地咒骂着,他从腰间抽出一条绑猪的粗麻绳将棋子捆系在树上,棋子极端苍白的皮肤在榕荫中隐泛着惨郁的绿色,无助地暗哑地哭着。旺火毫不容情地拿起竹扫帚啪哒一声抽在他儿子的身上,细细的血丝便渗漫出来。

"干你娘,不知道做好人。"啪又打下一帚。

竹扫帚没头没脑地抽打得棋子身上全红肿了。

好奇地围观的人群竟是完全噤声，心疼地看着棋子，南台湾八月火辣的骄阳从妈祖庙顶上投射进来，燥烤得人汗水淋漓，人们那样沉默地静立着，眼看旺火要将他儿子打死在榕树上。我躲在人群中，吓得尿水沿着裤管滴淌下来。

霎时间，棋子的皮肤像是春耕时新翻的稻田，已经没有一块完好。

"乓！乓！"

两声巨响。

是双管猎枪向空发射的声音，所有的人都回转身向庙旁望去。连没命挥着竹扫帚的旺火也怔住，惊惶地回望着。

我看见刚刚从山上打猎回来的爸爸，他穿着短劲的猎装，挟着猎枪冲进场子里来，站在场中的旺火呆了一阵子，然后又回头，无事般地举起他的竹扫帚。

"不许动！你再打一下我就开枪。"爸爸喝着，举枪对着旺火。

旺火不理，正要再打。

"乓！乓！"双管猎枪的两颗子弹正射在旺火的脚下，扬起一阵烟尘。

"你再打一下你儿子，我把你打死在神明面前。"爸爸的声音冷静而坚决。

旺火迟疑了很久，望着静默瞪视他的人群，持着竹扫帚的手微微抖动着，他怨忿地望着，手仍紧紧握着要抽死他儿子的那把竹扫帚。

"你走！你不要的儿子，妈祖要！"

旺火铁青着脸，仍然抖着。

"乓！乓！"爸爸又射了一枪，忍不住吼叫起来："走！"

旺火用力地投下他的竹扫帚，转身硬邦邦地走了，人群惊魂甫定地让出一条路，让他走出去。

看着事件发生的人群围了过来，帮着爸爸解下了奄奄一息的棋子，许多妇人忍不住泪流满面地嚎哭起来。爸爸一手抱着棋子，一手牵着我踩踏夕阳走回家，他的虎目也禁不住发红，说："可怜的孩子。"

棋子在我们家养伤，我们同年，很快地成了要好的朋友，他不敢回家，一提到他父亲就全身打哆嗦。棋子很勤快，在我家烧饭、洗衣、扫地、抹椅，并没有给我们添麻烦，但是我也听过爸妈私下对话，要把棋子送回家去，因为"他总是人家的儿子，我们不能担待他一辈子的"。

棋子也隐约知道这个事实，有一次，竟跪下来求爸爸：

"阿伯，要我做什么都可以，千万别送我回家。"

爸爸抚着他的肩头说："憨囝仔，虎毒不食子，只要不犯错，旺火不会对你怎样的。"

该来的终于来了。

初冬的一个夜晚，旺火来了，他新剃着油光的西装头，脸上的青胡渣刮得干干净净，穿着一件雪一样的白衬衫，看起来十分滑稽。他语调低软地求爸爸让他带儿子回去，并且拍着雪白的胸膛说以后再也不打棋子。

棋子畏缩地哭得很伤心，旺火牵着他步出我们的家门时，他一直用哀怨的眼神回望着我们。

天气凉了，一道冷风从门缝中吹袭进来。

爸爸关门牵我返屋时长叹了一口气！

"真是命呀！"

棋子的命并没有因为返家而改变，他暴戾的父亲仍然像火一样猛烈炙烧他的心灵与肉体，棋子更沉默无语了，就像他死去的母亲一样，终日不发一言。

才六岁,旺火便把他带到妓院去扫地抹椅、端脸盆水了。

偷闲的时候,棋子常跑到我家玩,日久我们竟生出兄弟一般的情感。我有许多玩具棋子很喜欢,简直爱不忍释;可是我要送他时,他的脸上又流出恐惧的神色,他说:"我阿爸知道我跑到你家,会活活打死我。"那么一个小小的棋子,却背着生命沉重的包袱,仿佛是一个走过沧桑的大人了。

偶尔棋子也会对我谈起妓院的种种,那些事故对于才六岁的我,恰如是天的远方。那是一个颓落委靡的地方,许多人躲在暗处生活着,又不知道为什么活着。棋子看到那些妓女们会想起他歹命的母亲,因为街坊中一直传言着,棋子的母亲是被他剋死的,有一次他竟幽幽地诉说起:"为什么死的是我阿母,不是我?"

当我们一起想起那位苍白瘦小的妇人,常常无言以对,把玩耍的好兴致全部赶走了。

有时候我偷偷背着父母,和棋子到妓院中去,看那些用厚厚脂粉构筑起来的女人,她们排列着坐在竹帘后边,一个个呆滞而面无表情,新来的常流露出一种哀伤幽怨的神色。但是一到郎客掀开帘子走进来时,妓女们的脸上即刻像盛开的塑胶花一样笑了起来,那种瞬即变化的表情,令我暗暗惊心。

我印象最深的是,那家妓院的竹帘子上画了两只色彩斑斓的鸳鸯,郎客一进来,那一对鸳鸯支离破碎地荡开,发出窸窸窣窣的声响,要很久以后它才平静下来,一会儿又被惊飞。我常终日坐在妓院内的小圆椅上看那对分分合合的鸳鸯——也就在那样幼小的年岁里我已惊醒到,妓院的女子也许就像竹帘上荡来荡去、苦命的鸳鸯呀!

七岁的时候,棋子苦苦地哀求旺火让他去上学,连一学期四十元的学费都要挣扎半天才得到。

棋子终于和我一起去上一年级,他早上上学,下午和晚上仍到妓院去帮忙,上学非但没有使他快乐,反而让他堕进生命最苦难的深渊。旺火给他的工作加倍了,一生气,便是祖宗十代的咒骂:

"我干你老母,我们张家祖公仔十八代没有一个读书,你祖公烧好香,今天你读书了,有板了,像一只蟾蜍整日窝蹲着,什么事也不干,吃饭、读书,读我一个烂鸟!"

棋子这时要用一块一块柴火烧妓女户全户的热水,端去让一群人清洗肮脏丑陋的下身,他常弄得满身烟灰,像是刚自地底最深层爬出来的矿工,连妓女们也说,眉头深结的棋子顶像他已亡故的母亲。

也不知道为什么,棋子与我都疯也似的爱上下棋,每当妓女户收工,旺火又正巧出去酗酒的时候,我们便找到较隐蔽的地方偷偷厮杀半天,往往正下到半途,棋子想到旺火便神色恐怖地飞奔回去,留下一盘残局。

我们玩着一种叫作"暗棋"的游戏,就是把棋子全部倒盖,一个个翻仰,然后按着翻开的棋子去走,不到全翻开不能知道全盘的结果,任何人都不知道最后的结果。

长大后我才知道,暗棋正像一则命运的隐喻,在起动之初,任谁也料不到真正的结局。

棋子在妓院中工作的事实,乡人也不能谅解,连脾气最好为人素所敬仰的阿喜伯也歪着嘴角:"这颗扫把星,剋死伊老母,将来恐怕也会和他阿爸一模一样,干那种替妓女出气的保镖呢!"人们也习惯了棋子的悲苦,看到被打得满地乱滚的棋子如同看着主人鞭打他的狗一般,不消瞥看一眼。

学校里的孩子也和大人一样世故,每当大家正玩得高兴,见到棋子便电击一般,戛然而止。棋子也抗拒着他们,如同抗拒某种人生。

一天午后,棋子趁旺火午睡,妓女们休闲时跑来找我,一起到暗巷中摊开纸来下棋。

"我想要逃走。"棋子说。

"逃走？"我有点惊惶。棋子拉开他左手的衣袖,叫我看他伤痕满布的手臂,那只瘦弱的手上交缠着许多青紫色的线条,好像葡萄被吃光后的藤子,那样无助空虚地向外张开脉络,他用右手轻轻掩上衣袖,幽幽地叹口气,说:"为什么他那么恨我?"

正当我们眼睛都有些濡湿的时候。

我看见,一只大手不知从哪里伸来,紧紧扣住棋子的衣领向空提了起来,我不禁尖声惊叫,棋子的脸霎时间像放久了的柚子,缩皱成一团,脸上流露着无助的恐惧,他颤栗着。

"干你老母,妓女户无闲得像狗蚁,你闲仙仙跑来这里下棋!"旺火一手提着棋子,一手便乱棒似的打着棋子,棋子流泪沉默着,像是暴雨中缩首的小鸡子,甚至没有一句告饶。

"好!你爱下棋,让你下个粗饱!"旺火咬牙说着,右手胡乱地抓了一把棋子,将粒粒的棋塞到棋子因恐惧而扭曲的嘴巴中。我听到棋子呕呕的声音,他的嘴裂了,鲜血自嘴角点点滴滴地流下来,眼球暴张,旺火的脸也因暴怒而扭乱着,他瞥见我呆立一旁,脸上流过一丝冷笑,说:"干,看啥?也想吃吗?"

我吓得直打抖,便没命地奔回家去唤爸爸,那一幕惊恐的影像却魔影也似的追打着我。

爸爸来不及穿上衣,赤着身子跑到暗巷里去。

我们到的时候,只看见满地零零落落的鲜血,旺火和棋子都已经不知去向,我们又跑到旺火的家,只见桌椅零乱,也不知何处去了。

爸爸还不死心,拉着我上妓女户去。

老鸹满脸堆欢地走出来："哇！林先生，今日是什么风把你吹来了？"

爸爸冷着脸，问："旺火呢？"

"下午跑出去找他后生，再也没有回来呢！"

"天杀的！"

被怒火焚烧的爸爸牵着我的手又冲跑出来，我们就在镇里的大街小巷穿梭了几回，哪里还有棋子的踪影，我疲累无助地流下了眼泪，爸爸很是心慌：

"哭什么？"

"棋子一定会死的，他吃了一盘棋。"

爸爸又怨恨又焦虑地叹了一口气，带领着我回家，我毫无所知地走着，走着，棋子的苦痛岁月一幕一幕在我脑中放映，我好像有一个预感，再也见不到棋子了。

然后，我便忍不住哭倒在爸爸的怀里。

二十年的漫漫天涯，我进了电影界，并有机会担任副导演的工作，有一次我们要在金山海边拍一场无聊的爱情戏，为了男女主角的殉情，我们安排了一个临时搭起的小屋，每天我就到海边去看那一间用一片一片木板搭盖起来的房子。

快要完成的那一天，我在屋顶上看见一个熟悉的身影，正在烈日的午后勤奋地钉着铁钉，当他抬起头时我看清了那一张小小的三角脸、八字眉，我的心猛然一缩——那不是棋子吗？

"那个留平头的青年叫什么名字？"我踟蹰了一下，去见他们的工头。

"阿基仔。"

"他是哪里人？"

"我们搭外景的工人都是临时招募来的,我不知道他是哪里人。"

"他是不是爱下棋?"工头摇摇头,两手一摊,便又去做他的工作了。

我站在旁边端详很久,忍不住抬头高唤了一声:

"棋子!"

年轻人停止手边的工作,用茫然的眼神望了望我,"我……"我的话尚未出口,他又继续做他的工作。

"棋子,我是阿玄,你不认识我了吗?"

"先生,你认错人了。"他脸无表情地说。

"你小时候常和我一起的呀!你爸爸旺火呢?"我热切地怀抱着希望地说。

"先生,你认错人了。"

他皱眉,冷冷地说。

我不敢再问,只能站得远远的,看那一座脆弱的、随便搭盖起来的外景房子,在薄暮的海风中渐渐成形。

当夜我折腾了一夜,想起日间那一个熟悉的影子,与我幼年时代的影像一贴合,不禁兴念起许多生命的无常,我几乎可以肯定那个脸和那个神情,便是隐埋在我心最深处的棋子。

"那一定是棋子!"

我便在这一句简单的呼喊中惊得每根神经末梢都充血地失眠了。

第二天,我再到外景地去问工头,他说:"伊喔,昨日晚也不知为什么说辞工不做,拿着工钱走了,现在的工人真没办法……"然后他想起什么似的惊诧地问我:"先生,找他有什么事吗?"

"没有,没有,只是问问。"

我心慌地说。

那一刻我知道,棋子将在我的生命中永永远远地消失了。

星落尼罗河

林清玄散文精选

岁月的灯火都睡了

前些日子在香港,朋友带我去游维多利亚公园,我们黄昏的时候坐缆车到维多利亚山上(香港中国人称为太平山)。这个公园在香港生活是一个异数,香港的万丈红尘声色犬马看了叫人头昏眼花,只有维多利亚山还保留了一点绿色的优雅的情趣。

我很喜欢上公园的铁轨缆车,在陡峭的山势上硬是开出一条路来,缆车很小,大概可以挤四十个人,缆车司机很悠闲地吹着口哨,使我想起小时候常常坐的运甘蔗的台糖小火车。

不同的是,台糖小火车恰恰碰碰,声音十分吵人,路过处又都是平畴绿野,铁轨平平地穿过原野。维多利亚山的缆车却是无声,它安静地前行,山和屋舍纷纷往我们背后退去,一下子间,香港——甚至九龙——都已经远远地抛在脚下了。

有趣的是,缆车道上奇峰突起,根本不知道下一刻会有什么样的视野,有时候视野平朗了,你以为下一站可以看得更远,下一站有时被一株大树挡住了,有时又遇到一座卅层高的大厦横生面前。一留心,才发现山上原来也不是什么蓬莱仙山,高楼大厦古堡别墅林立,香港的拥挤在这个山上也可以想见了。

249

缆车站是依山而建,缆车半路上停下来,就像倒吊悬挂着一般,抬头固不见顶,回首也看不到起站的地方,我们便悬在山腰上,等待缆车司机慢慢启动。终于抵达了山顶,白云浓得要滴出水来,夕阳正悬在山的高处,这时看香港因为隔着山树,竟看出来一点都市的美了。

香港真是小,绕着维多利亚公园走一圈已经一览无遗,右侧由人群和高楼堆积起来的香港、九龙闹区,正像积木一样,一块连着一块,像一个梦幻的都城,你随便用手一推就会应声倒塌。左侧是海,归帆点点,岛与岛在天的远方。

香港商人的脑筋动得快,老早就在山顶上盖了大楼和汽车站;大楼叫"太平阁",里面什么都有,书店、工艺品点、超级市场、西餐厅、茶楼等等,只是造型不甚调合。汽车站是绕着山上来的,想必比不上缆车那样有风情。

我们在"太平阁"吃晚餐,那是俯瞰香港最好的地势,我们坐着,眼看夕阳落进海的一方,并且看灯火在大楼的窗口一个个点燃,才一转眼,香港已经成为灯火辉煌的世界。我觉得,香港的白日是喧哗让人烦厌的,可是香港的夜景却是美得如同神话里的宫殿,尤其是隔着一脉山一汪水,它显得那般安静,好像只是点了明亮的灯火,而人都安息了。

我说我喜欢香港的夜景。

朋友说:"因为你隔得远,有距离的美,你想想看,如果你是那一点点光亮的窗子里的人,就不美了。"他想了一下说:"你安静地注视那些灯,有的亮,有的暗,有的亮过又暗了,有的暗了又亮起来,真是有点像人生的际遇呢!"

我们便坐在维多利亚山上看香港九龙的两岸灯火。那样看人被关在小小的灯窗里,人真是十分渺小的,可是人多少年来的努力竟是把自己从山野田园的广阔天地上关进一个狭小的窗子里,这样想时,我对现

250

代文明的功能不免生出一种迷惑的感觉。

朋友并且告诉我,香港人的墓地不是永久的,人死后八年便必须挖起来另葬他人,因为香港的人口实在太多了,多到必须和古人争寸土之地——这种人给人的挤迫感,只要走在香港街头看汹涌的人潮就体会深刻了。

我们就那样坐在山上看灯看到夜深,看到很多地区的灯灭去,但是另一地区的灯再亮起来——香港是一个不夜的城市——,我们坐最后一班缆车下山。

下山的感觉也十分奇特,我们背着山势面对山尖,车子却是俯冲下山,山和铁轨于是顺着路一大片一大片露出来。我看不见车子前面的风景,却看见车子后面的风景一片一片地远去,本来短短的铁轨愈来愈长,终于长到看不见的远方,风从背后吹来,呼呼地响。

我想到,岁月就像那样,我们眼睁睁地看自己的往事在面前一点一点淡去,而我们的前景反而在背后一滴一滴淡出,我们不知道下一站在何处落脚,甚至不知道后面的视野怎么样,只能走一步算一步。

往事再好,也像一道柔美的伤口,它美得凄迷,却是每一段都是有伤口的。它最后连结成一条轨道,隐隐约约透露出一些规则来,社会和人不也是一样吗?成与败都是可以在过去找到一些讯息的。

我们到山下时,我抬头看维多利亚山,已经笼罩在月光之中,那一天,我在寄寓的香港酒店顶楼坐着,静静地沉默地俯望香港和九龙,一直到九龙尖沙咀的灯火和对岸香港天星码头的灯火,都在凌晨的薄雾中暗去,我想起自己过去所经验的一些往事,我真切地感受到,当岁月的灯火都睡去的时候,有些往事仍鲜明得如同在记忆的显影液中,我们看它浮现出来,但毕竟是过去了。

芳香百里馨

我们坐在百里馨岛上唯一的餐厅,叫了一杯椰子水,等了半个多小时还没有来,我跑到柜台询问,掌柜的菲律宾青年指指门外,一径地傻笑着。

我不明所以,跑到门外,看见刚刚的那一位侍者正抱在椰子树的顶端采椰子。不,不能算是采椰子,而是砍椰子,他用一把长刀,啪一声把一串椰子砍下来,椰子便劈劈啪啪地落在草地上,侍者从椰子树爬下来,看到我站在树下,他咧开嘴,笑嘻嘻的。

接下来,他用砍椰子的长刀,把椰子壳砍了一个洞,插上一支吸管,直接从椰子树下端到我们的桌上。

我喝着刚从树上砍下的椰子水,算算时间已经快一个小时,心里想着:"好险呀!幸好椰子树就种在餐厅门口,如果是种在几百公尺以外,等他采来,岂不是就天黑了!"

菲律宾人天生的慢动作,说好听一点是从容,说难听一点是懒散,其实是他们生性单纯,所求不多,特别是远离马尼拉四十分钟机程的百里馨岛,人民心性之单纯超乎了我们的想象。

例如,假若有五个人一起进餐厅,一人叫椰子水,一人叫柳橙汁,一人叫苹果汁,一人叫可乐,一人叫芒果汁,那侍者立刻就呆若木鸡,因为光是背下这五种不同果汁的名字,对他来说就太复杂了。

我对朋友说:"我们别整他了,如果再加上一杯咖啡、一杯红茶、一客冰淇淋,他可能立刻昏倒在地上。"

那可怎么办呢?

先点一杯椰子水,等他端来了,说:"再来一客柳橙汁。"如是者五,他一趟一趟地来回走,不会算错,也不会造成负担。何况是在岛上,谁在乎时间呢? 一步一步来也不会有什么事。

旅馆部的侍者也是很单纯的,他们常常坐在海边椰子树干和树叶搭成的凉亭聊天,只要有人从房间出来,他们就会微笑地走过来问:"有什么事吗?"那是因为岛上的房间没有电话,一切都要面对面相询。

你摇摇头说:"没事。"然后到海岸散步,他看你走远了,就径自进去帮你收拾房间,因此每次出门回来,房子总是窗明几净的,算一算,他一天里总要来收拾四五趟。一直到晚上,他为你提来一壶开水,然后亲切相问:"还有什么事吗?"你说:"没事。"他微笑、鞠躬、告退。一天的服务才告落幕,这种像是一家人的服务,即使是五星级的大饭店也没有。

生活在百里馨岛,时间和空间几乎都是静止的,在时间上,没有什么开始,也没有什么结束,岛民的生活几乎是日复一日,像一条绳子一样向前拉去,使我们想起古老民族的结绳记事,生活的变化小到就像时大时小的绳结。在空间上,百里馨岛小到只要半日就可以绕岛一圈,居民总共只有八百人,没有电视、没有报纸、没有资讯,甚至没有电,与外界的联系只有小飞机和渔船,它与整个世界是完全隔绝的,这个世界如果在一夜之间消失,百里馨人不会知道,或者百里馨如果一夜陆沉,世界也不会知道吧!

百里馨人出生在这个世界,以蓝天、大海、椰林为家,他们自给自足,既不需要欲求,也没有什么渴望,只是如实地单纯地生活着。他们不需要知道菲律宾,也不需要去向往马尼拉。

我问过带我们到海上观光的中年渔夫,他这辈子还没有离开过百里馨,原因是,驾渔船到任何一个其他的岛都太远了。因为没有离开的欲望,生活就变得十分纯粹了。

像百里馨,一年只有两季,一季是干季、一季是湿季,不论干湿,气温都是十分宜人的,只要有一件短裤,几乎就可以过一辈子。有很多孩子,甚至整年赤身露体在岛上跑来跑去,衣饰是没有什么需要的。

食物更简单,地上有终年不缺的椰子和香蕉,海上只要出海就有鱼获,一个上午捕的鱼,几天也吃不完。椰子林中有山蟹,一个晚上就可以捉到一桶,全都不需要购买了。

房子那就更简单了,椰子树作建材,几人合力,一天就可以盖一幢屋子。

当然,住在这里的人也有生老病死,死了,岛上的人也不哀伤,把他抬到可以涉水而过的"死亡之岛",草草埋了,生不带来,死不带去,与天地同生,与草木并朽。从百里馨看"死亡之岛",林木苍苍,应该也是净土的所在吧!

除了文明之外,百里馨什么都具足了,我们在文明中生活的人,很难想象没有资讯、没有电、没有电话的生活是什么滋味,但这种困惑,百里馨人是不会有的。

说百里馨没有电也不确实,百里馨岛到了夜晚自备火力发电机,从晚上六点半到深夜十一点半发电,夜里的百里馨灯火通明,小路上都是一串串的灯泡,使人有宁馨安逸之感。到了十一点半,全岛陷入一片漆黑,极适合坐在海边沉思。

也唯有在完全漆黑中,我们才会发现大地即使在黑夜里也会自然发光,天空中月光星光交织,大海上波光潋滟,还有满天飞舞的萤火虫,萤火虫数量之多超过人的想象,有很多树因为停满了萤火虫,变成一棵棵"萤火树",美极了。

我们曾在夜里,随当地的住民到山林间去捉山蟹,他们提着煤油灯,手脚敏捷,一个夜晚就能捕到一桶山蟹,有时在路边也能捡到山蟹,只只都有手掌大。我也曾在夜里带孩子在海边散步,捡拾寄居蟹,有一次竟然在海边捡到一只章鱼,活的,拍了照片之后就把它放生了。可知在黑暗之中,大地是充满生机的。

到了白天,百里馨被晨光唤起时最美,由于昨夜的涨潮在清晨退去,整个白沙海岸布满美丽的贝壳,星星是天上的贝壳,贝壳则是海岸的星星。我曾花了一个上午的时间,带孩子绕着海岸捡拾贝壳,晶白的、宝蓝的、玄黑的、粉红的、鹅黄的,各形各色的贝壳,在捡拾的时候使我感伤:在台湾也有很多海岸呀!贝壳到底是哪里去了?

百里馨是一个自主的王国,岛主是华裔的菲律宾人,听说他花了近二十年的时间来治理、经营这个岛,全岛为椰子树和花草所覆盖,整个是一座花园,甚至找不到一个石头。难以想象的是,岛上有很多雅致的别墅,有一座高尔夫球场、一个设备完善的游泳池、一个巨大洁净的餐厅。这么现代的设备是为了招待极少数有缘在百里馨度假的观光客。

为了担心旅游品质遭到破坏,每次只招待廿五个客人,正好坐两架小型的飞机,一下了飞机就完全与世界隔离,甚至一切消费都不付现,而是用记账的方式。岛上唯一的商店,只有三坪大,只卖泳衣、汗衫和贝壳,恐怕这是世界上最不商业化的观光区了。我们一家三口在百里馨住了三天,除去吃住,结账时总共花了二十五元美金。

为了与岛民分界,岛主在百里馨中间画了一条线,规定岛民除了旅馆部的工作人员,不可超过那个界限,岛主的规定有如圣旨,因此住在百里馨的观光客如果不到岛的另一边,根本看不到一个住民。我们曾到岛的另一边去,印象深刻的是有一间小学、一间天主堂、还有一家椰子油工厂,居民的住屋架高而通风,有点像兰屿的民居。

居住在花草、椰子树与大海岸边的岛民,可能并不知道在这个普受污染的世界,他们是住在一片净土之上。我记得刚下飞机的那一刻,有许多同伴异口同声地惊呼:这简直是传说中的极乐世界!

听说我们是第二批到达百里馨的中国旅客,对于一向以采购著名的中国旅行团,百里馨还是一片处女之地。

第三天要挥别百里馨的时候,所有的人都有不舍之情,时间并未静止,空间也并未静止,如果生命里这样的日子有三个月不知道有多好!我的孩子听到我的感叹,他适时提醒我:"三个月就会很无聊了。"对呀!我们这些被文明、繁荣、匆忙所宰制的人,已经没有单纯过活的心了。

登上飞机的那一刹那,我以深呼吸来告别百里馨,闻到空气中有一种单纯、清净的芬芳,在台北,这样的空气我们已经许久没有闻到了。

这时,我想到,百里馨的原文是 Balesin Island,第一个翻译成中文的是个天才!

在飞机上,带我们去百里馨的导游小谭说,菲律宾共有七千一百多个岛,有二千多个岛没有名称,有三千多个岛无人居住,菲律宾政府财政困难,大部分的岛都是可以出售的。

"怎么样?到菲律宾来买个岛吧?"小谭说。

我心里想,拥有一个真实的岛可能是艰难的,但在心里有一个岛,有大海、有花草、有椰影、有萤火、有蓝天,不受污染,那也就很好了。

因此我没有回答,带着我心里的岛飞越大海,告别了百里馨。

星落尼罗河

黄昏来的时候,是尼罗河最热闹的时间。

阳光这时脱下了热情的白衣,露出了河水一样的温柔,踩着浅棕色的步子,从上游一路走过河岸;恍惚间,众树喧哗,万雀争唱,本来躺在树下午睡的人也纷纷起身,赶着系在一旁的驴子,要走那未走完的路。

我坐在尼罗河中部路克索的旅店阳台,视线越过正如火开放的凤凰木,越过绿得晶明的草坪,十公尺外就是尼罗河。这条河多年以来在地理课本上、历史课本上读过,在文明史、艺术史上沉思过,在电影上、在梦境里白帆驶过,现在正南北纵横地展开在视线的两头了。

即使是近了秋天,尼罗河的日照还是很长,要到夜里八点,天色才拉下一张灰色的帐子,四周景物还看得清明,将褪未褪的夕阳在河岸上还留着余光点点;白日的炙热退去;夜晚的寒凉掩来,装饰豪华的马车得得,在慢慢冷却的柏油路上跑着轻快的步子;长袍的埃及人步履无声,仿佛伴着影子,飘飘走过。孩子们在温柔的草地上打滚、追逐。

尼罗河在动着,可是人的感觉仍然静寂,最惊人的大概是麻雀与燕子吧,麻雀结束了一天的觅食,纷纷在树上栖停;这里的麻雀好像无巢,全挤到树上,由于每棵树都挤满了,它们一直不停地在争取自己的位子,叽叽喳喳一阵，哗然全部飞起，然后如雨点般落下归位；争吵、飞起、归位，不断在那里闹着；每棵树都那样，就益发觉得麻雀们的世界热闹非凡，这种游戏，要一直进行到天色黑了才休止。麻雀过度的吵闹与骚扰，使凤凰花落得一地都是。

比起麻雀，燕子是安静的处子。一大群一大群剪着尾羽做一天最后的飞翔，随着河面上开始有风，燕子全身放松，任风飘飞，好像剪纸一般贴在湛蓝色的天上，从天空缓缓滑下，滑到接近树梢，突然一阵扭头转飞奋扬而起；那时它不是剪纸，而是活生生的燕子，只是在热浪中显得慵懒罢了。

尼罗河的麻雀与燕子，使我在劳累的旅途上想起台湾南部的家乡，唯一不同的是，台湾的河没有这么清，天没有那么蓝，阳光也没有如此明艳。尼罗河水深到无波，透明泛出微微青色，天干净得没有一片云，是那种深深而温润的蓝，沙洲上的植物肥满得翠绿欲滴，背景是金色浩瀚的沙漠——这些好景致，当然都是因为黄昏。如果是中午，阳光当头，再美的景物也无法欣赏，就像底片曝光过度，无法显影，再美的景致都是枉然。

尼罗河是我梦想多年的地方，但是第一眼看到尼罗河时，心里有说不出的失望。一个埃及导游带领我们从市区往郊外走，先是高耸的大楼、精美的回教寺院、穿梭来往的人群，然后走到坟墓区，导游正在说明埃及人如何注重来生，因此他们的坟墓都是一个家族聚在一起，盖得像院落，那孤独坐在墓区的，是富有人家请来看守坟墓以防被盗的人。走着走着，他指向眼前一条并不开阔的河流，不经意地说："这是尼罗河！"

"尼罗河！"我们惊叹起来，颇为眼前这一条脏黑的河流是尼罗河而不敢相信自己的眼睛，埃及人知道我们的意思，他苦笑着说："这一定不是你们想象的尼罗河，但有哪一条流过都市的河流是干净的呢？"我们笑起来，在脑中寻思着所有经过都市的河流，确实在记忆中不曾有一条是干净的，尼罗河自然不能例外。就像埃及人所说，尼罗河从发源地维多利亚尼安撒湖开始向北流，一开始全是洁净的，到了开罗三角洲以后混沌一片，是全长四千哩的尼罗河最脏的一段。

他说："都市，是任何自然的敌人，在都市里，山水花木都不能干净，人自然也不能干净了。"我颇为这满脸胡茬的埃及人说出如此的智慧语而感叹，到后来才知道他的名字叫穆罕默德。

穆罕默德和所有的埃及人一样，对尼罗河含有一种深刻的感恩。说起尼罗河的重要，他说他活到三十岁了，还没有看过下雨的景象，埃及不知多少年才能下一次雨，至少已经三十年没有下过了。长久的缺乏雨水，埃及人却能一代一代地活下去，那是因为有尼罗河；数千年来，尼罗河不但是埃及人的生命之泉，也是埃及文明沿承发展的神经，所以虽然它污染严重，埃及人仍像神一样敬重着它。

但是对万里迢迢赶来的我们，污秽的尼罗河仍然令我们感到痛心，它不再是流经沙漠的碧澄之水，而与沙漠同色，甚至比沙漠更幽暗了。站在桥上，看两边的尼罗河，真难以想象，它在百年、千年，甚至万年以前是什么颜色，它像一枝长针刺破了我们远方的梦想。想想四千万人口的埃及，有一千四百多万聚集在开罗，似乎也就没有希望能干净了。

我不愿相信在开罗所见的是真正的尼罗河。

幸好，我们的行程开始往南方移动，先是离开开罗到基沙，看到一大片玉米田和橄榄树如何接受了尼罗河的灌溉，长出累累的果实，然后到了埃及最古老的都城孟菲斯。这里离开罗已远，大麦茂盛地生长，沿尼罗河岸还有墨绿色的西瓜田，已经是农业地区了；妇人们缓缓滑下河岸斜坡，从河边汲水到陶罐子里，顶起在头上，轻步走过市街；驴子转动水车，把河水打进田里，小孩光着身子成群跳进河中戏水，河岸水浅处也能见到翠绿的水草了。

尼罗河是世界上唯一北流出海的河流，我们往南方行走正是溯河而上，慢慢逆寻它清澈的流迹。从开罗搭埃及航空公司航班飞往路克索和帝王谷的空中，我特别留心观察这世界最长的一条河流。俯瞰的尼罗河如一条蓝色的襟带，从无边的沙漠穿越而过，埃及的空中无云，飞机越高飞，越能感受到尼罗河的绵延无尽，仿佛能看到公元前三千年在尼罗河航行的船只，正运着巨大无比的石块，要向北去建造法老王的金字塔。

真正体会尼罗河之美是在路克索的黄昏。在这个只有七万人口的小城，依靠过活的方式是农业和观光，还有极少数人从事尼罗河的鱼捞，及小交易的商业，所以尼罗河几乎是未被污染的。它两岸的植物也都长得格外青葱，草地是不用说了，满树繁红的凤凰花，白色与粉红色的夹竹桃，高大如塔的樟树，擎天而举的槟榔……在路克索的三天，天天有说不出的惊喜，因为想象不到的植物竟都在这里看到。第二天发现了扁柏、武竹、天人菊、向日葵、芦荟、九重葛、变叶木、木麻黄，就像是走在台湾乡间的小镇。第三天看到了一片稻米田、一片棉花田，还看到令人不敢相信埃及会有的莲花。尼罗河的富庶不必再看河水了，只看植物生长的情况就能深切知道。

最好当然还是天蓝无云，落日深红的黄昏，虽说尼罗河畔温度较沙漠凉爽，到底还是非洲的太阳不能承受，本生本长的埃及人也吃不消他们的太阳，所以埃及众神里，太阳神最发达。他们午后吃过饭，纷纷斜躺在草地上午睡，抽闷烟、聊天，马、驴子、骆驼也全躲在树下，等太阳西斜，要到下午三点以后才慢慢有人慵懒地上工。路边那卖埃及茶的老人也怨天热，自己倒杯茶在凉棚喝起来了。

只有到黄昏要来临前，小镇才突然从燠热的昏睡中醒转，才热闹起来。懒散的埃及人看到日头要落进平沙，早就收工了，在埃及工作时间之短颇令人吃惊。那里，当然是没有冷气的，整个路克索，只有临着尼罗河的三家旅馆有冷气的设备，只是不准本地人进入纳凉，不知道为了什么。

我说路克索的黄昏美，不仅限于景色。路克索小城中心有一个夜市，黄昏才开放，夜市里卖有许多埃及特产，还有提着手工艺品穿梭贩卖的人。埃及人是全世界最会讨价还价的人，与美金几乎等值的埃及币，如果他开价一百元，可能五元就可以买到，因此不管开价多少，总是从二元开始出价；平常慵懒的埃及人，讨起价来声音奇大，语言也模糊不清，如果一家小店中有三个客人就仿佛一个市集一般，千军万马的情况可以想见。夜市里也有很高级的店，卖欧洲进口的用品，从最好的到最坏的，唯一没有的是吃的东西，一个摊贩告诉我们："要吃东西，要到尼罗河畔。"

沿着尼罗河畔，路克索有许多小吃店，一半架在河上，一半搭在草坪上，用的是竹子和稻草。许是省电的关系，小吃店一律点蜡烛，进来一位客人点一支蜡烛，到处烛光摇曳。临河的窗子是用竹子向外撑，河面上的风微微吹送，河上还有月光与星光，衬着屋里的烛光，河面显得格外的光明。

对埃及的食物我们毫无概念，只叫了一客典型的地方食物，主菜当然是闻名于世界的尼罗河鱼了。在河畔烛光的晚餐中不能无酒，又点了一瓶土制的埃及啤酒。先上来的是啤酒，金赤色，喝在口中有点刺舌，是道地尼罗河水酿造的，小吃店的服务生说。

接着送上黄瓜与大饼，削片的黄瓜爽脆可口，大饼是粗麦做成，硬得像窝窝头，难以下咽。主菜里有一小撮大米、一小撮黄豆，与半条尼罗河鱼同熬，味道甚是奇特。尼罗河鱼值得一记，形状与台湾的尼罗河红鱼一般，却比台湾的大三倍，也不是红的，是褐色，肉质极粗，味同橡皮，我们总算领教了道地的埃及菜。第二天并且付出代价，上吐下泻，腹痛如绞,我们的导游说这是"尼罗河肚子痛",是大部分观光客都会遇到的,他说:"尼罗河水就是这么奇怪,埃及人吃了无碍,外地人一吃就闹肚子。"他并且警告我们不要下尼罗河玩水,因为里面菌类丰富,外地人连洗手都可能敏感。

虽然尼罗河的晚餐是要付出代价的,但我还是喜欢那样的晚餐,尤其是夜渐渐深沉,能听闻河水轻轻的流动声,看烛光与月光映照,星子一颗颗明亮的倒影,就像突然从天空落到水上,无声而清明。埃及古文明数千年就像河水流过长夜,那闪亮的星子则是永垂的古迹,能听到法老王轻轻的咳声。

离开路克索一小时车程的帝王谷,也在尼罗河旁,是历代埃及君王的陵墓之地,景观却与路克索完全不同。路克索到处是绿色植物,漾满生机;帝王谷则是巨石与沙漠的天下,一株草都难以生长;偶尔路过几个小村,居屋窄小,人民生活贫困,车子一停,大群衣衫褴褛的孩子就围在窗口向人乞讨,随便给一个孩子一颗糖,就可能造成孩子打成一团,看起来让人伤心。导游告诉我们,除了城市较繁荣以外,埃及人部分土地上都是这样贫苦的人民,虽然他们也依尼罗河维生,可是沙漠大部分土地无法种作,耕地极小,生活至为不易。

当我们看到帝王谷里那豪华的,铺满金银宝石,四周全是彩色斑斓的壁画时,我不禁想起就在谷地四周穷得无鞋可穿的孩子。为什么埃及曾有那么伟大的文明,而如今的埃及人却连三餐都不继,更不用说文明了。为什么同样饮着尼罗河的水,开罗的富豪吃饭时还边看肚皮舞,而南方的村落里竟吃不到一颗糖?在卡拉卡大神庙后的尼罗河边我几乎明白了这个道理,此岸是沙,隔几十公尺才长出一丛草,而彼岸却是正在结穗的广大稻田——这是尼罗河自己也无法决定的事吧。

埃及人普遍的相信命运、相信轮回、相信有一个来生的期待,与尼罗河两岸景观的不同大概也有莫大关系。贫困的埃及人相信来生,是希望有比今生更好的日子。

法老王相信来生,则寄望来世还是个王——导游告诉我说:"以前,许多埃及人都不知有大海的,以为尼罗河是无穷流去,没有尽头,甚至流到来生。"从这里,大约能看到尼罗河不仅是埃及人命运的象征,也是他们对无尽生命的寄望。

路克索还是尼罗河豪华游轮的停靠大站(这种游轮因在电影《尼罗河谋杀案》上出现而举世知名),听说乘坐游轮,从开罗一路往上游,到亚斯文时几乎能看遍埃及古迹。我们无缘搭乘,只好搭阿尔及利亚航空公司飞机沿河而下,一路到亚斯文——这个以世界第一大拦水坝闻名于世的地方。

我们居住在亚斯文的象岛上,听说岛上以前产象群,不知何时已绝种了。全岛只盖一家"奥比罗饭店",四周则是饭店的庭院和草坪,尼罗河到此分叉,象岛是最富庶的一块绿洲。"奥比罗饭店"有自备的轮船作为与对岸亚斯文大城的交通工具,还有帆船供人乘坐,住在象岛绿洲才更深刻感觉尼罗河的魅力。河水像两只温柔的手臂环抱着小岛,四周全是澄明呈碧绿色的尼罗河水,由于有绿洲,河水流速更缓,仿佛大湖。远望尼罗河的来势,真是河水滔滔,有无穷之相;亚斯文的尼罗河又比路克索要美,因为它更巨大、更清洁,渔产也更丰富。

要说亚斯文的尼罗河段渔产丰富,不必看那两人一组的舟子在河面上撒网捕鱼,光看河岸边的白色水鸟就能知悉。水鸟群聚在沙洲上密密麻麻,竟是没有丝毫空隙,轮船驶过则全数飞起,啾啾相应,那时每一只水鸟是一个音符响起,千万个音符随风响起,尤其是清晨和黄昏,水鸟就跟随着轮船驶过的波动水涟,寻找着浮出水面的游鱼,满天翱翔的水鸟,景观甚是壮丽。舟子说,尼罗河流过肯尼亚、乌干达、伊索匹亚、苏丹、埃及,而亚斯文这一段算是最美的。我们问他为何知悉,他说从出生就长在尼罗河畔,曾溯河驶船而上,几乎看遍一条尼罗河,也曾顺流到过开罗,并且同意开罗那一段是尼罗河最糟的一段。

亚斯文有许多驾驶帆船的青年,他们长得黝黑瘦小,看不出岁月的痕迹。只要花五元埃及币就可以雇一条帆船放帆湖上。我们几天的黄昏几乎全是在帆船上度过,什么事都不做,只看山光水色。放帆的青年都是热情喜爱歌唱的,他们一路唱着当地节奏轻快简单动人的民谣,而在尼罗河上放船、歌唱,就是他们的人生。

有一次,我们坐到一艘帆船,舟子是一百四十公分不到的小黑人,看起来像孩子一样,我们万万没想到他已经三十岁了,并且曾经参加过以阿战争,还杀死过几个敌人;对那一次战役,他的结论是:"我讨厌战争,只想平安地在尼罗河上过日子。"

我们常常到天黑还舍不得下船,在亚斯文,天尚未黑,星子早就在天上,每一颗都像是尼罗河水清洗过,结实而明亮,它们落在河中的倒影更美——水不断地无声流过,星子永远在同一地方,不奔逐流水。星子在尼罗河中,像伸手就可以触及。黑夜来临的时候,那有过战争的舟子正忘情地放歌,歌声一再重复,但曲调每一句都不同,时而欢快奋扬,时而低沉忧伤,时而缠绵悱恻,时而柔肠寸断,问起歌里的意思,他说只有一句,是:"我心爱的人,在远方,我心爱的人,在远方……"是他在战地里常唱的歌,那一刻听起来,歌声好像随河水,真的飘往远方去了。

到亚斯文,不能不去世界最大的水坝——亚斯文水坝,也是世界最大的人工湖,长五百公里,宽三十公里,水深一百二十公尺,在视觉里就像一弯青色的海洋,从这湖中捞起的尼罗河鱼,每天就有五十公吨。湖边有十二座发电厂,全埃及的电全是这里供应,甚至还能外销。

这巨大无朋的水坝,始建于一九〇二年,一九二一、一九三三年扩建两次,历时三十年才完成,千余人在建坝时死亡,有十六个神庙迁走,三万五千人离开故居,这些数目都一再印证亚斯文水坝在沙漠地带建起的艰辛。水坝刚建成的时候,埃及人都陷入狂欢状态,因为它使尼罗河不再泛滥,增加耕种面积达埃及原有的三分之一,发电、灌溉、渔产都足以供应全国。

经过五十年,埃及人的狂欢冷却了,并且开始真正体会到亚斯文水坝的严重缺点,最大的一项是它整个改变了尼罗河的生态锁链,断丧了许多沿岸生活的动植物生机。其次,原来每年六月到九月尼罗河泛滥,为两岸农田带来肥沃的泥土,使作物不必施肥就能生长,现在肥沃的泥土全在水坝沉积,农田失去沃土,政府不得不投下无以数计的资金向国外购买肥料。其三,由于河水被拦住,下游河水水位降低,每年海水向南倒灌,造成稻田、棉田两大生产的无数损失。

最后,亚斯文水坝的效益正在减少,每年沉积泥土七十五公分,十年七十五公尺,水深每年涨高三公尺,水坝又无法清理,它的寿命日渐短促,使得一般有远见的埃及人忧心忡忡;而且它将来可能是尼罗河的癌症,毫无解救的办法。

我们站在高处,瞭望这一片广大靛明的湖水,真不敢相信湖底下竟有那么深的隐忧,正在随湖水日日上升;一般埃及人当然不能知悉这些,唯一知道的是,古文明的埃及已随河水流去了岁月,现在机械文明的脚步则一步步踩在文明之上从河水上走来。将来会如何,是谁也不能预测的,亚斯文水坝附近有一个理工学院,建在亚斯文沙漠与撒哈拉大沙漠的交界处,许多埃及大学生埋首研究水坝的问题,他们在寸草难生的沙漠地上,研究着世界上最大的湖水的将来,说起来也是数千年来生育埃及文明的尼罗河,一个极大的讽刺。

埃及农民才是最辛苦的,他们每年要到河岸挑土加在苗里才能耕种，还要做几千年祖先未曾做过的施肥工作，不免对水坝有一种又爱又恨的情愫吧。

河水对这些全然无言，它只是顺着河道前行，往地中海直奔。人所种的因，要由人自己去付出代价。尼罗河从开天辟地起就不曾改变它的流量与河道，它的美丑是由人来决定的，这样想时，就益发觉得尼罗河的宽大与无限。亚斯文水坝看起来是够壮观了，但是，比起一整条河又算得了什么呢？

在亚斯文的最后一天，我们特地起了绝早，夜色尚未散去，而清晨在沙漠天空里的星星格外繁多而明媚，雇了一条昨夜已经相约的帆船，绕象岛一圈，那时没有看见水鸟、燕子、麻雀，当然也没有人。对岸亚斯文城还沉睡着，岸边的树木朦胧一片，河上仅余的是几艘停泊的帆船，还有落了满河的星星，河上的星与天空的星无语对视，天边晨曦的微红正一丝丝地染过河面，又是尼罗河上新一天的开始。直到星星全数在河面隐遁，我们才告别尼罗河。

离开埃及的时候，空中的尼罗河与我们初到时已全然不同，这不同是因为我们曾经在那里泛舟，曾在那里怀想七千年的埃及文明，而远远看，完全看不到尼罗河落脚的地中海；只知道它向那里流去，只知道明天有明天的星，不断一天天在尼罗河上，升起，又沉落，永无休止。

卢桑夜船

到瑞士卢桑时已是黄昏,投宿了酒店,夜里想到卢桑街头走走,才发现整个卢桑已经陷入了黑夜的沉静,商店全部打烊,由于夜里北国的清冷,路上绝少行人的踪迹。连两旁的路灯都因宽广寂寥的马路,显得幽晦而寂寞。

街上仅存的活动,是几家街头露天咖啡厅,供应热腾腾的咖啡给行色匆匆的人。我们坐在露天的咖啡座,它正临着卢桑湖,湖水是安静的,湖边几只天鹅则早已缩着身子沉睡,无巢的鸽子一只只用双翼温暖头颅,排成一排,站在卢桑桥上。就着路灯的微光,还可以朦胧地看到整个卢桑城,尖顶的屋宇错综排列,交织成繁复的画面。

我们想到这异国之夜,大概是无以排遣了。回想中午还在意大利米兰用过午饭,驱车赶往卢桑,工业城的米兰在逗留的两天中给我一种无聊的感觉,这种感觉一直到瑞士边境时才慢慢散去。瑞士给人的印象除了山光,就是水色,边境的人家散落地居住在高大的树林中,远方的阿尔卑斯山像地平面上一个清楚的坐标,我们的车就向那坐标驶去。

车子随即陷进一连串长长的隧道,它凿通了意大利与瑞士边境连绵的山脉,每过一座隧道,就是一个完全不同的景观,越来越深入瑞士的腹地,越来越有美丽的青山。当车子穿过世界最长的一条隧道——圣哥达隧道时,脑中嗡嗡作响,几疑没有尽处。司机说这隧道正穿过阿尔卑斯山,全长十七公里,我们共花了十四分三十六秒才摆脱了长长的暗影,穿出一个类似桃花源的景色,那种感觉美到极处,也就在那一刻我才真的体会到,瑞士的风光实在是欧洲最令人流连的。

对照着广大的湖泊,高耸的群山,与温柔的草原,瑞士边地的人迹算是稀少的,仅见的是颜色清雅的平房稀落地建在一片广大的土地,靠山的一边,家家都有璀璨的花园和工整的球场;靠湖的一边,则户户门前都有精致的游艇,靠在家前的码头上。有时车过牧场,牛羊散置在绿野上,不知名的鸟雀在牛羊身后觅食。

我想山水之美的感动与人文之美是全然不同的,前者使人心胸为之一宽,后者使人精神为之一紧。前者是数大便是美、大块假我以文章的平远,后者是冠盖满京华、斯人独憔悴那样的幽深。陈子昂"登幽州台赋"里,"前不见古人,后不见来者,念天地之悠悠,独怆然而泪下"的情愫正是山水与人文两相结合的触感,没有幽州台的登高不能有这样的情感,而没有天地之悠悠也不能有这样的情感——我在瑞士高处望远,心里想到的正是陈子昂的诗,而感动无限。

看我痴了的样子,妻子拍拍我说:"你知不知道,瑞士这个国家什么都好,就是没有产生过大的文学家、思想家、哲学家和艺术家?"我搜寻着记忆中无数熟悉的名字,发现确实没有一个是瑞士籍的,才如大梦初醒。妻子又说:"因为瑞士的生活太安逸了,风景太美了,每次大战时他们都是中立,而全世界的黑钱都存在这里,人民自然像桃花源的人,不知有汉、无论魏晋,每天享受生活都来不及了,哪有时间去深思人间的大问题?哪里肯艰苦地去创作呢?"

听到这里,我们一起眺望窗外流过的青色流光,正能深切体会到过于美的风景、过于安逸的生活有时真能给人直接的感动,并且断送那间接的、千回百转的心灵世界。恐怕只有生在脏乱的地方才切盼着俗外的美景,只有活在痛苦的人才能深刻体会安逸生活的可贵;生活在逸乐里的人,哪里知道什么是人间的痛苦? 而没有人间的痛苦与关怀,文学、思想、艺术自然就像清水的浮波,不能有深刻的创造。

　　一旦怀着这样的心情,看瑞士的风景就能脱出迷惑,有一种清明的心,能超然地看那瞬间变化的颜色。黄昏的时候我们就到了卢桑,卢桑算是不小的城市,但它给人的感觉不是城市的,而是小镇的,因为它没有城市的匆匆行色,反倒有小镇一样错落有致的格局。夜里的灯也是小镇之灯,不像城市里大放的光明。

　　我们正烦恼着不知道要不要去卢桑桥上看沉睡的天鹅时,小店的伙计告诉我们,卢桑湖上有一种游船,夜里八点从港口出发,绕着整个卢桑,到深夜始归,说不定我们可以去碰碰运气,因为这船非常豪华,供应传统的瑞士晚餐,常常客满。

　　我们终于买到票,当然是最价廉的一种,仅供应咖啡或葡萄酒。这船的名字叫"卢桑夜船"(Night Boat Luzern),分成两层,每层都有用玻璃盖起来的豪华舱,坐满盛装夜礼服的仕女,正享用着烛光的晚餐,玻璃舱外的船头船尾则是用长板条钉成的椅子,是露天的,用极便宜的价格卖给那些只看夜色的人,我们的位置就在最船头。

　　夜船开得很快,也很平稳,但是船头破浪而过,拍打得人两颊生疼,同时,船头也是视野最广的地方。那夜无星无月,只看到湖边城市的两岸灯光,正从一方方小小的窗口透出,围抱着一片广大的港水,在夜的冥暗中,一切都沉静了,只能听到湖水清凉的呼吸。

　　突然背后的音乐热闹地响动,原来仕女们用过晚餐,餐厅成为夜总会,有音乐的节目,还有美女的服装表演,而夹在两舱中间的空地则辟成舞池,室内乐队奏着清雅的音乐,许多人簇拥着,婆娑起舞,我四望那热闹的夜总会,更益发体会了湖水深沉的静寂。

船在湖中的时候,天空飘下闪闪的微雨,打湿了船头飘扬的瑞士国旗,缩成一团的船旗也像在沉思着什么。然后船行到两岸的山谷间,是湖中最细小的瓶颈,音乐打到山谷,纷纷反弹回来回荡在谷口,久久不绝。那一刻我觉得,小小的玻璃船舱是一堵墙,阻绝了人与自然间相通的心,连山谷听到这样嚣闹的音乐,都禁不住低吟。

午夜时分,全船的人终于疲累了,船缓缓靠岸,大家尽兴地下船,我才发现穿在身上远从台湾带来的毛衣,被那看起来毫无分量的小雨完全润湿了。下船的时候忍不住回头看,山依然在那里,湖水依然幽静,而两岸窗口里的小灯则大部分熄灭了。

步行回旅店的时候,我放慢步履走过卢桑桥,靠在桥边的栏杆,看到桥下巨大纯白的天鹅完全沉睡到夜色里了,桥边花圃中的花,还不知夜临似的盛开着。

旅店旁有一家大型的钟表店,人已离去,店中犹点着灯,金碧辉煌的金表光芒四射。瑞士向以精密手工闻名于世,钟表也能做到分秒无差,对这么有壮丽秀美风景的国家,大部分人不能退出来看风景,而走进钟表的精工,使我留下一个强烈的问号。

拉开旅店窗口,让夜风进来,我同时看到湖光与远山,那时我真正崇仰着山水之美,思及下午的思考,假如一地不能产生文学家、哲学家、艺术家,山水太美都绝对不能引为借口,我心里正浮上两句诗:"但识琴中趣,何劳弦上音"。

威尼斯船夫

住在威尼斯的时候,正好月在下弦。

欧洲的天黑得晚,直到下弦月高挂中天,天色还是蓝的。也恰好在威尼斯,河面海面都反映着天的蓝和月的明亮,映照出一幅美丽的夜景。威尼斯是世上首屈一指的水都,禁止一切车子通行——连自行车也不例外——,因此到了夜间就是船和行人的天下了。

行人的去处除了街头艺术家表演的圣马可广场,以及恬静的路边咖啡座,就是坐船出海或游城了。

威尼斯的船有三种,一种是大型的豪华游轮,可以容纳几百位乘客,到外海去观赏整个威尼斯城的大轮廓,船夫通常是年纪较大的威尼斯人,沉默地掌舵。一种是小型的汽艇,速度飞快,用来作为城内的交通工具,船夫清一色是年轻小伙子,少年气盛,驾起船来,如同骑着大马力的摩托车;这汽艇走计程的,只要在写着 "TAXI" 的码头上一招手,它就靠岸,与台北的计程车一样方便。

最后一种是游船,状似兰屿岛上的小舟,漆着鲜艳的颜色,船身尖长狭窄,可以搭乘五个乘客。这种船的摆渡人才是真正的"船夫",他们靠着一枝篙和一枝桨,不但能行走在波浪汹涌的海面,还能穿行在细小的

271

河道。船夫们大都戴着扎有红丝带的白色草帽,脖子上还缠着鲜丽的领巾,年纪多在中年,态度十分从容,他们微笑地一撑篙,小船就以优美的弧形划破静寂的河面。

他们通常会唱几首好听的意大利民谣,万一遇到不会唱民谣的船夫,最少也是常识丰富,能侃侃谈起威尼斯的掌故;虽然意大利腔的英文难以听懂,但是在静夜里聆听船夫的语言,也像是一首节奏明快的歌。

这种有着趣味盎然船夫的"游船"仍然分成两等,头等是有乐队的,由五人的小型乐团演奏传统的威尼斯音乐,乐器有小提琴和吉他;在微风疏星的夜晚,租一条小船,前导的是一曲又一曲动人的音乐在水面上流淌飘动,确是人间的一大享受,可惜这样的享受大约要花费一百美金,花得起的游客实在不多。二等的船大约要三十美金,没有音乐,只有船夫和威尼斯的夜色,能否遇到一位会唱歌的船夫,靠的是运气。

我旅行的时候,运气总是不错的。为我们撑船的船夫,非但有优美的歌喉,而且言语风趣,常识丰富。当我们在岸边讨价还价的手续完成时,这位中年的船夫就感叹地说:"你是中国人,我是意大利人,为什么你不用流利的中国话,我不用流利的意大利话交谈,偏偏要用残破的英语互相对话呢? "然后为意大利受到美国文化日渐深入的影响而慨叹不已。

打从撑船的那一刻起,他就轻声地唱起意大利民谣,第一首唱的是"露娜"。他说:"露娜是意大利语中月亮的意思,它是一首情歌,歌唱爱情的美丽能像月亮那样永久而光明。"唱到一半,他突然停住,指着河边的一幢小屋说:"这是马可·波罗的故居,你知道马可·波罗吗? 到过你们中国的。"我们连忙点头称是。

船夫说:"马可·波罗是个伟大的探险家,他七百多年前就到过中国,曾做过你们中国皇帝的官,他写的中国游记使欧洲人普遍知道在东方还有那样一个伟大的文明。提到马可·波罗，我还要感谢你们，因为是他从中国带回来许多吃面条的方法，现在我们才有意大利面。"

"你觉得中国面好吃，还是意大利面？"船夫问。

"味道很不同，但一样好吃。"我说，我们就相顾大笑，笑声流过水面。

船夫从十二岁开始就在威尼斯的水面上讨生活，已经整整三十年了，因此见多识广，一眼就能看出游客是哪一国人；他说这种本事凭的不只是观察，而是感觉。他说："就像一样是水，每个地方的水都不同，人也是这样。"

从船夫的口中，我们还知道中世纪的时候，威尼斯曾是欧洲商业最发达、人民最富庶的地方，如今却日渐地没落了，只成为观光的地方。最让人惊奇的是，威尼斯原是由两百多个岛屿组成的，透过穿梭的水道和半圆形的小桥，那两百多个岛竟组成一座可爱的城市。船夫很自豪地说："人们说荷兰的阿姆斯特丹是'北方的威尼斯'，说泰国曼谷是'东方的威尼斯'，但威尼斯就是威尼斯，是无可取代的。"

我想，这句话可以肯定。当我们到过阿姆斯特丹和曼谷以后，才知道威尼斯的水色是唯一的，这种感觉不是别的，只是气氛，尤其是当船行过河面和有音乐、有民谣的船擦身而过，你抬头看，正发现水边的人家坐在阳台上悠闲地喝咖啡——正如同意大利的咖啡是世上最苦的咖啡，但同时也是最浓最香的——威尼斯的整个气氛，不只是美丽的城和流畅清澈的水，应该还包括它有可爱的船夫。

在不经意间，我们已经绕了威尼斯城一周。船夫要求我们唱一首中国的歌，我们几乎毫不思索地就唱起了"绿岛小夜曲"，唱的时候，我真切感觉到，整个威尼斯正是一只船，在下弦月的光芒中摇着动人的姿影。

绿岛小夜曲还没有唱完，小船已经穿出城里的河道，航向海边的码头。下船的时候，我就着岸边的灯火，才看清船夫有一张英俊的脸，大概是四十几年生活在水上的缘故。

　　走远了回头，看到船夫竖起长篙，然后独自坐在岸边，而别处的歌声又响起来了。

罗马在闪电中

在罗马的最后一夜,天空突然下起连罗马人都觉得少见的大雨,雷声隆隆,闪电交作,雨势连天而下,坐在旅店的窗口,颇能感觉到夏日已过的凉意。

夏天的罗马是很少下雨的,到八月时分,因为干旱过久,有许多市区的喷水池都停止了喷水,甚至已经设置了两千年的路边饮水口也有停水的,罗马人深以为苦。那一夜的大雨,一位居住罗马的朋友欣喜地说:"总算要纾解水荒了。"

水荒纾解了没有,我不知道,但隔日的报纸上刊出梵蒂冈圣彼得大教堂前的巨型方尖碑,被闪电打裂了尖顶,则给罗马人一个大的震惊。这座重逾千吨的方尖碑,是亚历山大大帝从埃及运回的宝物,一直坐镇在圣彼得教堂的庭前,也是全世界天主教徒心灵的镇石。

我们可以这样说,即使一夜的大雨能纾解罗马的水荒,但是一记闪电给方尖碑的损伤,对某些人来说,可能比水荒还要严重,至少我就觉得水荒总是会过去,方尖碑的损坏则是令人伤心的。

罗马就是一个令人伤心的城市。

初进罗马的那一天,整个心灵就被这古老的城市震慑,因为举目所见

275

全是古迹,刻写了历史岁月的房屋罗列在青石板道的两旁,中间还有高大翠绿的行道树,有一种伟大的人文之美,是欧洲任何一座城市都比不上的。

尤其是到了夜里,由于意大利政府为保存古迹,限制了路灯和霓虹灯的装设,使整个罗马一片昏暗,行车走过仿佛走进了时空,到了千年以前的罗马,有一种诗意的美。夜里的罗马,除了几处热闹的广场,大部分街道无人行走,寂静的气氛就在夏夜包围了整个罗马。罗马人总是为罗马的光荣而感到自豪,每年从世界各地到罗马观光的人数据说统计起来有四千七百万人;这实在是个可怕的数字,证明罗马有它不可抗拒的魅力。

可惜的是,罗马的光荣在这一代已经完全失色了。目前罗马的治安是欧洲城市的倒数第一。一入夜,没有人敢走进市区内的巷子(朋友说只要走进黑巷,被抢的可能性是百分之九十),甚至在大街上也很少有一个人敢放胆走路。再晚一点到凌晨时分,连广场也没有人敢去了,因为被庞克和黑人盘踞,随时有遭洗劫的可能,万一真被洗劫也无处报警,真的报了警,警察可能告诉你:这种事太多了,都是外地的流浪汉干的。最后当然是不了了之。

一般人到夜里,连计程车都不敢坐,因为抢犯可能就是司机,如果不抢,也会被敲诈一番。因此夜间的罗马几乎就是一座犯罪之城,它的恶名昭彰,使欧洲人一谈到罗马就为之色变。

为什么这样的罗马,每年还有几千万人来观光呢? 一个朋友说得好:"罗马的美,能使人敢冒着被抢的危险。"这话虽然有理,然而如果罗马不是这么可怕,它就是一个完美的城了,观光客也一定不止四千七百万人。

我时常觉得不能明了的是,像罗马,曾经是雄霸四大洲的帝国,国势之盛,文化之强,历史上罕有其匹,到现在我们都还常说"条条大路通罗马"、"罗马不是一天造成"的成语,罗马的历史几乎是每个人梦中的都城。即使在近代,几百年前,欧洲的文艺复兴运动就是在这里发皇的,至今它的文化艺术还影响着世界每一个角落，它古迹的完整也是世界之冠。很显然的，现代的罗马人自己慢慢在放弃这种光荣，它的古迹、它的历史、它的文化、它的艺术都和现代的罗马做着对比，也是现代罗马人一个最大的讽刺。

罗马治安的毁坏和腐败，已经影响到整个意大利。我在意大利旅行时，北到米兰、威尼斯、佛罗伦斯，南到拿坡里、卡不里岛，每到一地都有人警告我小心治安，因为随时随地都有抢案发生。然后我就一边看着意大利过去伟大的文化艺术，为之感动向往；一边想着现在意大利的毁坏和腐败，为之痛心不已。这种痛心主要是来自对艺术文化的无力感。

记得一个朋友说过："你不要忘记，第二次世界大战时，德国人白天残杀犹太人，晚上则在家里听莫扎特和华格纳的交响乐。"罗马人的不同是，他们白天可能站在波提茄利、达文西、米开兰基罗、提香等人的大作面前低徊不已，夜里则在里巷做剪径的小贼——这种心灵和行动的不能一致，才是最令人痛惜的。

现代的罗马，给我的感觉就像是万里的晴空已经远远逝去，黑夜来临，闪电霹雳，下着湿冷的大雨。那些闪电都预示着罗马在转变中，在和自己的光荣背道而驰，那转变是大而惊人的。

罗马市区有一个"许愿池"，是观光客必然要到的地方，大部分人背着池水丢下铜币的时候，心中都默许着重回罗马的大愿。我许的愿是不同的，我只希望罗马变成一个干净安全的城市，让人们安心地在街边饮咖啡，慢慢地逛过街道，即使在夜间，也敢到万神殿，到皇室废墟，到罗马竞技场，甚至到梵蒂冈的广场去沉思和凭吊，而不是夜里躲在旅馆中听夏日最后的闪电。

我的愿望实现的可能性非常微小，但是丢铜币时，我清晰地听到背后的许愿池水传来"扑通"的响声。

敏感的花

听说阿姆斯特公园四月的时候，开满了郁金香；我们到的时候已经秋深，满园的郁金香已经凋零，谢落得一朵不剩。有几次我不甘心，到花市去，竟也找不到郁金香。

郁金香是荷兰的国花，到其国而不见其花，心情免不了有些落寞。我到阿姆斯特的郁金香园子里，非但一朵花不见，仿佛还是一个荒原，连叶子也没有了。园子里的人说："还是等春天再来看吧，郁金香是很敏感的花，它是长在春天的。"他拉紧身上毛衣的领子说，"现在已经是秋天了。"

管理人想了一想，说："如果你们想看郁金香，唯一的办法是到温室去。"然后他步行带我们到阿姆斯特公园的温室，就像所有植物的实验所，温室是以玻璃屋建成的，种植了许多亚热带、热带的植物，以及许多不合节令的花朵，使春夏秋冬的花朵全开在一室。由于看守温室的人去度假了，我们只能沿着玻璃房子的外围参观；我看到几朵零零落落的郁金香在花房中开得正盛，每朵花都像是张开在空中的一朵微笑，可惜隔着玻璃，那稀有的微笑竟有一些不能言宣的落寞。

郁金香在荷兰本是最普遍的花，它通常一大片一大片在草原中盛放,因此给人一种锦绣灿烂的感觉。它在大地上呼吸,并给大地一种美丽的回应,如今季节已过,只好在温室里独自观照自己的美,与自己的寂寞。

我想起初抵荷兰的时候,居住荷兰的朋友告诉我,荷兰人自诩是"世界上最会种花的民族",不管什么花到了他们手中,总认为能种出比别处更美的花朵,郁金香不用说,看阿姆斯特公园的玫瑰就知道,一株玫瑰枝上开出十几朵花,在荷兰是司空见惯的事。荷兰的花市之庞大、热闹,也是别处少见。

我在市区中心的花市,仔细观察花贩把每日卖剩的鲜花,不知道用什么方法一束束系好,倒挂在屋顶上,自然风干,日久还能保持原色与形状,取下时还是新鲜的一般,而且价钱比当日出产的鲜花还要贵。看那些花不得不赞叹荷兰人不但是"世界上最会种花的民族",也是"最会保存花的民族",但是一个花贩告诉我们,不管他们多么努力,总不能让郁金香在秋天的原野上开花,是荷兰人极引以为憾的事。而郁金香是草茎的,甚至不能用风干的方法保存它。

就是说,郁金香是荷兰花期最短,最不易保存的鲜花,偏是荷兰的国花,怪不得荷兰人到秋冬之际,就特别怀念郁金香——这大概就是一种时空的乡愁吧!

到过欧洲的人,应该都能同意我的说法:"荷兰是欧洲较没有意思的国家。"论人文景观,它比不上法、意、英、德诸国;论山水风物,它比不上瑞士及北欧诸国;论艺术成就,除了林布兰特、梵谷,没有过什么惊人的表现;有人说阿姆斯特丹是"北方的威尼斯",却又缺乏威尼斯那种曲折回转的趣味。

在十七世纪的时候,阿姆斯特丹曾是极繁盛的城市,荷兰蕞尔小国,也曾是到各地去殖民的列强之一,脚迹甚至远达台湾。比起当年,今日荷兰算是大为衰微了。它闻名于世的，一是遍生草野的花，一是它是欧洲色情、贩毒的中心，一是它是钻石加工中心。

几处本来闻名的荷兰观光，现在也消沉了，像风车，早年的实际用途已消失，现在仅供拍照与怀旧；像水都，由于陆上交通的发展，如今已经没落；像海牙国际法庭，已缺乏国际的公信力；像皇家艺术馆，多少年没有新的开展；像梵谷美术馆，大部分梵谷的名作都流落在美国与法国……新的观光地是"小人国"，它以廿五分之一的比例，重塑阿姆斯特丹市容，可惜因为它的呆板缺乏创造力，只让人更觉得荷兰的现代文化是小格局的文化。

我在知名的水坝广场，曾亲眼看见毒贩在那里交易，四周充斥着流浪汉与装束怪异的青年，形成一种可怕、恐怖的气氛，一般观光客为之却步。阿姆斯特丹的市中心，有所谓"色情橱窗"，色情架步之多，纽约、巴黎这些大城市只有瞠乎其后。贩毒、色情的兴盛同样使首府阿姆靳特丹蒙尘，没有一般欧洲大城市的风情与格调。

荷兰可以傲世的，只剩下花与钻石。花是草原中的钻石，钻石是贵妇颈上的花，两者还装点着日渐失去特色的荷兰。钻石对我们这样的小市民没有什么意义，我们能看的只有花了。

再美的花也有凋零的时候，最会养花的民族也不能改变自然。他们能把郁金香养在温室暖房，也正如我们在博物馆里看十七世纪荷兰的荣光，对于天地时序的演进不免感到无力。

在秋天的阿姆斯特公园，我们看到了花朵纠结如九重葛的玫瑰，看到了牡丹一样巨大的秋海棠，同时也感觉到季节的大力量。冷得透骨的清晨，中午突然阳光普照，黄昏的来临使大地一片萧瑟，气候一日数变，秋意的深沉人都可以感应，何况是花呢？

我想，任何花朵固然是有季节的，一个民族的兴衰何尝不是有季节的呢？夜里坐在阿姆斯特丹郊外的旅店咖啡座，临窗外望，萧萧的风声，瑟缩走过的老人，表情绷紧的女服务生，都仿佛在说：阿姆斯特丹秋深了。

一阵风过，落叶狂舞，不禁想起公园管理人说的："还是等春天再来看吧，郁金香是很敏感的花。"对一个旅行的过客，心情也是很敏感的。不知道明年郁金香盛开时，荷兰除了花，还有什么？